화첩기행 [1]

화첩기행 ¹

김병종 지음

남도 산천에 울려퍼지는 예의 노래

문학동네

『화첩기행』 다섯 권을 새로 묶으며

대체로 한 달이면 보름쯤은 그림을 그리고 열흘쯤은 책을 읽거나 글을 쓰게 되는 것 같다. 그렇게 화실과 서재를 왕래하며 푹 빠져 살다보면 이 두 가지 일은 둘이 아닌 하나로 섞이고 만나게 된다. 문장은 수채화처럼 빛깔을 띠고 그림은 문기 비슷한 것을 발하는 것을 느끼곤 한다. 예컨대 서로 데면데면 마주보는 것이 아니라 뒤섞이고 풀리며 제3의 그 어떤 모양과 빛깔을 갖게 되는 것이다. 『화첩기행』은 이렇게 해서 나온 책이다. 출발은 우연찮게 시작되었다. 조선일보 김태익 기자가 미술과 인문학 비슷한 것을 섞어 색다른 기획을 하고 싶은데 뭘 좀 만들어 와보지 않겠느냐고 했고, 꾸물대다 한두 해가 간 다음에야 다시 채근을 받고 '예藝'의 이야기를 그림에 버무려 내놓았었는데 재밌다며 한두 달 해보자는 것이 4년 가까이나 연재를 하게 된 것이다.

나름 책으로 묶으니 다섯 권 분량이 되었고 이것을 라틴아메리카 편과 합해 네 권 분량으로 압축했다가 다시 이번에 북아프리카 편을 합쳐 다섯 권의 전집 형태로 내놓게 되었다. 첫 연재로부터 치자면 16년, 구상까지 합하면 거의 20년 가까이가 된다. 당시 신문은 뉴스 전달 기능만으로는 한계를 느낀 것 같았고 이미 르피가로 같은 신문이 그러했듯이 문화, 생활, 과학, 예술 등을 뉴스와 함께 망라한 매거진 경향을 띠기 시작했는데 『화첩기행』은 그러한 흐름과 잘 맞았던 것 같았다.

어찌됐거나 오랜 세월 그림 그리고 글을 써와서 그림이 밥이요 글이 반찬처럼 되었던 나로선 큰 기대 없이 써내려간 글쓰기가 신문지면을 타고 널리 알려지게 되면서 그야말로 뇌성과 벼락같은 반응 앞에 서게 된 것이었다.

가장 어리둥절한 것은 나였다. 예컨대 특수한 문화예술 이야기가 그토록 열띤 반응을 불러일으키리라고는 예상치 못했던 까닭이다. 연재하는 동안 6개월 단위로 스크랩을 해서 보내주는 독자가 있었는가 하면 온갖 영양제나 보약 같은 것이 답지遝至하기도 했다. 컴퓨터가 아닌 원고지에 글을 쓰는 것을 아는 어느 독자는 400자 원고지를 특수 주문해 몇 박스나 보내주기도 했다. 참으로 눈물겨운 사연들도 많았는데 몇 편씩을 골라 답장을 쓰다보면 창밖에서는 어느새 희부윰하게 동이 트기 일쑤였다.

반대의 경우도 있었다. 허균과 매창의 사연을 적다가 괄호 안에 생몰연대를 썼는데 그만 7을 1로 잘못 쓰는 바람에 두 사람의 나이차가 60년 이상 벌어지게 되었고 하루종일 항의전화가 서른 통쯤 이어졌던 것 같다. 어쨌거나 컴퓨터도 그리 많지 않고 스마트폰 같은 것은 아예 없던 시절이어서 책과 관련해 아날로그적이고 훈훈한 이야기들이 많았던 듯하다.

해외 편에 특별히 남미와 북아프리카를 골라 넣었던 것은 두 곳 다 원초적 색채 에너지 같은 것이 들끓고 있었기 때문이다. 온갖 결여와 갈망 그리고 분노마저도 색채의 용광로에 넣고 끓여내듯 하던 지역들이였다. 무엇보다 두 지역 다 '예'의 자원들이 널려 있었으며 수많은 예술가들을 낳은 곳이기도 하다. 이 점에서 한반도와 흡사하다. 열강이 각축을 벌였던 역사적 수난의 과정까지도. 남미는 특히 내가 좋아하는 시인 파블로 네루다, 작가 보르헤스, 작곡가 피아졸라와 화가 디에고 리베라와 프리다 칼로의 땅이었고, 북아프리카는 알베르 카뮈와 파울 클레, 앙드레 지드와 자크 마조렐, 생텍쥐페리의 영혼이 어려 있는 곳이었다. 그 붉은 황혼과 광야의 척박한 땅에서 어떻게 '예'의 꽃이 피고 자라 찬란한 빛을 발하는지 보는 일이야말로 내 붓을 잡아끄는 힘이었다.

살다가 대체로 배터리가 방전돼간다고 느껴질 때마다 나는 가방을 꾸리곤 했다. 여행에서 돌아오면 그때마다 충전이 되었던가. 그건 잘 모르겠지만 『화첩기행』을 위해 낯선 시공간 속으로 걸어들어가 기록하는 순간의 설렘과 흥분은 나를 새롭게 일어서게 했다.

돌아보니 내 40대와 50대를 이 책과 따로 떼어 생각하기 어려울 정도가 되었다. 우연히 시작된 듯한 이 일은 그러나 필연 비슷한 게 얽혀 있는 것 또한 사실이다. 문학이라는 가지 못한 또하나의 길에 대한 그리움과 회오悔悟 같은 것이 일종의 해원解冤처럼 제3의 형태로 발화했던 것이 아닌가 싶다. 어쨌거나 단어 하나 문장 한 줄을 놓고 밤이 이슥하도록 고치고 또 고치던 시간들은 나를 다시 문학청년 시절로 되돌려놓았고 그 황홀한 기억이야말로 이 일을 계속하게 한 동력이 아니었을까 싶다.

책이 다시 나오기까지 수고한 이들이 한둘이 아니다. 그 이름을 거명하는 대신 내 마음을 드린다.

2014년 1월
관악의 연구실에서
김병종

차 례

채만식과 군산

군산항. 채만식이 소설 『탁류』에서 '눈물의 강'이라고 부른 금강 끝머리에서 시작되는 곳. 이제는 옹기
종기 정겹게 모여 살던 촌락의 모습도, 한때 나라 안에서 가장 큰 조창을 거느렸던 흔적도 사라지고 폐
광처럼 쓸쓸하다. 덧없는 눈길로 항구를 바라보니 꼭 몰락한 정주사가 비틀거리며 걸어오는 것만 같다.
그렇게 불나비처럼 꿈을 좇던 이들의 사연이 그림자처럼 드리워진 곳. 긴 그림자는 나그네의 마음에까
지 기울어 잠 못 이루게 한다.

옛 미두장 자리에는
비가 내리고

밤의 선창에 비가 뿌린다. 정박한 배의 희미한 불빛에 빗줄기가 사선으로 비친다.

군산항. 옛 이름 진포, 채만식이 소설 『탁류』에서 '눈물의 강'이라고 불렀던 금강의 끝머리에서 시작되는 항구다. 조용하고 한적하여 연극 무대의 세트 같은 느낌을 준다. 『탁류』의 무대라는 사실 때문이기도 하겠지만 시간이 멈춰버린 듯한 분위기의, 다분히 문학적인 도시다. 원래 군산은 주변에 산이 많아 그 이름이 군산이었다는데, 산언저리마다 옹기종기 정겹게 모여 살던 촌락들을 일제가 바둑판처럼 재구성하고 항구를 확장해 근대적 신도시로 바꾸었던 것이다.

한때 나라 안에서 가장 큰 조창(漕倉, 조세로 거둔 곡식의 수송과 보관을 위해 강나 바닷가에 지은 곳집)을 거느렸다는 옛 항구는 이제 폐광처럼 쓸쓸하다. 항구 특유의 떠들썩함이나 비릿한 냄새마저 없다. 밤낮으로 쌀을 실어냈다던 녹슨 철로 위에는 갈대가 무성하다. 이 조용한 항구도시가 근세 역사의 소용돌이에 휘말리며 애환을 겪게 되는 것도 순전히 쌀 때문이었다. 일제는 이곳을 야심적인 계획도시로 재편하고 드넓은 호남평야에서 거두어들인 쌀을 반출해가는 전진기지(군사작전을 지원하기 위해 작전지역 안이나 그 가까이에 설치한 근거지)로 삼았던 것이다.

그리하여 수줍은 조선 처녀처럼 다소곳이 돌아앉아 있던 이 남쪽 항구도시는 순식간에 일제의 수탈을 위한 산업도시로 바뀌면서 혹독한 근대 체험을 하게 된다. 부두의 거대한 창고마다 쌀로 흰 산을 이루어 그 짐을 싣고 내리기 위해 부잔교(부두에 배를 연결하여 띄워 수면의 높이에 따라 위아래로 자유롭게 움직이도록 한 다리)가 세워지고, 준공식에 온 일본 총독은 '고메노 군산(쌀의 군산)'을 연발했다 한다. 일제는 신항만도시 축조와 산업화라는 그럴듯한 명분을 앞세워 총칼보다는 '자본'으로 유린해 들어왔던 것이다.

그들은 내륙 철도를 이용, 송정리에서 천안에 이르기까지 거둬들인 엄청난 양의 쌀을 내가는 대신 값싼 생필품을 뿌렸다. 그러나 '조선경제발전'의 논리를 앞세운 그 수법이 하도 정교하여 우리 백성들 중에는 삶의 근거지를 잃고 수탈을 당하면서도 일제의 시혜를 받는다는 생각을 지우지 못하는 사람이 있을 정도였다. 그들이 조장한 미두(현물 없이 쌀의 시세로 거래하는 투기)로 순식간에 논밭을 잃고 몰락해가면서도……

실제로 당시 군산항 미두장은 매일매일 조작된 오사카의 미곡 시세로 사고파는 일종의 증권시장 비슷한 도박장이었는데 수많은 지주들이 여기 뛰어들었다가 거덜나고 만다. 미두에 손을 댄 『탁류』속의 정주사는 순식간에 하바꾼(밑천도 없이 투기하는 사람)으로 전락해 파멸의 길을 걷게 된다. 실제로 재산을 다 잃고 미두장을 떠돌다 오도 가도 못한 채 부랑자가 되거나 자살한 호남 부자들이 속출했던 것이다.

일본 유학에서 돌아온 채만식은 가혹하고 지능적인 일제에 속수무책

밤의 고항(古港)

불 꺼진 군산항. 근대의 그림자가 짙게 드리운 항구다.

무너져가는 고향 사람들을 보았다. 그리고 본 바를 소설로 기록했다. 소설이지만 그것은 현장보고서 같은 것이었다.

당시의 군산항 미두장을 기억하는 사람들은 『탁류』가 현실에 상상력을 약간 보탠 정도라고 말하기까지 한다. 사실 군청 서기로 일하다 미두꾼으로 나선 지 두 해 만에 철저히 파멸되어가는 소설 속 정주사 일가의 이야기는 1930년대 군산항 부근에서는 얼마든지 현실로 채집할 수 있었다. 실제로 채만식의 부친 역시 문전옥답(집 가까이에 있는 기름진 논) 팔아 미두에 손댔다가 파산해버린 처지였다.

그러나 '분노의 항구'를 바라보면서 작가는 고함을 지르기보다는 오히려 판소리 사설 같은 능청스럽고 걸쭉한 해학의 진술방식을 택한다. 춘향을 유린하는 변학도를 '노래'로 고발하는 〈춘향가〉처럼 직설적 표현이 아닌 반어와 역설, 풍자와 해학으로 식민지 현실 공간과 인간군상을 그려낸 것이다.

소설 속 '째보선창'으로 불렸던 부둣가로 나간다. 빗줄기 속에 우중충 서 있는 일제시대 건물들이 보인다. 그러나 옛 미두장터는 록카페며 주점 간판들로 어지럽다. 『탁류』의 정주사가 처음으로 식솔을 거느리고 들어왔던 째보선창이나 미두장 자리 같은 곳에는 『탁류』의 문학비가 서 있어서 소설 속의 공간을 얼추 현실로 찾아갈 수 있게 된다. 다행스러운 일이다.

이렇게 된 데에는 고 이병훈 시인의 공이 크다. 나는 채만식을 현실로 만날 수 없는 연배지만 다행히도 그를 통해 채만식과 그의 문학세계에 대해 생생하게 들을 수 있었다. 그이는 군산을 '수준 높은 문학도시'로 가꾸려는 꿈을 지니고 있었다. 그래서 역대 문인들뿐 아니라 시인

고은이나 평론가 원형갑 같은 오늘의 문인들 이름도 소중하게 챙겼다. 그는 한때 지리산 마지막 빨치산의 한 사람으로 알려진 전설의 여인 정순덕이나 전봉준, 정여립 등에 대한 장시를 쓰기도 했으며, 옛 중앙도서관이 있던 문화동의 시유지(시가 소유한 토지)를 채만식문학관으로 꾸미고 그의 자료와 연보를 정리하는 일에 생애 마지막 힘을 다 쏟았다.

이병훈 시인은 채만식의 문학을 기리는 데는 언제나 맨 앞에 섰다. 미두장터에 흑요암으로 '채만식 문학비'를 세운 것을 비롯해 군산시 전체를 채만식 문학의 현장으로 만든 이도 그다. 채만식 문학의 '색깔 있는 언어'에 반해서이기도 했지만 인간 채만식을 추모하는 마음이 늘 애틋해서였다.

더구나 문학소년에서 문학청년으로 넘어오던 시점에 직접 채만식에게 간간이 문학 수업을 받기도 한 처지여서 채만식에 관해서라면 그는 각별한 정을 가지고 있었다. 빼어난 재능의 스승이 보낸 병고와 가난의 말년을 생각하면 가슴이 절로 아파온다고 고백했다. 그이는 병고중일 때 채만식이 친구에게 쓴 편지나 소설의 육필원고를 보관하고 있었는데 그중에는 운명하기 직전 "원고지를 좀 많이 보내다오. 원고지를 베고 자고 싶다"고 한 대목이나 '마이신(항생제)'을 공정가격보다 싼 시중가로 좀 사서 보내달라고 한 내용 같은 것도 있었다. 고향 근처 익산시 마동에 돌아와 임종 전까지 머물며 글을 쓰던 채만식의 집에 자주 드나들며 문학 이야기를 나누곤 했다고 그는 회상했다.

"채선생은 이 바닥 언어를 철저하게 익힌 분이었어요. 소설 속 대사 대부분이 실제 당시 군산 사람들의 삶 속에 있는 언어들이었지요. 그래서 『탁류』를 보면 1930년대의 조선사회가 보이고 군산이 보이고 서민의 삶이 보이는 겁니다. 내가 기억하는 채선생은 피부가 희고 결벽증에

바다와 소년
잔잔한 내항(內港)인 군산항은 문학의 산실이 된다.

가까운 깔끔한 성격이었어요. 극한의 가난과 폐결핵으로 마흔여덟 나이에 이승의 인연을 접었지만 언제나 흐트러짐 없는 카랑한 모습이었지요. 숨을 거두면서도 남이 쓰던 꽃상여 빌려다 내 몸을 담지 마라, 차라리 목관에 담아 리어카에 싣고 들국화로 덮어 묻어달라고 했을 만치 정갈하고 소박한 성품이었지요."

문학 속의 그 걸쭉하고 질펀한 입담과는 사뭇 다른 작가의 분위기를 전해준다. 선창을 둘러보고 나서 우리는 함께 '채만식 문학비'가 있는 월명공원으로 갔다. 군산여고 쪽에서 지름길로 올라가면서 긴 산책로를 따라 걷는다. 선유도 너머의 낙조가 아름답다. 멀리 일제 때 세웠다는 장항제련소의 굴뚝이 보인다. 포항제철이 생긴 뒤 장항제련소는 그 빛을 잃었지만 우리 어렸을 적만 해도 인근의 학교들이 수학여행을 가곤 하던 곳이었다. 『탁류』의 도입부 일부를 옮겨 적은 '채만식 문학비'는 철쭉의 연분홍무리 속에 바다를 바라보고 서 있다.

공원을 내려오며 그는 "자, 이제 명산동 유곽으로 가볼까요?" 했다. '유곽이라면……' 어리둥절해하는 나를 보며 그는 껄껄 웃고 휘적휘적 앞장을 섰다. 그러다가 '군산 화교소학교' 간판이 붙어 있는 한 낡은 목조건물 앞에 섰다. 여기부터 호남 제일의 홍등가였던 유곽골이라고 알려줬다.

"저 소학교 건물만 해도 당시로서는 대단히 화려했던 곳이라오. 밤이면 줄줄이 홍등이 내걸려 그대로 커다란 꽃이 환하게 피어 있는 형국이었지. 1920~1930년대 명산동 일대에는 이런 유곽이 군락을 이루었어……"

유곽의 화려한 불빛으로 휘황찬란했다는 저곳에 미두로 문전옥답 다날리고 불나비처럼 명산동 불빛 아래 날아왔다 스러져버린 조선 부자들이 헤아릴 수 없었다 한다. 명산동을 지나 아직도 군데군데 일본식 가옥들이 그대로 남아 있는 월명동 주택가를 걸어본다. 벚꽃이 눈처럼 휘날린다. 가지 자른 키 작은 소나무들이 서 있는 저 일본식 가옥에서는 샤미센(세 줄의 현을 튕겨 연주하는 일본의 대표적 현악기) 가락이라도 흘러나오는 듯하다. 일본의 남쪽 도시 어딘가를 헤매는 듯한 느낌이 든다.

현실 저 너머에서 근대의 어리석은 꿈처럼 떠 있는 도시. 현대사에서는 특별한 쟁점 없이 잊힌 듯한 도시. 그 덕분에 사람들의 발길로 반들반들해진 관광지의 운명만은 비껴간 도시. 아직도 과거의 그림자가 짙게 드리워진 도시, 어딘지 옛정에 가슴이 저릿해지는 도시. 흘러간 유행가 가락의 한 자락에 얹혀 있는 듯한 문학적인 도시. 봄날 군산행은 환각 속에 떠돌아다니는 것과 같았다.

군산과 식민지 역사의 흔적   전라북도 북서쪽 끝에 있는 군산은 북쪽으로는 충청남도 서천군, 동쪽으로는 전라북도 익산시, 남쪽으로는 전라북도 김제시와 인접한, 인구 27만의 항구도시다. 군산이 근대적인 항구도시로 성장하기 시작한 것은 1899년 5월 1일 개항하면서부터다.

개항 직후 군산에는 외국인 전용 주거지역이 만들어졌다. 또 근대적인 항만시설과 철도, 도로 등이 건설되었고, 관공서, 상가, 주거시설 등도 건립되면서 근대도시로서의 면모를 갖추어갔다.

현재 군산의 구도심에는 이때 지어졌던 건축물 일부가 남아 있어, 일제강점기 동안 번성했던 당시 군산의 모습을 어림짐작할 수 있다. 그 대표적인 건물이 군산 내항과 구도심 사이 네거리에 있는 옛 조선은행 군산지점이다. 문화재청 지정 등록문화재인 이곳은 당시 경성을 제외한 지역에서는 찾기 힘든 웅장한 근대식 건물이다. 한 여인의 비극적인 삶을 통해 1930년대 일제강점기의 어둡고 혼탁한 사회 현실을 묘사했던 채만식(蔡萬植, 1902~1950)의 장편소설 『탁류』에서 주인공 초봉과 결혼했던 은행원 태수가 근무한 '××은행 군산지점'이 바로 이 건물이다.

그 밖에도 영화동과 월명동 등에 산재해 있는 일본식 주택들과 옛 나가사키 18은행 군산지점, 동국사, 히로쓰 주택, 이영춘 주택 등이 같은 시기에 지어졌다. 현재이 건물들은 상당수가 근대문화유산으로 지정되어 있으며, 아리랑 코스와 채만식코스 등으로 관광객들에게 소개되고 있다.

채만식의 「탁류」　　　1937년 10월 12일부터 1938년 5월 17일까지 198회에 걸쳐 조선일보에 연재된 『탁류』는 채만식의 대표작 중 하나다. 한 여인의 수난사를 중심으로 1930년대의 세태와 하층민의 운명을 폭넓게 그린 작품이다.

　매우 통속적인 줄거리지만 이를 통해서 1930년대의 타락한 세태와 몰락해가는 계층의 운명을 극명하게 그린다. 이 작품은 1930년대의 한국사회를 극히 부정적으로 파악한다. '탁류'라는 제목에 맞게 타락한 사람들로 이루어진 혼란한사회상을 잘 보여주고 있다. 한국사회의 묘사뿐 아니라 당시 군산의 모습과 그곳에 살던 사람들의 면면을 날카롭게 묘사했다.

이매창과 부안

'남도 한'이라지만 부안 가는 길을 물들인 동학의 피와 한은 동진강 푸른 물로도 씻길 수 없는 것. 그렇게 피처럼 붉은 한이 모여 황토밭이 되고 서러운 울음이 모여 갈대밭을 뒤흔드는 것인가. 곳곳에 슬픔이 서린 땅 부안에서 나고 스러진 시인 이매창. 그녀는 추운 겨울 지나 달빛 아래 고요히 피어난 매화처럼 기생에게 쏟아지던 차별과 멸시를 견뎌내며 꽃처럼 아름다운 시들을 피워냈다.

이화우 흩날릴 제
'매창뜸'에 서서

들으시라.

이 땅의 풍광과 예술을 사랑하는 그대여.

부안에 가거든, 격포의 일몰과 내소사, 월명암의 달빛만 보고 오지 말기를.

부탁하노니, 찾는 이 하나 없고 울어줄 이 하나 없는 두 여인의 무덤에 꽃 한 송이씩 바쳐주기를. 푸르른 나이에 외롭게 떠난 시인 이매창과 명창 이중선의 묘소는 서로 지척이니 한번 들러 혼백이나마 위로해주기를. 세월은 험해도 소쩍새는 울더라고, 이승의 시절 안부나마 전해주기를……

백산, 초록 풀과 뒤섞여 갈아놓은 아득하게 먼 붉은 황토밭. 차마 가슴 두근댐 없이 이 벌판을 건널 수 있다더냐. 지금도 들리는 듯하다. 흰옷 입고 저 긴 '징게맹게 외배미들(김제 만경 넓은 들)' 가로질러 북상해 갔을 동학혁명군의 함성이.

흔히들 '남도 한恨'으로 전라남도 정서를 들지만, 부안 가는 길의 '고부' '이평' '백산' 벌을 물들인 동학의 피와 한은 동진강 푸른 물로도 씻길 수 없는 것이었다. 한때 매창의 연인이었던 허균이 부안의 우동리에 은거하며 체제에 항거하는 『홍길동전』을 쓴 것도 우연은 아니었을 터. 몇 해 전에는 전라도 사람 아닌 역사학자 이이화도 이 부근에 내려가 은거하며 글을 썼다. 유난히 경치가 좋은 곳이 많아 '생거부안(生居扶安, 조선 영조 때 암행어사 박문수가 부안을 지나면서 물고기와 소금과 땔나무가 풍부하여 부모를 봉양하기에 좋다고 한 말에서 유래)'이라 했지만 이 미완의 혁명지에는 역사에 서린 한 또한 많았다.

이매창. 조선조 최고의 여성 시문학을 일구어낸 천재 예술가였건만, 후미진 변산반도에서 서른여덟 나이로 죽어간 그녀도 가슴에 한을 품고 갔을 터이다. 여자에 관한 한 칠흑같이 어둡던 봉건의 시대에, 더구나 그녀는 사내들이 한사코 지분(연지와 백분) 냄새 더듬으려 들었던 기생의 몸이었다.

나이 스물에 매창은 한 남자를 사랑했다. 촌은 유희경. 도골선풍(道骨仙風, 신선과 같은 기질이나 풍채)의 그와 시로 화답하던 밤, 그녀는 머리 풀고 큰절을 올린다.

"명마는 백락(중국 주나라 때 사람으로 좋은 말을 잘 분별했다고 한다. '백락일고'란 명마가 백락을 만나 세상에 알려진다는 뜻으로 자기 재능을 남이 알아줌을 비유한 말)을 만나기 전에는 굴복할 줄 모른다 합니다."

그러나 그는 내일을 기약할 수 없는 임진란의 전쟁터로 떠나버린다. 그를 보내던 날 배꽃이 눈처럼 비처럼 흩날렸다.

이화우梨花雨 흩날릴 제 울며 잡고 이별한 임
추풍낙엽에 저도 날 생각하는가
천 리에 외로운 꿈만 오락가락하노라

　허망한 기다림 속으로 다시 한 남자가 걸어왔다. 빛나는 재능의 사내였지만 시대의 반항아였던 교산蛟山 허균. 매창이 그리울 때면 천릿길 멀다 않고 말 달려오던 그는 시대와 불화했던 개혁주의자였다. 훗날을 기약하고 부안 땅을 떠났던 그 비운의 천재는 역모의 상소에 연루되어 모진 고문 끝에 목이 베여 죽고 만다. 매창이 사랑했던 남자들은 그렇게들 갔다. 사랑을 나눠도 헤어짐은 늘 일방적이었다. 매창의 뜻과 관계없이 그녀는 남자들에게 이별을 당해야 했다. 기생의 운명이었다.

　그래서 매창의 시와 시조 들은 한결같이 사랑의 감정과 슬픈 한으로 가득하다.

술 취한 나그네 내 옷소매를 잡아
그만 그 손길에 찢어지누나
옷이야 그까짓 아까우리오만
인정 어린 마음마저 끊길까 그게 두렵소

　술 취한 사내가 기생의 몸이라고 집적대는 바람에 옷이 찢겼는데도 눈을 흘기거나 내치기는커녕 오히려 그 사내를 감싸려는 모성을 지닌 여인이었다.

평생에 기생 된 이 몸 부끄러워라

임 그리는 붉은 마음
임을 그리는 여인의 마음은 꽃처럼 붉다.

매창과 시연(時緣) 닿아 있는 개암사
나당 연합군에게 몰린 백제군 최후의 격전지였던 우금산성(일명 주류성)과 가까운 우금바위 아래에 한 폭의 수묵화처럼 적막하게 앉아 있는 고찰 개암사. 매창 사후 이 절에서는 그녀의 시집을 목판본으로 묶어 내놓았다.

달빛 젖은 매화만 홀로 사랑하네
세상 사람 내 그윽한 뜻 몰라주고
오가는 사내마다 (수군대고) 집적대네

예술과 학문과 풍류에 두루 뛰어났지만 오직 기생이라는 이유 하나로 사내들에게 멸시와 능욕을 예사로이 당했을 그녀. 그녀의 상처는 깊었을 것이다. 그러나 원망 대신 먹 갈아 시를 쓰고 묵향을 그리던 그녀였다. 「강 언덕 정자에서江臺即事」라는 시에 보면 자신을 찾아오는 낯선 풍류객에게 전혀 언짢은 기색 없이 그 심정을 담담히 그려내고 있다.

온 들판에 가을빛이 좋기로
혼자서 강언덕 정자에 올랐어라
어디서 온 풍류객인지
술병을 들고 날 찾아오네

현리 이탕종의 서녀(庶女, 첩이 낳은 딸)로 태어나 하나를 들으면 열을 아는 총명을 타고났지만 어려서는 바지저고리에 조끼를 받쳐 입고 남장을 한 채 서당에 다녀야만 했다. 여자아이, 특히 서녀가 서당에 나가 남자아이들 틈에서 공부한다는 것은 거의 금기사항과 같았기 때문이다. 그러나 그 모든 터부와 금기에도 매창의 문학적 재능은 봄빛에 터지는 꽃망울처럼 피어났던 것이다.

비련의 시인 매창은 거의 4백여 년 동안이나 공동묘지였다는 부안읍 남쪽 외곽 '봉두메'의 '매창뜸'에 잠들어 있었다. 진흙에 발이 빠지며 찾아간 그곳은 근래 1천여 기의 주인 없는 묘를 옮기느라고 갈아엎어져 있었다. (매창뜸에 있던 다른 무덤들은 옮기고 2001년 매창공원으로 단장했다.) 흙무덤마다 번호 적어 꽂아둔 팻말들이 인생의 덧없음을 절절히 말해준다. 357, 358, 359……

부안 사당패와 아전들이 외롭게 죽은 그녀의 시신을 거두어 이곳에 묻어주고 해마다 풀 뽑고 제사지내오기 아득한 세월이었다 한다. 생전에 그녀가 자주 놀러갔다는 개암사에서 아전들은 바람에 날아다니며 전해지던 시들을 모아 그녀 사후 58년 만에 목판본의 책으로 묶어냈다. 그 시집이 하버드 대학 도서관에서 발견된 것은 불과 수십 년 전이었다 한다.

'계화' 지나 '곰소나루' 쪽 해안도로 따라 개암사로 간다. 전봇대는 몇 번씩이나 소실점으로 좁혀지고, 울부짖음처럼 하늘을 울리는 바닷바람에 흙먼지는 회오리를 친다. '들물' 때면 한차례씩 불어와 갓 피어난 꽃과 나무마저 무참히 꺾어버린다는 그 사나운 소금바람이다. 폐를 앓던 명창 이중선을 갓 서른 지나 데려가버린 것도, 매창의 목숨을 앗아간 것도 저 들물의 소금바람이었을 것이다.

갯벌의 폐선이며 갈대밭, 소금창고와 염전 들이 끝나면서 수묵화처럼 호젓한 산길과 저수지가 나타난다. 그리고 억센 우금바위 아래 시간이 퇴적한 듯, 거기 개암사는 단아하게 있었다. 개암사는 엉뚱하게도 그 절의 아름다움보다도 '개암죽염'으로 더 알려진 절이다. 허다한 '거찰' '명찰'의 울긋불긋 느끼한 느낌 아닌 무채색으로 서 있는 담박한 '고찰'의 분위기는 매창의 시세계를 떠올리게 한다.

싸리비 자국 선명한 저 마당으로 매창은 들어서곤 했을까. 응진당 툇마루에 앉아 차 한잔을 마신다. 섬돌 위 가지런한 고무신과 햇빛에 바

사랑의 시심
매창의 시는 이루어질 수 없는 사랑의 순수로 물들어 있다.

싹 마른 흰 운동화. 이곳에서, 속도는…… 악이다. 저녁공양 알리는 동종 소리에 섞이는 청아한 예불 소리는 적막한 뜨락으로 고인다.

이매창의 생애와 문학　　조선시대 대표적 여성시인 중 규수시인으로 허난설헌을 꼽는다면, 기녀시인으로는 황진이와 이매창(李梅窓, 1573~1610)을 꼽을 수 있다. "북의 황진이, 남의 이매창"이라고들 했지만, 평생 부안 땅을 떠나지 않았던 이매창은 황진이보다 훨씬 많은 시를 남겼음에도 널리 알려지지 못했다. 게다가 황진이와 달리 한시를 지었기 때문에 널리 애송되지 못했다.

이매창은 1573년 당시 부안 현리였던 이탕종의 서녀로 태어났다. 계유년에 태어나 본명을 계생癸生이라 했으며, 자는 천향天香, 호는 매창이다. 어려서부터 아버지에게서 한문을 배웠으며, 특히 시와 거문고에 기량이 뛰어나 김제 군수를 지낸 이귀 같은 고관이나, 천민 출신으로 종2품까지 올랐던 조선 중기의 풍류시인 유희경, 『홍길동전』을 지었던 허균 등의 문인들과 교류했다.

1610년 이매창은 가난과 병에 시달리다 서른여덟 살의 젊은 나이로 요절했다. 그러자 그녀와 교류했던 문사들은 그녀를 추모하는 시를 지어 안타까움을 표현했다. 일생 수백 편의 시를 지었으나 거의 사라지고, 1668년에 부안의 아전들이 외워 전하던 58편을 개암사에서 목판으로 찍어냈다. 당시 이 『매창집』을 발간하는 일로 절의 사세가 기울 정도였다는 이야기가 전해질 만큼 부안 사람들이 매창에게 가진 애정은 남달랐다. 그녀의 시 중에는 여성적 정서를 읊은 「추사秋思」「춘원春怨」「증취객贈醉客」「부안회고扶安懷古」「자한自恨」 등이 유명하다. 대표 시 「이화우 흩날릴 제」는 『가곡원류』에 실려 지금까지 전한다.

1917년 부안 시인들의 모임이었던 부풍시사扶風詩社에서 매창 비를 다시 세웠고, 1974년에는 성왕산 기슭 서린공원에도 매창 시비가 세워졌다. 부안읍 서외리 매창공원에 매창의 묘가 있으며 해마다 매창문화제도 열린다.

이매창의 사랑과 그녀가 남긴 시　　촌은 유희경(村隱 劉希慶, 1545~1636)은 바로 이매창이 평생토록 가슴에 담고 살았던 사람이다. 이매창과 유희경의 첫 만남은 임진왜란이 일어나기 전인 1591년으로 추정된다. 그 당시 유희경의 명성은 '위항시인'으로 부안에 널리 퍼져 있던 듯하고, 기생 이매창의 이름 역시 유명했던 듯하다. 두 사람의 첫 만남은 『촌은집』에 기록되어 있으며, 유희경은 매창을 만난 뒤 다음과 같은 한시를 짓기도 했다.

　　남국의 계랑 이름 일찍이 알려져서
　　글 재주 노래 솜씨 서울에까지 울렸어라
　　오늘에사 참모습을 대하고 보니
　　선녀가 떨쳐입고 내려온 듯하여라

그러나 임진왜란이 일어나자 유희경은 의병을 일으켜 전쟁터로 떠나야 했다. 짧은 만남이었기에 더 애틋했던 두 사람의 마음은 여러 편의 시로 알 수 있다. 그 중 한 편이 이매창의 「이화우 흩날릴 제」다. 유희경 역시 매창을 그리워하는 마음을 시로 표현했다.

그대의 집은 부안에 있고
나의 집은 서울에 있어
그리움 사무쳐도 서로 못 보고
오동나무에 비 뿌릴 젠 애가 끊겨라

두 사람의 재회는 첫 만남이 있고 16년 후인 1607년에야 이루어진 듯하다.

예부터 임 찾는 것은 때가 있다 했는데
시인께선 무슨 일로 이리도 늦으셨던가
내 온 것은 임 찾으려는 뜻만이 아니라
시를 논하자는 열흘 기약이 있었기 때문이라오

매창이 묻고 유희경이 답하는 형식으로 지어진 대화체의 시다.

1610년 여름, 매창의 죽음을 전해 들은 유희경은 다음과 같은 시를 지어 슬픔
을 달랬다.

맑은 눈 하얀 이 푸른 눈썹의 아가씨
홀연히 구름 따라 간 곳이 묘연쿠나
꽃다운 혼 죽어 저승으로 돌아가
그 누가 너의 옥골 고향 땅에 묻어주리

마지막 저승길에 슬픔이 새로운데
쓰다 남은 장렴에 옛 향기 그윽하다
정미년에 다행히도 서로 만나 즐겼건만

이제는 애달픈 눈물 옷만을 적셔주네

매창이 죽을 때까지 사랑한 사람은 유희경뿐이었다. 허균과의 관계는 신분상의 차이가 컸을 뿐만 아니라 정신적인 교유 그 이상은 아니었다. 유희경 또한 평생토록 매창을 사모하고 그리워했음을 그가 남긴 시로 알 수 있다. 이들은 시를 통하여 정을 나누고 이를 아름다운 사랑으로 승화시켰다.

이삼만과 전주

명창이 폭포수 아래에서 소리를 얻는 것처럼 서예가의 글씨 또한 굽이쳐 흐르는 물이 길러내는 것은 아닐까. 창암의 유수체는 전주 공동 계곡에 굽이쳐 흐르는 물과 닮아 있다. 매일 천 자씩 쓰면서 붓과 벼루를 닳아 없앴다는 창암. 그는 세상에 나서는 대신 오로지 글쓰기에만 전념했다. 그렇게 완성된 그의 글씨는 글씨이면서 그림이고 동시에 붓으로 추는 춤이었다.

이 먹 갈아 바람과 물처럼
쓸 수만 있다면

옛날 나의 아버지는 봄이 되면 '입춘방(立春榜, 입춘에 대문이나 기둥 따위에 한 해의 행운과 건강을 기원하면서 써붙이는 글)'과 함께 '이삼만' 글씨 석 자를 써서 문지방 아래 거꾸로 붙이곤 하셨다. 글씨를 붙이면서 이렇게 해야 뱀이 오지 않는다고, 뱀이란 놈은 글씨를 거꾸로 붙여야 옳게 읽기 때문에 이렇게 하는 것이라고 설명해주셨다.

언제부터인가 명필 이삼만은 엉뚱하게도 이렇게 축사(逐邪, 요사스러운 기운이나 귀신을 물리쳐 내쫓음)의 '뱅이(표시)'가 되어 입춘방 곁에 붙여지곤 했다. 명필 이삼만이 어떻게 해서 뱀을 막아주는 이름이 되었는지에는 몇 가지 설이 있다.

첫째는 이삼만의 부친이 뱀에 물려 죽었던 까닭에 소년 시절부터 이삼만이 뱀만 보면 때려죽였다는 이야기고, 둘째는 뱀 같은 미물도 신필 이삼만의 필적을 알아보고 접근을 못한다는 것인데 미당 서정주의 시집 『질마재 신화』에서도 이삼만은 신화 속의 인물로 떠오른다. 미당은 「이삼만이라는 신」에서 "뱀들이 기둥 밑동을 기어올라서다가도 그 이상 더 넘어서지 못하는 것"에 대해 "이삼만이가 아무리 죽었기로서니 그 붓기운을 뱀들도 잊지 않은 때문"이라고 풀이하고 있다. 어쨌든 전주를 중심으로 호남지방에서는 이삼만 글씨의 애호가들이 많아서 선친께서도 창암(蒼巖, 이삼만의 호) 글씨를 수십 폭씩이나 모으셨다. 먼 곳에서 온 지인이 돌아갈 때는 "어쩌지? 딱히 줄 것도 없고, 가만, 창암 글씨나 한 폭 가져가게"라고 하시곤 했다.

이토록 집에 쌓여 있던 글씨 탓에 나는 이 호남의 추사, 창암 이삼만을 오래도록 '형편없는 서예가'인 줄로 잘못 알고 있었다. 그러나 그 생애와 예술세계가 대부분 베일에 싸여 있고, 또 중앙에 진출한 적 없는 중인으로서 제대로 평가받지 못했음에도 창암 이삼만이 우리 근대 서단의 걸출한 서예가임을 아무도 부인하지 못한다.

이 신화와 전설의 인물 이삼만에 대해 가장 잘 아는 이는 전주에 사시던 서예가이자 한학자인 고 작촌 조병희 선생이었다. 그이는 가람 이병기 선생 누님의 아들로 향토사 연구의 웃어른이다.

전주는 산업화의 회오리바람을 비켜서서 아직 양반가의 기풍이 느껴지는 옛 이씨 왕가의 땅. 조선 선비의 정신적 기품과 여유를 느낄 수 있는 도시다. 이 옛 후백제의 도읍지에는 아직도 예와 풍류와 맛이 고스란히 살아 있다.

전국 규모의 명창대회와 국악경연대회로 알려져 있는 '전주대사습'은 2백 년의 전통을 잇고 있고, 수많은 소리 명인들이 한양보다 전주의 이 대회에서 이름 얻는 것을 더 큰 영예로 생각했을 만치 권위가 있다. 도청 근처 '수구정' 같은 곳에서는 전통음식과 함께 창을 청해 들을 수 있는데, 한복 뽑아입고 밥숟가락에 젓갈 따위를 올려주는 그 곰살맞은 친절도 다른 곳에서는 기대하기 어렵다. 그런가 하면 아직도 장인들이 만든 태극선과 합죽선을 부치며 망건이나 한복 차림의 노인들이 한벽당에서 전주 한지 위에 묵란을 치고 한시를 짓는 모습을 심심찮게 볼 수 있다. 코아호텔 근처 번화만 빼고 나면 서울 인사동 거리를 수십 배로 확대해놓은 듯 옛 백제 내륙문화의 숨결이 생생하게 느껴진다.

이런 분위기로 인해 동양화와 서예가 융성한 전통을 지니고 있다. 특히 서예는 강암 송성용에서 하석 박원규에 이르기까지 아직도 보학(譜學, 조선시대에 성리학의 발달로 나타난 족보에 관한 학문)과 사승(師承, 스승에게 학문이나 기술 따위를 배워서 이어받음)이 면면히 이어져오고 있는 것이다.

하늘을 빽빽이 메우며 소담하게 눈이 내리는 날 창암 연구에 일가를 이룬 백제예대의 박환용 교수와 함께 작촌 선생 댁을 찾았다. 전주에서 작촌 선생 모르면 간첩이라고 할 만큼 선생은 유명했다. 그이가 살았던 다가동 주택가의 중노년층 아무나 붙잡고 물어도 작촌 선생 댁 가는 길을 가르쳐줄 정도였던 것이다. 추사와 창암과 작촌 자신의 편액(종이, 비단, 널빤지 따위에 그림을 그리거나 글씨를 써서 방 안이나 문 위에 걸어놓는 액자)이 나란히 걸려 있는 한옥의 한서가 빼곡한 서재에서 '전주의 스승' 작촌 선생은 앉아 계셨다.

'방시한재方是閑齋', '바야흐로 (이것이) 한가한 집'이라는 창암의 편액이 걸린 선생의 서재에는 11대에 걸쳐 모아둔 선조들의 글씨는 물론, 역대 명가의 유묵(遺墨, 생전에 남긴 글씨나 그림)으로 가득했다. 한때는 완당 유묵만도 열다섯 점이나 모았다 한다. 문득 생시의 창암이 이런 모습이 아니었을까 싶게 선생은 조선의 옛 선비 모습 그대로였다.

돋보기도 안 쓴 쏘아보는 눈매와 카랑한 음색이 인상적이었다. 노인은 다짜고짜 창암 예찬론부터 폈다. 수년 전 그이가 발문을 쓰고 전주

옛 한옥 마을
전주에는 이런 한옥들이 많이 남아 있어 옛 조선조의 모습을 희미하게나마 느끼게 해준다.

창암 글씨의 멋과 향
글씨에 남녘 산하의 뼈대와 기운 그리고 형기가 어리어 있다.

MBC에서 펴낸 『창암서집』을 일일이 손으로 짚어가면서 글씨를 설명했다.

"선생이 관직을 가지지도 못했고 돈도 없었던데다가 중인이어서 서울의 후레아들놈들이 글씨를 폄하해버렸지만" 하나같이 "뼉다구가 살아 있는 좋은 것들"이라고 했다. 다시 행서, 초서 들을 일일이 볼펜으로 '차즉(此則, 이것)' 써가면서 설명하곤 했다. 그이는 굴러다니던 창암 글씨를 보는 대로 모으고 또 선생의 서법을 나름대로 베끼고 모으다보니 어느덧 망백(望百, 백을 바라보는 나이, 아흔한 살)이 되어버렸다며 이제 누가 대를 이어 선생의 예술세계를 온전히 드러내겠느냐고 길게 탄식했다.

작촌 선생은 창암을 존경하는 이유로 우선 그 거침없는 '유수체'를 든다. 그것은 글씨면서 그림이고 동시에 붓으로 추는 춤이라고 했다. 뱀 같은 미물도 놀랄 지경의 신필이라고 했다. 이 같은 경지의 글씨는 창암이 중년에 '한벽당'이 위치한 옥류동에 머물며 성정을 기르고 글씨를 짓는 일에 심혼을 쏟아 이른 시와 글씨와 거문고의 삼매경이 글씨에 고스란히 무르녹아 나온 것이라 한다.

작촌 선생은 창암의 시집 『제현가영諸賢歌詠』에 실려 있다는 시조 한 수를 소개했다.

사립문에 개 짖거늘 동자를 불러 "너 나가보아라".
이런 궁벽한 마을에 어느 벗이 나를 찾을 건가
아마도 가을바람에 낙엽 소릴까!

처사(벼슬을 하지 않고 초야에 묻혀 살던 선비)로서 안빈낙도하는 맑은 정신의 경지가 느껴지지 않느냐고 물었다. 창암 글씨가 속세를 벗어나는 성격을 가지는 것 또한 바로 이러한 삶에서 나왔다는 것과 함께 '마천 십연 독진천호(磨穿十硯 禿盡千毫, 열 개의 벼루를 구멍내고 천 필의 붓을 닳게 한다)'의 글쓰는 태도를 소개했다. 창암은 비록 병석에 누워 있을지라도 하루 천 글자를 썼다는 것과 평생 열 개의 벼루를 맞창내고 천 자루의 붓을 뭉그러뜨릴 만큼 심혈을 기울여 글씨에 매달렸다는 것이다.

이 대목에서 나는 창암의 글씨가 호남 일원을 비롯해서 왜 그토록 많이 발견되었는지 이해할 수 있게 되었다. 창암은 학동들에게 체본(體本, 글씨 견본)으로 글씨를 써서 나누어주었을 뿐 아니라 원하는 지인들마다 선선히 글씨를 써주곤 했다는 것이다. 결코 그림을 돈 받고 팔지 않았다고 작촌 선생은 힘주어 말했다.

사실 호남 서단은 창암 전후로 쟁쟁하였고 한때 이 나라 서단의 중추역할을 했다. 창암과 시대를 같이한 당시 우리나라의 대표적 서예가로는 호서의 추사 김정희, 강서의 눌인 조광진이 손꼽혔다. 창암보다 앞서 원교 이광사는 전남 신지도에 유배되어 파도와 같은 원교체를 완성했고, 거의 세대를 같이하여 추사 김정희는 제주 대정(당시 제주는 호남이었다)에 유배되어 한라산의 천년 고목같이 뼈대가 살아 있는 추사체를 완성했으며, 창암 이삼만은 공동(전북 완주군 상관면 죽림리에 있음. 일명 공기골)의 굽이쳐 흐르는 비단결같이 아름다운 계곡에서 창암체(속칭 유수체)를 이루었으니 호남의 대자연 속에서 각각 그 독특한 서체를 연마하여 세상에 이름을 떨쳤던 것이다.

작촌 선생은 창암이 명리는 물론 사승에도 연연함이 없었다는 점을 여러 번 강조했다. 평생 학동 몇을 가르치며 외롭고 적막한 삶을 살면서도 제자를 많이 두려 애쓰지 않았고 또한 아들을 못 두어 양자를 들였음에도 자족한 삶을 살았다는 점을 들었다. 그러면서 혼이 담긴 글씨를 쓰려면 일단 필묵만이 벗이 될 만큼 삶이 고독해야 하는 것이라고 말했다. 제주 유배 시절의 그 적막함 속에서 추사체가 무르익은 것이라는 예를 들면서.

그러고는 인품의 온후함과 정의 두터움을 들었다. 소실 심씨의 묘에 비석을 세워 각별히 후대했을 정도의 인품을 지녔다는 것이다.

장장 다섯 시간 동안이나 대화를 나눴음에도 노인은 꼿꼿한 자세를 흐트러뜨리지 않았다. 그런 건강의 비결을 물었다. 술과 차를 즐기며 쓸데없는 권세 부리지 않고 제 좋은 일 하되 도를 넘지 않는 것이라고 했다. 한마디 한마디가 모두 동양 경전의 한 구절 같았다.

무엇보다 '서예가'로 행세하지 않고 '작은 글'이나 쓰며 시 짓고 사는 자족의 삶이 비결이라면 비결이라고 했다. 노인은 엄청나게 두툼한 시 원고를 보이며 "나 인자 요놈이나 하나 내고 죽어번지까혀"라고 '죽음'을 아주 대수롭지 않은 것처럼 말하기도 했다.

그이는 5백여 수의 미발표 한시를 한데 묶는 것이 마지막 할 일이고 창암 선생 업적을 제대로 만드는 것 또한 마지막 일이라고 말했다.

한양에서 내려온 사람 위해 시를 하나 써주어야겠다며 농부처럼 먹을 휘적휘적 갈았다. "먹은 약하게 쓰는 것이 좋아. 자꾸 시커멓게 쓰면 글씨에 도적질할 음흉한 마음이 생기거든. 개칠을 하려 든다 이 말이여" 하더니 큰 장봉(藏鋒, 서예에서 붓끝의 흔적이 나타나지 않게 쓰는 필법)으로 획획 획을 날렸다.

위수는 맑고 경수는 탁하나 물소리는 같고
오얏꽃 희고 복숭아꽃은 붉어 봄의 두 색이로다.

학인은 선비의 도를 지키되 니가 옳으니 내가 옳으니 너무 따지지 말고 잘 어울리고 너그러워야 한다는 뜻으로 지은 것이라고 설명했다. 동행한 박교수가 창암의 예맥이 150년 후 작촌 선생에게 고스란히 이어진 것 같다며 "큰 선비이십니다" 하자 노인은 "선비? 아이고 먼 소리여. 선비는 학문이 도저해야 허는디, 다방에 가면 지지배 손목도 잡고 하는 내가 선비는 먼 선비" 하고 정색했다. 해학도 거침이 없었다. 그 점에서는 외숙 가람 이병기 선생을 닮은 듯도 했다.

나는 궁금하던 창암과 추사의 교류에 대해 물었다. 작촌 선생은 기다렸다는 듯 연대까지 정확히 들추며 줄줄이 말해주었다.

"선생과 추사의 첫 만남은 조선조 헌종 6년(1840) 경자庚子 9월로 추정되는데, 그때 선생의 나이는 고희인 일흔한 살이요, 추사는 지천명을 벗어난 쉰다섯 살이었으니 선생은 추사보다 16년 연상이었지. 어느 모로나 벗으로 지낼 입장은 아니었지만 예술세계에 대한 이해만은 두 분이 각별했어. 추사는 윤상도의 옥사에 관련되어 제주로 귀양 가는 길에 전주를 거치게 되면서 선생과 눈물로 마주했으니 평소에 선생의 이름을 익히 알고 있었던 까닭이었을 게구먼.

한 분은 갈건야복(갈건과 베옷이라는 뜻으로 벼슬하지 않은 선비의 거칠고 소박한 옷차림을 이르는 말)의 노옹이요, 한 분은 '명문 출신인 석학'으로 국내뿐 아니라 중국의 큰 유학자들과도 두루 교분을 나누었을 만치 이름난 고관이어서 신분의 격차는 엄연했지. 그러나 고결한 인품으로 보자면 비록 귀양길의 촉박한 시간이라 해도 영서(靈犀, 무소뿔의 흰 줄무늬는 뿌리에서 끝까지 통한다는 뜻으로 '서로 마음이 잘 통함'을 비유한다)하는 관계로서의 아쉬움이 따랐던 것이야.

그후 두 분 사이에 어떠한 연락이 오고갔는지 알 수 없으나 내가 소장하고 있었던 추사 간찰(편지)에는 창암을 칭송하는 내용이 담겨 있었어.

추사가 9년 만인 헌종 14년(1848) 무신戊申 12월에 제주 귀양살이에서 풀려나 거듭 전주에 들렀으나 창암이 이미 세상을 뜬 이듬해였지. 추사는 슬픈 마음으로 '명필창암완산이공삼만지묘名筆蒼嚴完山李公三晩之墓'란 묘표문(무덤 앞에 세우는 푯돌에 적는 글)과 '공필법公筆法 관아동노익신화冠我東老益神化 명파중국名播中國 제자수십인弟子數十人 일상시습역다천명우세日常侍習亦多薦名于世 취계제자위후取季弟子爲后(공의 글씨는 우리나라 으뜸으로 노년에 이르러 더욱 신묘해져서 그 이름이 중국에까지 알려졌다. 수십 명의 제자들이 날마다 모시고 글씨를 배워 세상에 그 이름을 알린 자 또한 많았다. 막냇동생의 아들도 그 뒤를 이었다)'라는 창암의 글씨를 격찬한 묘문을 엮은 것으로 전하고 있으나 묘표만 새겨져 있을 뿐 음기(陰記, 비석 뒷면에 새긴 글)가 없음이 유감이야."

작촌 선생의 고어투는 듣기에도 숨가빴다. 마치 옛 유학자의 간찰을 음으로 읽는 형국이었다.

노인은 내게 내려온 김에 꼭 창암 선생 묘소를 찾아뵙고 가라며 완주군 구이면 산중의 묘소에 이르는 약도를 볼펜으로 자세히 그려주었다. 깨알 같은 글씨를 쓰는 그 시력에 놀라지 않을 수 없었다. 소담하게 내리는 눈발 속에서 노인은 우리가 멀어지도록 지켜보고 있었다. 어서 들어가시라고 손시늉을 드렸지만 그 자리에서 끄떡도 않으셨다. 눈발 속에 서 있는 노인은 흡사 도인이었다. 나는 다시 한번 창암이 작촌 선생의 모습으로 다시 나타난 게 아닐까 하는 생각을 해보았다.

전주에 내려와 글씨의 옛 도인 창암을 만나지는 못했지만 노인을 통해 거의 창암을 만나고 돌아간 것이나 다를 바 없는 느낌이었다. 비록 작촌이라는 거울을 통해 창암을 보았던 것이지만 때로는 거울로 보는 것이 실체를 보는 것보다 더 명료할 때도 있는 법이다.

다음날 아침 일찍 작촌 선생이 적어준 약도 따라 국도를 달렸다. 모악산 아침 안개가 걷히면서 산의 상서로운 기운이 퍼져나왔다. 구이저수지를 우측으로 끼고돌아 국도를 달린다. 호젓한 국도는 가도 가도 끝이 없다. 태실교 건너 완주군 구이면 평촌리 하척, 산중 마루턱을 뒤져 간신히 창암의 묘소를 찾을 수 있었다.

추사가 썼다고 전해지는 '명필창암완산이공삼만지묘'라는 묘표문과 함께 강암 송성용이 1976년에 새로 쓴 묘비가 서 있다. 선생의 묘소 옆으로 약간 비켜앉은 자그마한 묘소가 보인다. '창암부실 심씨지묘'라는 비석과 함께. 쉰세 살에 첫 부인을 사별한 후 풍류를 같이하면서 말년을 보냈다는 심씨 부인의 묘소다.

중인이면서도 그 인품과 학덕과 빼어난 글씨로 호남 일원에서 대로大老의 칭호를 받았다는 창암, 평생 옥류동에 머물며 홀로 그윽하게 묵향을 벗삼아 살았던 창암, 예로써 이름을 떨치라고 하늘이 정하셨다는 그……

살아서도 세상에 나서려 하지 않고 깊은 산속에 몸을 숨기기 좋아했다는 고독한 성품의 그이는 혼자서 모악산 자락에 숨어 안식하고 있었던 것이다.

창암 이삼만　　이삼만(李三晩, 1770~1847)은 전북 정읍 출신으로, 조선 후기의 서예가다. 자는 윤원允遠, 호는 창암인데, 학문이 늦었고 출사가 늦었고 일가를 이룬 것이 늦었다는 뜻으로 스스로를 '삼만'이라고 불렀다. 만년에는 전주에 살면서 완산完山이라는 호도 썼다.

어려서부터 소년 명필로 이름을 날렸으며, 당대의 명필이었던 이광사李匡師의 글씨를 배웠는데, 병중에도 빠짐없이 매일같이 하루 천 자씩을 쓰면서 "벼루 세 개를 먹으로 갈아 구멍을 내고야 말겠다"고 다짐했다는 등의 일화가 있다.

그의 글씨는 근본적으로 해서체를 기반으로 하지만 초서체로도 유명하다. 이삼만 특유의 글씨는 그의 호를 따서 창암체 또는 물이 흐르는 것과 같은 자연스러운 필법이 엿보인다는 의미로 '유수체流水體'라고도 한다. 그의 글씨는 각종 간찰과 서법을 논한 필적, 고시古詩를 쓴 병풍으로 전해지며, 화엄사, 천은사, 선암사, 대흥사, 갑사, 용문사, 화방사 등 전라도 곳곳의 사찰에서도 그가 쓴 편액을 볼 수 있다.

창암의 글씨철학　　창암은 서예 이론가로서도 중요한 위치를 차지하고 있다. 1840년 일흔한 살에 저술한 이론서 『서결』은 중국 역대 이론을 받아들이기도 했지만, 그 변용과정에서 우리 고유의 심미의식이 엿보인다.

『서결』은 당대 서예가인 옥동 이서와 원교 이광사의 연장선에 있으면서도 서예의 본질에 대해 이들과 다르게 생각했다. 대부분의 조선 지식인들은 시문 글씨를 학문의 본질에서 떨어졌다고 인식했다. 글씨로 삶을 맞바꾼 원교 이광사마저도 글씨는 진정한 도가 아니라는 인식에서 벗어나지 못했다. 창암은 이와 달리 확고한 서예관을 가져 "글씨는 소도가 아니다. 도의 근본은 인륜을 돕는 것이다. 하여 매번 고요한 곳에서 먼저 그 마음을 바르게 하고 미리 심획心劃을 생각한 뒤에 글씨를 써야 하니 마음에 생각함이 있는 자라야 끝내 공력을 얻게 된다"는 견해를 나타냈다.

그는 또한 "서는 자연에서 비롯되어 음과 양이 생겨나고, 형·세·기가 붓에 실려 부드러움, 거침, 기이함 괴상함이 생겨난다. 세차고 빠름 느리고 껄끄러움 이 두 가지 오묘함을 터득하면 서법은 끝난다"고 말하며 자연스러움의 경지를 강조했다.

산자락 따라 군락을 이룬 동백숲이 선운사 대웅전을 에워싸며 절정에 달한다. 미당 서정주의 시는 선운
사 동백꽃만큼이나 붉다. 피가 뚝뚝 떨어지다 못해 악마적이다. 저 붉은빛이 『화사집』의 악마적 탐미성
에 불을 지핀 것은 아니었는지. 어찌 동백뿐이겠는가. 서정주의 몸에서 시의 형형한 기운이 60여 년을
두고 뿜어나올 수 있었던 것도 그가 나고 자란 이 '고창땅'이 젖줄 되어 상상력을 대주었기 때문 아니겠
는가.

선운사 동백꽃에
미당 시가 타오르네

'눈물처럼 후두둑 지는' 동백꽃 찾아 미당 시의 고향 선운사로 가는 동안 목판화처럼 옛일 한 토막이 떠오른다.

어느 해인가 청담동의 한 화랑에서 열린 '시가 있는 그림전' 뒤풀이에 시인과 화가가 함께 어울리게 되었다. 그때만 해도 비 오는 날 출출한 저녁이면 예사로이 이루어졌던 이런 일이 예술 동네의 형편들이 각박해지면서 이젠 흔치 않은 일이 되었다. 불빛이 흐리고 천장이 낮은 집이었는데 그 자리에 미당도 계셨다. 무슨 일인가로 식사시간 전에 일어서는 나를 선생이 손을 들어 "아무리 바빠도 상머리는 한번 쳐다보고 가서야제"라며 앉혔다. '상이나 한번 쳐다보고 가라'는 것은 바빠도 식사를 좀 하고 가라는 표현이다.

밥상이 물려진 다음 화가와 시인 들이 서로 번갈아가며 노래를 부르게 되었다. 여성시인 한 분이 노래 대신 「국화 옆에서」를 낭송했다. 본인의 시가 낭송되는 동안 가부좌한 노시인이 뭐라고 중얼거렸다. 바로 옆자리의 내가 들으니 "귀 좋다. 참 그 귀 좋다⋯⋯"였다. 누구의 귀가 좋다는 것인지는 모르겠지만. 내 차례가 되어 시원찮은 솜씨로 가곡 하나를 부르고 있는데 미당은 허리를 굽혀오며 "총각, 어찌 그리 창가를 잘도 허시요?" 하고 한숨을 쉬었다. 그 눈길이 형형했다.

그날 밤 노시인은 상당히 늦은 시간까지 몸체를 좌우로 보일락 말락 흔들며 가부좌를 풀지 않았다. 그 몸에서는 쉼 없이 요사스러운 기운 같은 것이 흘러나오는 것 같았다. 늙은 무당에게서인 듯 '무기巫氣' 같은 것도 느껴졌다. 그날 밤 나는 "귀 좋다! 참 귀 좋다!"라는 중얼거림에서 『화사집』—대학 때 읽고 소름이 돋았던 그 시집의 관능을 보았으며, '총각'이나 '창가' 같은 언어들 속에서 『질마재 신화』의 삼한三韓적 시간이 시인의 머리며 어깨 위로 살포시 내려앉아 있음을 보았다. 서울하고도 번화한 청담동에 앉아서도 시인의 정신은 여전히 '도솔천'과 '선운사'를 떠돌고 있었던 것이다.

한 빼어난 시인의 시가 그렇게 만든 것일까. '고창'은 현실로부터 격리된 채 여전히 백제의 한 고읍으로 남아 있는 느낌이었다. 초록저고리 다홍치마로 수줍게 돌아앉아 있는 미당 시의 '신부'처럼. 작은 군 단위 가운데 고창만큼 역사와 예술과 정신이 한곳에 모여 있는 데도 흔치 않다. 아산면 상갑리에는 선사 유적의 보고인 5백여 기의 고인돌이 군락을 이루고 있고, 고창 읍내에는 흔히 그 조형미와 건축미가 수원 화성과 비교되는 사적 제145호 모양성(고창 읍성)이 옛 모습 그대로 남아 있다. 시간의 숨결과 역사의 맥과 예술적 영감이 곳곳에서 짚인다.

호남고속도로 정읍 인터체인지에서 22번 국도로 접어들면서부터 만나게 되는 '능구렝이 같은 등어릿길'과 '씨누대밭'과 '붉은 황토'가 미당

선운사 동백
노래로 시로 불려 너무도 유명한 선운사 동백. 선운사 자락은 온통 '동백꽃 바다'다.

의 땅에서는 시어로 살아나 꿈틀거린다. 길가에 점점이 피어 있는 들꽃마저도 백제의 화사함으로 빛을 발하는 듯하다. 어쩌면 평범한 시골 마을의 풍광마저도 시인의 시어로 강하게 입김을 쐬어 환상을 만들어내는 것은 아닌지, 그리고 그 환상은 실재보다도 더 강한 힘으로 착색되어 이방인을 사로잡는 것은 아닌지 모르겠다.

초록물이 짙게 밴 저수지를 둥글게 돌아 '풍천 장어'로 유명한 선운사 앞 풍천 삼거리에 당도한다. 선운사 입구의 '막걸릿집 여자의 육자배기 가락'은 들리지 않고 곳곳에 장어집 간판만이 어지럽다.

선사의 맑고 고운 예불 소리 머잖은 곳에 육신의 욕망을 부추기는 장어가 불길에 지글댄다는 것은…… 삶의 불가해한 양면인 양 재미있다.

하긴 미당 시에도 '이생원네 마누라님의 오줌 기운' 같은 토속적 에로티시즘과 '선덕여왕의 말씀' 같은 도학풍이 함께 어우러지고, 촛농 흘러내리는 기방의 지분 냄새와 길상문양(吉祥文樣, 복되고 좋은 일을 상징하는 무늬) 화사한 종갓집 기침 소리가 사이좋게 어울려 더더욱 중층의 아름다움을 자아내고 있기는 하다.

풍천 장어구이는 생강, 후추, 마늘 등 10여 가지 양념에 재어놓은 장어를 화덕에 구워 등 쪽으로 길게 칼집을 낸 후 한번 더 양념장을 칠해 구워 윤기를 내는 요리인데 반드시 복분자술과 곁들여 먹어야 한단다. 산딸기술 한잔이면 그 오줌발에 요강이 뒤집어진다 하여 복분자주라 했다지만 풍천 장어와 함께 먹으면 숫제 놋요강이 깨진다는 설명이다. 놋요강 깰 자신도 없으면서, 별미라는 풍천 장어요리에 복분자술까지 한잔 곁들인다.

식당을 나와 유랑자처럼 걷는 동안 어느새 선운사 입구에 도착했다. 어디선가 '신재효'의 소릿가락이 들려오는 것 같다. 그러고 보면 근세

판소리의 사설을 집대성한 신재효와 최초의 여류국창 진채선, 국창 김
소희가 바로 이 고창 출신인 것이다.

한때 미당이 머물며 원고를 썼다는 동백여관은 간곳없고 섭섭하게도
화려하게 광을 낸 동백호텔이 서 있다. 가와바타 야스나리가 『이즈의
무희』를 썼다는 이즈의 작은 온천장에는 아직도 그가 사용한 서탁과 원
고지며 만년필이 고스란히 남아 있다는데, 우리의 '국민시인'이 시를 썼
다는 저 공간 어디쯤에도 그런 방이 하나쯤 남겨질 수 없단 말인가. 부
질없는 상상을 해본다. 선운사까지 3킬로미터 정도 시원한 숲길을 가는
동안 길가 오른편에 미당의 「선운사 동구」가 시인의 육필로 반겨준다.

「선운사 동구」는 '팔 할의 바람을 타고' 떠돌다 '가도 가도 부끄럽기만
한 세상'으로부터 지치고 피곤하여 다시 돌아오는 '귀향 시' 같은 느낌을
준다. 그 시비를 지나 잠시만 더 가면 일주문이다. 드디어 '화엄' 동백,
그 핏빛 꽃의 바닷속으로 빨려들어간다. 선운사가 세워진 백제 위덕왕
24년(577) 이후에 심은 것이라 하니, 인생들이 몇 대에 걸쳐 태어나고 스
러지는 동안에도 동백나무는 그 맑은 빛을 잃지 않은 것이다. 이 선운사
동백꽃이 일시에 필 때 선운사 일대는 불타는 듯 장엄한 광경을 펼치는
것이다.

산자락 따라 군락을 이룬 동백숲은 '대웅전'을 에워싸며 절정에 달한
다. 저 붉은빛이 『화사집』의 악마적 탐미성에 불을 지핀 것은 아니었는
지. 어찌 동백뿐이랴. 시인의 몸에서 시의 형형한 기운이 60여 년을 두
고 뿜어나올 수 있었던 것도 시인이 나서 자란 이 '고창 땅'이 젖줄 되
어 상상력을 대주었기 때문 아니겠는가. 발길을 질마재로 돌리면서 이
런 상념은 확신으로 바뀐다.

질마재는 '들면 바다요, 나면 강'이라는 부안 바다와 인천강(장수강)의

아우라지를 바라보는 끝고개다. 이 합수지에 3백 년 동안 참나무 토막을 담갔다 꺼내 불에 태우면 생겨난다는 향이 바로 '침향'. 그런 면에서 미당의 시 「침향」은 질마재의 물과 흙과 시간이 버무려지고 연소하여 나온 것이라 할 수 있을 터, 천년을 넘나드는 미당 시의 넉넉한 시간 개념도 바로 시인이 질마재에서 태어나 자라는 동안 거의 '생득적'으로 체득된 것이 아닌가 싶다. 그래서 햇빛에 반짝이는 사금파리를 줍듯이, 고창 산천의 야생화를 따 바구니에 담듯이 마치 자연으로부터 이야기를 듣는 것처럼 시를 토해내는 것이다.

「해일」「상가수의 소리」「외할머니의 뒤안 툇마루」「눈들 영감의 마른 명태」「간통 사건과 우물」「단골무당네 머슴아이」「신선 재곤이」「석녀 한물댁의 한숨」「대흉년」「오동지 할아버님」「그애가 물동이의 물을 한 방울도 안 엎지르고 걸어왔을 때」……

지구상 어느 나라 시인이 이처럼 '만들지 않은 듯' 술술 시를 토해낼 수 있을지…… 우스갯소리로 고창 사람들은 선운사와 풍천 장어로 먹고산다고들 하지만 얼마 안 가 고창은 선운사와 풍천 장어와 서정주로 먹고살 것이라 해도 과언은 아니리라.

부안면 선운리 질마재를 벗어날 무렵 어둠이 성큼 내리고 있었다. 소나무숲이 물소리를 내며 기우는 그 위로는 성글게 별이 떠올랐다. 질마재에서는 어둠마저 성스럽고 신비했다.

몇 해 전 사당동 뒷길 고갯마루에서 우연히 미당 선생과 조우했다. 내가 "안녕하십니까, 선생님" 하고 인사를 드렸지만 그이는 옛날 그 '창가 잘하던 총각'의 얼굴을 몰라보고 무심히 "안녕허시요" 하고는 지나쳤다. 수년 전 그 밤에 보았던 형형한 눈빛 대신 그냥 질마재 어귀쯤에서 마주칠 법한 꾸부정한 시골 노인의 모습이었다. 나는 어깨에 석양빛을 받으며 골목 저쪽으로 멀어지는 노시인의 모습을 물끄러미 바라보았다.

그이의 머리에는 이미 신라의 하늘도, 천년을 나르는 학도 없었다. 질마재의 투명한 햇살과 붉은 흙 대신 오직 공해로 숨막히게 탁해진 하늘과 쉼없는 자동차의 소음뿐. 문득 시인이 한숨처럼 토해낸 시 몇 줄이 떠오른다.

뻐꾹새들도
"가슴이 아푸다"면서
우리들의 산에선 떠나버리고,

기러기들도
"눈이 아푸다"면서
우리들의 하늘에선 떠나버린다.

우리의 넋도
대기층 넘어
천국이나 극락에 가서
살 수밖에 없이 되었다.

하느님 보고
실한 동아줄이나 하나 내려주시래서

학의 정강이를 무는 풍천 장어
선운사 앞 풍천에는 장어와 복분자와 학이 관련된 해학과 신화가 어우러진 이야기들이 많이
떠돈다. 마치 미당 시의 '질마재 신화' 처럼.

그거나 타고
하늘 길이 들어가서 살아야만 하겠다.

—「요즘 소식」

서정주와 질마재   줄포만 건너편, 변산 능선이 아스라이 펼쳐진다. 가파른 소요산 북사면이 평지와 만나는 지점에 아담한 마을이 있다. 이곳이 미당 서정주(未堂 徐廷柱, 1915~2000) 시인이 태어난 선운리다. 선운리는 서당몰, 신흥리, 안현, 질마재 등 네 개의 마을로 이뤄져 있다. 그중 질마재는 선운리와 반대편 오산리를 넘나들던 고개 이름이자, 미당이 살던 고향 마을 이름이다. 지금의 행정구역으로는 '진마마을'이다. 수십 채의 농가에 불과한 작은 마을로, 미당의 표현을 빌리자면 그야말로 '골째기'다.

이 마을은 바다를 바라본다. 변산 아래 왼쪽엔 모항, 가운데엔 곰소항이 있고, 오른쪽엔 줄포항이 있다. '질마'는 소나 말의 안장을 뜻하는 '길마'의 사투리로, 결국 질마재는 '안장을 닮은 고개'를 말한다. 이 마을 사람들은 이 고개를 지나 소금이나 마른 해산물을 내륙 장터에서 곡식으로 바꿔 돌아오곤 했다. 마을 사람들 모두 하나같이 가난해서, 이렇게 질마재를 넘어다니며 어물행상을 하지 않으면 인촌 김성수의 아버지인 동복영감의 전답을 소작하거나, 서로 합자해 조그마한 배로 어업을 하거나, 외지 사람들이 와서 경영하는 소금막에서 노동을 했다고 미당은 자서전에서 이야기했다.

미당은 "두루 따분하고 가난하고 서글픈 사람들이 모여서 사는" 이 질마재 사람들을 시집 『질마재 신화』에서 해학적으로 그려놓았다. 미당이 이야기한 마을 사람들도 지금은 질마재에 살고 있지 않지만, 미당의 시 속에서 영원한 '신화'로 남아 있다.

미당은 평생 자신의 고향, 질마재에 대해 남다른 애정을 가지고 있었다. 그는 '나는 죽을 때 내 고향 질마재의 솔바람에 내 마지막 숨을 포개고 죽을 것'이라고 노래했다. 그리고 지금은 질마재 한 자락에 아내와 나란히 묻혀 있다.

세상일 고단해서 지칠 때마다,/댓잎으로 말아 부는 피리 소리로/앳되고도 싱싱히는 나를 부르는/질마재. 질마재. 고향 질마재.//소나무에 바람소리 바로 그대로/한숨 쉬다 돌아가신 할머님 마을./지붕 우에 바가지꽃 그 하얀 웃음/나를 부르네. 나를 부르네.

—「질마재의 노래」에서

이 마을에는 육필원고를 비롯해 각종 자료와 유품 총 1만 5천여 점이 전시되어 있는 미당 시문학관과, 마당에 '대추나무 한 주'가 서 있는, 슬레이트 지붕을 인 단출한 세 칸짜리 미당 생가가 있다. 국화가 한가득 만발하는 매년 11월경이면 이곳에서 선운문학제가 열린다.

미당과 선운사　　　선운사를 품고 있는 선운산 줄기는 장수강을 사이에 두고 소요산과 마주보고 있다. 미당은 바로 이 선운사에서 빼어난 시 한 편을 남겼다. 그 시는 선운사로 들어가는 진입로에 육필 그대로 바위에 새겨져 있다.

선운사 고랑으로/선운사 동백꽃을 보러 갔더니/동백꽃은 아직 일러 피지

않았고/막걸릿집 여자의 육자배기 가락에/작년 것만 오히려 남았읍니다./그
것도 목이 쉬어 남았읍니다.

—「선운사 동구」에서

　미당이 이 시에서 노래하는 선운사 동백꽃은 3월 말에서 4월 초에 무더기로
피어난다. 이 무렵에는 질마재 마을에서 소요산 올라가는 길에 있는 선운사에 들
러보는 것도 좋다. 미당 생가로부터 불과 7킬로미터 정도 떨어져 있다. 미당 서정
주가 어릴 적 자주 들러 시인의 꿈을 키웠던 시인의 정신적 고향이기도 하다. 오
랜 세월 민중과 함께해온 천년고찰 선운사에 미당의 시가 이야깃거리를 더해주
고 있다.

임방울과 광산

『택리지』의 이중환은 산수가 인물을 낳는다고 했지만, 산수는 소리를 낳는다고도 할 수 있지 않을까. 본디 큰 음과 큰 곡은 큰 산과 큰 물에서 오는 법. 임방울의 탯자리 광산에는 지리산 줄기 아래 황룡강과 극락강이 흐르고 있다. 새벽마다 임방울은 물안개 피어오르는 저 극락강가에 서서 서편제 가락처럼 멀어지는 강줄기를 바라보며 소리를 했을 터. 그 속에서 만인의 심금을 울리는 담백하고도 절절한 소리를 얻을 수 있었던 것이리라.

낡은 소리북 하나로 남은
명창 40년

　　임방울을 흠모하여 그의 소리판을 지켰던 명창 강도근이 생전에 내
게 들려준 말.

　　"선생님이 한창 날리던 언젠가였지. 공연이 끝나고 환호와 박수가
쏟아지는디 정작 선생님은 코웃음을 치며, '병신들, 내 목이 넘어진 줄
도 모르고……' 허더란 말이시. 놀라서 쳐다보니 선생님 눈에 물기가
어려 있었어. '도근아, 너는 다 알고 있었제?' 허시면서. '아무래도 목을
다시 세워야 쓰것다'고 실성한 사람처럼 중얼대며 나가셨는데 3년 동
안이나 선생님 소리를 다시 들을 수 없었네. 알고 보니 종적을 감춘 채
소리 처음 허는 사람처럼 목에 피를 토하며 매달린 거였어. 소리도 소
리지만 그 징한 근성 땜시 내가 그 냥반 환장허게 좋아했던 것 아닌
가."

　　그는 소년 시절 '소리'를 배울 때 등판에 소나기처럼 쏟아지는 스승의
매질 때문에 등에는 피껍질이 앉고 피멍이 가실 새가 없었으며 삼복더
위에도 한증막 같은 움막에 갇혀 '소리샘'을 파느라 몇 날씩 바깥구경

못하기 일쑤였다고 한다. 스승에게 소리를 배울 때의 고행은 선승이 벽만 바라보고 3년을 버티는 수행에도 비할 바가 아니어서 아직도 판소리계의 전설로 남아 있다.

도대체 판소리는 왜 즐겁게 시작하지 못하고 항상 거기 苦(고)라는 글자가 끼어 있는 것일까. 즐겁자고 노래도 하는 것이겠거늘 말이다.

그 명창 임방울의 북은 이제 홀로 울고 있었다. 선풍기만 돌아가는 광산문화원의 빈 사무실 낡은 캐비닛 위, 헌 신문지 더미와 박스들 속에서. 한 시대의 심금을 울렸던 임방울의 북은 주인 떠난 뒤 오랜 세월 짐짝처럼 그렇게 놓여 있었다.

또 한번 나는 보지 말아야 할 것을 봤던 것이다. 우리 예술의 현주소란 고작 이런 모습이란 말인가. 하긴 빠듯한 재원과 인력으로 그나마 문화원 간판을 지탱해나가기조차 힘겨울 광산문화원만 탓할 수는 없을 터이다. 얼마만큼의 세기가 지나야 우리도 예술 유적을 아끼고 보존하는 데 유럽이나 일본의 절반 수준쯤이나마 다다를 수 있을까.

아직도 사·농·공·상의 서열은 그런 면에서 시퍼렇게 살아 있었던 것이다.

천하 명창 임방울의 소리혼을 퍼내던 그 북은 생전 그에게는 피붙이 같던 물건. 그러나 이제는 너무 늙어 제대로 소리를 낼 수조차 없을 것 같았다. 수없이 금이 가고 갈라져 세월의 숨결만이 묻어 있을 뿐. 1960년 가을 〈수궁가〉 한 대목을 부르던 주인이 마지막 무대에서 쓰러진 뒤로부터 저 소리북은 50여 년 세월을 울리지 못했던 것이다. 임방울은 생애의 정점에서 소리를 토하다 쓰러져 최후를 맞는다.

고수 주봉신씨의 임종 증언은 이렇다.

"〈수궁가〉의 토끼와 용왕 문답하는 장면을 부르시다가 느닷없이 평생에 별로 부르지 않던 〈흥부가〉로 건너뛰더란 말입니다. 그러더니 다시 〈적벽가〉의 장비 출두하는 장면으로 옮아가시지 않겠어요? 중도에서 그치고 내려오시는데 결국 그길로 세상을 뜨신 것이지요."(천이두, 『천하명창 임방울』, 현대문학, 1994)

『택리지』의 이중환은 "산수가 인물을 낳는다"고 했지만, 산수는 소리를 낳는다고도 할 만하다.

본디 큰 음과 큰 곡은 큰 산과 큰 물에서 오는 법이라 했다. 박유전, 정응민, 정권진으로 이어지는 '강산제'의 보성 땅에 오봉산과 보성강이 있듯, 국창 김창환과 임방울의 탯자리 광산에는 지리산 줄기 아래 황룡강, 극락강이 흐른다. 임방울은 새벽이면 물안개 피어오르는 저 극락강가에 서서 서편제 가락처럼 멀어지는 강줄기 향해 소리를 연습했을 것이다. 그는 이 광산 땅에서 열네 살 소년 나이로 '소리'에 뜻을 둔 후 박재실, 공창실, 유성준 등 허다한 스승을 거쳤지만 결국에는 홀로 연마하여 저만의 소리샘을 파낸다.

전해지는 그의 공부과정은 흡사 생사를 건 싸움과 같았다. 한증막 같은 삼복더위에도 헛간에서 나오지 않고 곰삭은 말간 '똥물'을 마셔가며 뼈 깎고 피 말리기 3년이었다 한다. 웅장 호방하면서 고졸(古拙, 기교는 없으나 예스럽고 소박한 멋이 있음)하고, 애잔하면서도 감칠맛 나는 임방울류의 천구성(힘있게 튀어나오면서도 윤기 있는 소리)과 수리성(쉰 듯하면서도 구성진 소리)은 그렇게 하여 얻어진다.

대중성과 예술성, 시대감각과 소리 기교에서 임방울은 하나의 분수령이었다. 일찍이 김산호주라는 사랑했던 여인이 죽을 때 곁을 지키면서 만들었다는 창가 〈추억〉은 마치 리릭 테너(서정적 테너)의 노래처럼 감미로우면서도 애잔하다. 물론 정통 동편제의 소리법제를 고수하는

명창 임방울
부드러우면서도 강한 그의 소리는 바람과 산, 구름과 폭포 같은 자연에서 터득된 것이 많았다.

문향 그윽

한란(寒蘭)을 닮은 가객 임방울. 그에게는 어쩐지 문사 같은 문자의 향기와 서책의 기운이 날리는 것 같다.

쪽에서는 동·서편제를 자유자재 오간데다가 개인 러브스토리로써 즉흥적인 '소리'를 만든 그를 '판소리의 역적'이라고 공격하기도 했지만 그는 이런 세평에 눈 하나 꿈쩍하지 않았다. 현란한 컴퓨터음에 휩싸인 요즘 노래에서는 맛볼 수 없는, 목소리 하나로 끌고 가는 그 힘과 맛은 복중 더위에 제격이다. 전율을 느낄 만한 그 소리에 의해 여름마저 한결 서늘하게 지나갈 테니까 말이다.

광산의 송정공원은 임방울의 노래비가 있는 곳이다. 이곳 출신 용아 박용철 시인의 시비와 길 하나를 사이에 하고 마주서 있다. 중노인 몇이 부채를 부치고 있는 앞으로 가 임방울을 아시느냐고 물었다.

"임방울을 아느냐고? 허허, 조용필이는 아시는가?"

광산 명창 임방울 모를 사람이 어디 있느냐는 반응을 그렇게 한다. 하긴 '쑥대머리' SP판이 수십만 장이나 팔렸다 하니 그 인기는 오늘의 조용필, 서태지 못지않았을 것이다. 하지만 이제 저 어른들도 떠나고 나면 얼마나 오래 그 절세의 가객을 기억해줄까 싶다.

그 '쑥대머리'가 일세를 풍미할 때 그는 김산호주라는 한 여인과 사랑에 빠진다. 그러나 사랑이 깊어가던 어느 날 홀연히 임방울은 산으로 자취를 감추어버리고 여인은 그의 행방을 찾아다니다 병들어 홀로 죽기에 이른다.

이 소식을 듣고 달려온 그가 여인의 머리맡에서 즉흥으로 지어 불렀다는 것이 〈추억〉이다. 이 창작 판소리는 노래에 얽힌 애달픈 사연과 함께 회자되면서 '쑥대머리'에 버금가는 인기를 얻었다.

(진양조)/앞산도 첩첩허고 뒷산도 첩첩헌디/혼은 어디로 향하신가/황천이 어디라고 그리 쉽게 가렸던가/그리 쉽게 가렸거든 당초에 나오지를

말았거나 / 왔다 가면 그저나 가지 / 노던 터에다 값진 이름을 두고 가며 /
동무에게 정을 두고 가서 / 가시는 님은 하직코 가셨지만 / 이승에 있난 동
무들은 백 년을 통곡한들 보러 올 줄을 어느 뉘가 알며 / 천하를 죄다 외고
다닌들 어느 곳에서 만나보리오 / 무정하고 야속한 사람아 / 전생에 무슨 함
의로 이 세상에 알게 되야서 / 각 도 각 골 방방곡곡 다니던 일을 / 곽 속에
들어도 나는 못 잊겠네 / 원명이 그뿐이었던가 / 이리 급작시리 황천객이
되었는가 / 무정하고 야속한 사람아 / 어데로 가고서 못 오는가 / (중모리) /
보고 지고 보고 지고 / 임의 얼굴을 보고 지고 (…)

그의 평전을 쓴 천이두 교수는 낡은 판을 돌려 어렵게 가사를 옮겼다
고 밝히며 그것이 김소월의 시 「초혼」과 같은 정조라 하기도 했다.

임방울의 손녀딸과 초등학교를 함께 다녔다는, 공원에서 만난 박동
선씨의 말이다.

"임방울의 미망인이 기거했던 소촌동 집에 가면 수많은 SP판이 있었
지요. 그러나 흰 고무신에 흰 두루마기의 임방울 흑백사진이 하나 걸려
있었을 뿐, 유명세에 비해 믿기 어려울 만치 가난한 살림이었어요. 공
항이 들어서고 아파트촌이 서면서 그 집마저 지금은 흔적도 없이 사라
져버렸지만……"

가정도, 돈도, 제자 양성하여 계보를 만드는 일에도 무심한 채 오직
'소릿줄' 하나만 부여잡고 살다 간 예인. 미리 꾸미고 나와 일일이 연출
의 지시를 받아야 한다는 점 때문에 '창극'을 꺼렸고, 기가 흐트러진다
고 '타령'이나 '잡가'마저 한사코 피했던 그였다.

그는 살아서 이미 신화적 명성을 뿌렸지만 그의 장례 또한 서울 장안

의 화제였다. 전국의 국악인과 동호인 들이 모여 그 행렬만도 2킬로미
터가 넘었다 한다. 그 장엄한 행렬은 광화문 네거리를 돌아 국악예술학
교를 거쳐 망우리로 향했다. 그러나 속절없다. 한 시대의 별은 그토록
화려하게 떠났건만 불과 50년이 지난 오늘은 천지간에 그 흔적마저 더
듬을 길이 없다. 남겨진 것은 오직 평생을 두드렸던 낡은 쇠가죽 소리
북 하나뿐.

명창 임방울의 생애　　명창 임방울(林芳蔚, 1904~1961)의 본명은 임승
근林承根으로, 전남 광산군에서 태어났다. 서당 글공부보다는 소리판에 더 마음이
있어 어려서부터 소리판에 뛰어들었다. 열네 살 때 광주에서 박재현에게 〈춘향
가〉〈홍보가〉를 배웠고, 그후 구례에서 유성준에게 〈수궁가〉〈적벽가〉를 6년간
배웠다.

임방울이 김창준, 송만갑 등의 권유로 서울에 상경한 것은 스물다섯 살 때였
다. 임방울은 동아일보에서 주최한 전국명창대회에서 힘있고도 애절한 목소리로
〈춘향가〉의 '쑥대머리' 대목을 불러 수많은 청중을 사로잡았다. 당시 일본에서 녹
음한 '쑥대머리'는 한국을 비롯하여 일본, 만주 등에서 1백만 장이나 팔렸다고 하
며, 지금까지도 전해지고 있다.

이후 서울에서 박초월 등과 동일창극단을 만들어 전국 순회공연을 펼쳤다.
임방울은 여기서도 창극보다는 주로 판소리를 불러 판소리의 전통을 지키고자
했다.

1959년 7월 17일에는 조선일보 후원으로 원각사에서 국창 임방울 독창회를
열었다. 이 시기 쇠약해진 그에게 동료나 후배 들이 쉬면서 건강을 챙기라고 조

언하면 "소리하는 사람이 소리를 안 하면 죽은 목숨인 거여! 그래 나보고 산송장이 되란 말여! 소리를 하다가 꽉 쓰러지는 한이 있어도 소리를 계속 헐 테여" 하면서 오히려 화를 냈다고 한다. 그해 가을 임방울은 김제 공연에 나섰다가 쓰러지고 그길로 서울 초동 집으로 옮겨져 1961년 쉰여덟 살을 일기로 세상을 떠났다. 생전에 번 돈은 어려운 이웃에게 아낌없이 주었기 때문에 음반 몇 장을 제외하고는 유족에게 아무런 유산도 남기지 않았다고 한다.

그의 소리는 타고난 맑고 아름다운 성음에 성량이 풍부하고 뱃속에서부터 막힌 데 없이 뽑혀나오는 통성通聲이었다. 그는 판소리 다섯 마당에 모두 정통했으나 특히 〈춘향가〉 중 옥중가 대목의 '쑥대머리'와 〈수궁가〉의 '토끼와 자라' 대목이 장기였다. 지금도 그가 완창한 판소리 음반은 우리나라 판소리 역사의 중요한 자료다.

임방울과 '쑥대머리'　　　　판소리 대목 중 '쑥대머리'는 〈춘향가〉의 옥중한탄 장면에 나오는 한 대목으로, 옥에 갇힌 춘향이 서울로 올라간 이몽룡을 그리워하는 내용이다. 판본에 따라 완창 〈춘향가〉에 나오기도 하고 없는 경우도 있는데, 요즘은 따로 떼어 부르는 경우가 많다.

임방울은 이 곡 하나로 1930년대 일약 판소리계의 스타가 되었다. 당대 음반사들이 서로 임방울을 불러서 녹음하려 들었을 정도다. 그의 '쑥대머리'는 그가 구사했던 독특한 '더늠' 때문에 유명했다. 그의 '쑥대머리'는 특히 식민지 치하 민중들의 좌절감을 대변해주었는데, 그가 이 대목을 부르면 흐느껴 울지 않은 사람이 없었다고 한다.

운주사와 화순

"자네는 왜 자꾸 이곳에 오는가?" 석불이 물었다. 나는 '석불, 석탑의 그 위대한 단순성을 배우기 위해서'라고 대답하고 싶었다. 그러자 석불은 나를 책망하는 듯 운주의 천불천탑에 서린 슬픈 전설을 들려주었다. 세상을 바꾼다는 혁명적 전설이 배어 있음에도 운주사 조각들에는 한결같이 긴장과 적의가 없다. 그 순후하고 빈 듯한 얼굴은 기막힌 생략과 변형으로 시종되면서 원시와 현대, 추상과 구상을 하나로 꿰뚫어놓는다. 혁명의 성취는 못 이루었어도 예술의 승리는 쟁취했던 것이다.

천년의 바람이여,
운주의 넋이여

화순. 시골 처녀처럼 순박한 이름. 빛고을 광주의 '너릿재'를 사이에 두고 지척이다. "광주에서 뺨 맞고 너릿재에서 눈 흘긴다"는 이 너릿재는 터널이 뚫리기 전까지만 해도 큰 눈이 오면 한 달씩이나 길이 끊기곤 했다는 험한 고개였다.

광주의 상징인 무등산 줄기가 화순까지 뻗어내려 그 산세를 미치고 있지만 화순은 올망졸망한 산지와 구릉을 따로 끼고 내륙으로 돌아앉아 있어 대처 광주의 양지바른 분위기와는 사뭇 그 빛깔이 다르다.

고려 말 홍건적에 쫓겨내려온 공민왕이 어머니 품속처럼 푸근한 모후산 아래에서 피난살이를 하고 갔다는 전설이 있을 만큼, 겹겹 산속에 안온하게 자리한 땅.

『동국여지승람』에 "그 산이 순수한 정기를 감춰두고 있으니 발설하기 어렵다"고 했던 화순은 '능주' '동복' '청풍' '이서' 일대에 여러 신령한 산을 거느리고 있어 석탄이나 규석 같은 자원뿐 아니라 모란이나 작약과 인삼 등 약초도 성했다. 그래서 약효 좋다는 화순 인삼은 동복천의 '복천어'와 토종꿀인 '복청'과 더불어 화순 삼복三福 가운데 하나로 불리기도 했을 정도다. 사람들이 돌과 물마저 복이라 부르지는 않지만 화순은 돌과 물의 고장이기도 하다.

화순은 물과 돌의 고장이다. 물은 산수의 피요, 돌은 산수의 뼈다. 그래서 그들이 어울릴 때 산수 간 음양은 조화롭다. 붉은 암벽을 푸른 물이 넘실 휘돌아 흐르며 이루는 적벽, 몰염정 앞 동복댐 수심이 50여 미터 가까이나 차오르면서 그 전경은 보기가 어려워졌지만 조선조 때에 이미 소동파 「적벽부」의 그 '적벽'과 어깨를 나란히 하며 그렇게 이름 붙여졌을 만큼 절경이다.

봄이면 적벽의 철쭉꽃이 담홍색 꽃잎을 물위에 눈처럼 날리는 곳이어서 이 경치에 취한 김삿갓도 예서 돌아서지 않았다는 곳이다. 화순은 이탈리아의 '카라라'처럼 돌이 많아 탑이 많고 돌조각이 많다. 돌을 채취하는 방법도 바위에 기계를 대지 않고 구멍을 뚫어 그 속에 나무쐐기를 박고 물을 부어 떠내는 독특한 '화순식'을 취해왔다고 한다. 그래서 화순의 돌조각은 모난 데, 정 맞은 데가 없이 둥글고 밋밋하다.

운주사의 석불석탑 또한 그렇다. 운주사는 오랫동안 폐사지(廢寺址, 폐허가 된 절터)였던 곳이다. 일주문 역시 담장도 없고 무서운 사천왕상이나 현란한 탱화도 없이 요사채 하나만 서 있던 무채색의 '들절'이었다. 못생겨서 더 정다운 돌부처들은 법당이 아닌 들판과 산자락 여기저기에 누워 있거나 기대 있었다. 그 위로 바람이 불고 비가 내리고 천년의 세월이 흘러갔다.

운주사 천불천탑과 함께 들 가운데 우뚝 선 벽나리 마을의 거대한 민불(民佛, 길거리에서도 쉽게 접할 수 있는 동상으로 개인의 복과 마을의 안녕을

운주사 석불
운주사에는 위엄과 위격이 아닌 어린아이 같은 천진성을 드러낸 석불이 많다.

빈다)도 일품이다. 멀리서 보면 그냥 일자 장대석을 일으켜세워놓은 듯 단순한 선 몇 개만으로 이루어진 이 돌조각은 '운주'를 포함한 '동복의 입석'과 벽송리 고인돌의 그 원시성과 추상성을 한눈에 보여준다.

순진무구한 시골 소년이나 사미승(어린 남자 승려)의 동안을 하고 서 있는 '벽나리 인물'을 비켜 들판을 달려가다 능주교 근처에서 다시 만나게 되는 것은 '조광조 적려유허비'. 삼봉 정도전이 조선 왕조의 밑그림을 그린 이라면 정암 조광조는 그 위에 추상 같은 개혁의 씨를 뿌린 사람이었다. 그러나 그는 씨를 뿌렸으되 열매를 얻지 못하고 푸르른 나이에 이 귀양지에서 사약을 받아 죽고 만다. 율곡이 "하늘은 어찌 그의 이상은 펼치지 못하게 하면서도 조선에 그와 같은 인재를 내었는가"라고 통탄한 사람이었다.

그러고 보면 이 화순 땅에는 '천불천탑'을 세워 미륵 세상을 열기 원했으나 이루지 못한 '운주'의 좌절된 꿈과 함께 개혁과 혁명을 꿈꾸었으되 뜻을 펴지 못한 안타까운 사연이 둘씩이나 전해지는 셈이다.

운주사는 버스에서 내려 다시 10여 분쯤을 걸어들어가면 은밀히 숨어 있는 형국의 몸체가 드러나지만 일반적인 절과는 그 구조와 분위기가 전혀 다르다.

이따금 트럭이 먼지를 일으키며 달려갈 뿐인 비포장도로를 터벅터벅 걸어 운주사의 돌부처들과 처음 만나던 날을 잊을 수가 없다. 동체의 비례며 형태가 무시된 듯한 석불들은 들일을 하다 허리를 펴고 맞아주는 남도 사람처럼 수더분했다. 그중에는 토속적인 시골 소년이나 사미승의 동안 같은 모습도 있었다. 한결같이 단순과 생략과 무작위의 형상들이었다. 신경질적이고 혼란스러운 현대미술에 지치고 소외되었던 당시의 나로서는 그 돌조각의 단순함과 고요함이 맑은 선지식처럼 다가

왔다. 계곡을 거슬러 마당으로 들어섰을 때 요사채의 어둑신한 방에서는 늙은 보살이 푸새한 이불 홑청을 다듬고 있었다. 툇마루에 앉아 노을이 내리고 있는 계곡을 바라보았다. 어스름한 박모薄暮에 쓸쓸히 서있는 골짜기의 석탑들과 석불들이 사선으로 내려다보였다. 조선미의 극치였다. 그러나 그 운주사는 이제 여염절집과 하등 다를 바 없이 되어 있다. 그 점이 마냥 섭섭하기만 하다.

운주사를 생각하면 언제나 서른 해 가까이 지난 그날의 풍경이 한 장 흑백사진으로 떠오르곤 했다. 그러나 그 운주사에 다시 와서 나는 기의 흐름이 사뭇 달라져 있음을 보았다. 새로 세운 껑충하게 큰 키의 일주문과 웅장하게 중창된 대웅전 사이에서 들판에 뒹굴던 천불천탑은 갇혀 있었다. 천년을 내려오던 기의 흐름은 이 닫힌 공간 사이에서 머뭇대고 있었다. 대웅전 쪽의 기와 천불천탑 쪽의 기가 서로 어색하게 겉돌고 있었다. 운주의 운주다운 맛은 규범성을 깨뜨리고 그 옷을 벗어버린 데 있다. 규범의 옷을 걸치지 않은 원시성과 파격이야말로 우리 같은 환쟁이(미술가), 각쟁이(조각가)들을 잡아끄는 매력이기도 했다. 그런데 다시 규범의 옷이 입혀지고 있었던 것이다. 그것도 평복 아닌 관복풍으로. 나는 그것이 섭섭했다.

"섭섭해하지 말게."

가던 길을 되짚어 내려오는데 누군가 내게 그렇게 말하는 것 같았다. 돌아보니 소나무 아래 작은 석불이 하나 서 있다. 석불이라고는 하나 육계(부처의 정수리에 솟은 상투 모양의 혹)도 수인(부처나 보살의 공덕을 상징적으로 표현한 손 모양)도 광배(부처의 몸에서 나는 빛을 형상화한 것)도 없다. 자세마저 엉거주춤 결가부좌인 것 같기도 하고 서 있는 것 같기도 하다. 몇 개의 굽은 선으로 처리된 법의가 아니라면 그냥 서투르게 쪼아

운수행(雲水行)처럼
시간 속에 빛바래고 풍화된 운주사 돌부처 위로 바람과 구름이 흘러간다.

만든 석상으로 보일 뿐이다. 불경스럽게도 그 머리에는 잠자리까지 한 마리 앉아 있다. 그래도 얼굴은 웃고 있는 것 같았다. 해탈이 어떤 경지인지는 모르겠으되 아마 저런 모습이 아닐까 싶도록 넉넉하게 선정(禪定, 마음이 하나의 경지에 머물러 흐트러짐이 없는 상태)에 든 얼굴이었다. 나는 석불을 물끄러미 바라보았다. 운주사를 사랑하여 『미륵』이라는 책까지 썼던 요헨 힐트만Jochen Hiltmann이라는 독일의 예술가는 독일어로 석불에게 말을 걸었더니 독일어로 대답하더라고 했다.

석불이 말한다.

"자네는 왜 자꾸 이곳에 오는가?"

나는 '석불, 석탑의 그 위대한 단순성을 배우기 위해서'라고 대답하고 싶었다. 그 작위적이지 않고 기교도 없이 아름다운 예의 경지를 엿보고 싶었노라고. 관학풍 좌우대칭의 불상에서는 느낄 수 없는 이곳 민불의 파격과 낙천성과 재미가 나를 끌어당겼노라고. 돌멩이에 피가 통하고 바람이 빠져나가는 그 경지가 놀라워 이곳에 왔노라고. 그뿐 아니라 이 미친 바람 같은 속도감에 어지러워 운주의 구름과 바람과 세월 속에 여유를 찾고 싶었노라노…… 그러자 석불은 나를 책망하는 것 같았다. "재미라고? 자네는 이 운주의 천불천탑에 서린 슬픈 염원의 전설들을 알기나 하는가?"

그 뜻을 펼치지 못한 채 서른여덟 푸르른 나이로 사약을 받고 스러진 조광조 이야기도 그중 하나이리라.

운주사에 떠도는 여러 설화 중 천 구의 미륵불이 '하룻밤 새' 세워지면 미륵 세상이 열리고 수도가 바뀐다는 '도선 설화'를 바탕으로 한 장길산의 운주사 이야기는 통일신라 말 혹은 고려와 조선이라는 시대 배경의 차이에도 불구하고 1980년대 한국이 처한 상황과 맞물리며 사람

운주사
그 위에 천년의 바람이 불고 지나간 자취를 필묵에 담아보았다.

들의 관심과 흥미를 증폭시킨 바 있다. 사람들이 운주사를 찾아드는 발길에는 그 소설도 한몫했음이 물론이다.

세상을 바꾼다는 혁명적 전설이 배어 있음에도 운주사 조각들에는 한결같이 긴장과 적의가 없다. 그 순후하고 빈 듯한 얼굴은 기막힌 생략과 변형으로 시종되면서 원시와 현대, 추상과 구상을 하나로 꿰뚫어놓는다. 운주에 이르러 한국의 옛 조각들은 비로소 숨통이 트이고 자유를 터득하게 되었다. 그러고 보면 무애무득한 그 상들로 인해 혁명의 성취는 못 이루었어도 예술의 승리는 쟁취했던 것이다.

운주사와 천불천탑　　　전라남도 화순군에 자리한 운주사는 경내에 지어진 천 개의 불상과 천 기의 석탑, 이른바 '천불천탑'으로 널리 알려져 있다. 이는 우리나라 여느 사찰에서도 볼 수 없는 독특한 특징이다.

　운주사에 관한 기록은 16세기 문헌인 『신증동국여지승람』에서 찾을 수 있다. '운주사는 천불산 속에 있는데 절 좌우 허리에 해당하는 산에 석불 석탑이 각 일천 기씩 있으며 또 석실이 있어 두 석불이 서로 등을 대고 앉아 있다'는 내용으로, 그 당시만 해도 석불석탑이 일천 기씩 실존했다고 볼 수 있는 증거다. 그러나 현재는 석탑 17기, 석불 80여 구만이 보존되어 있다. 이중 석조불감(보물 제797호), 9층석탑(보물 제796호), 원형 다층석탑(보물 제798호), 와불 등이 대표적이다.

　운주사의 창건과 천불천탑의 유래에 관해서는 구체적으로 밝혀진 바가 없다. 세간에서는 풍수지리설에 따라서 운주사를 창건한 도선국사가 우리나라 형상을 '배'의 모양이라 할 때 그 가운데 해당하는 이곳에 천불천탑을 세워 배가 가라앉지 않도록 했다고 하나 사료로 전하지는 않는다. 『동국여지지』에서는 고려승 혜명惠明이 무리 천여 명과 함께 천불천탑을 조성했다고 하는데, 이 혜명을 970년에 관촉사 대불을 조성한 혜명慧明과 동일인으로 본다면 운주사는 고려 초에 건립되었을 가능성도 있다.

　운주사 불상들은 천불산 각 골짜기에 비로자나불(부처님의 빛, 광명을 상징함)을 주불로 하여 모여 있다. 크기도 얼굴 모양도 각양각색이다. 민간에서는 할아버지 부처, 할머니부처, 남편부처, 아내부처, 아들부처, 딸부처, 아기부처라고도 불렀는데, 마치 우리 이웃들의 얼굴을 표현한 듯 소박하다. 이러한 특징은 다른 절의 불상에서 찾아볼 수 있는 근엄함과 달리 독특한 가치를 지닌 것으로 평가받고 있다.

　운주사 석탑들 역시 모두 각각 다양한 개성을 나타내고 있다. 부여정림사지 5층 석탑을 닮은 백제계 석탑, 감포 감은사지 석탑을 닮은 신라계 석탑, 분황사지 전탑(벽돌탑) 양식을 닮은 모전계열 신라식 석탑 등이 두루 있다. 운주사 석탑은 정교하게 만들어지지는 않았지만 석질이 잘 바스러지는 돌을 재료로 사용해 화강암질의 강한 대리석으로 만들 때보다 더 고도의 기술이 필요하다고 한다. 그 탑이 수많은 세월의 풍상을 버티어 이렇게 전해지는 것을 보면 당시 사람들의 석조 기술의 수준을 미루어 짐작할 수 있다.

황석영의 『장길산』에 나타난 운주사　　1980년대 이전까지만 해도 유명하지 않았던 운주사는 황석영의 대하소설 『장길산』에 등장하고 나서부터 세상에 알려지기 시작했다. 『장길산』은 조선조 숙종 때의 의적 장길산에 관한 이야기를 당시의 미륵 신앙과 관련시켜 쓴 역사소설이다. 그 중심에 "천불산 골짜기에 천불천탑을 세우고 마지막으로 와불을 일으켜세우면 모든 백성이 해방되는 '용화세계'가 열린다"는 운주사 설화가 있다. 황석영의 문학적 상상력이 담긴 『장길산』은 80년대에 집단적으로 분출되던 사회변혁의 정서와 맞아떨어져 독자들에게 큰 인기를 불러모았고 이와 함께 운주사 역시 세간의 관심을 끌게 되었다.

　『장길산』에서도 천불산 계곡의 수많은 불상과 부처는 귀족이나 왕실에 의해 만들어진 것이 아니라 수백 년 동안 여러 사람에 의해 만들어진 백성들의 간절한 꿈과 희망을 담은 것이라고 본다. 작가는 소설의 마지막 장면에서 운주사의 와불을 통해 거꾸로 된 세상을 바로잡고자 했던 민중들의 염원을 그려내고 있다.

강도근과 남원

〈춘향가〉 한 소리를 청했다. 강도근은 몇 번 헛기침 끝에 지리산을 마주하고 소리를 토했다. 소싯적 이후 지리산 손유폭포에서 사나운 물소리와 싸워 잡아먹히지 않고 터득했다는 바로 그 '통목'이었다. 곁에서 서양 친구가 질린 얼굴로 속삭였다. "저렇게 사납고 공격적인 '사랑노래'는 생전처음이네요." 나는 빙그레 웃었다. 하긴 부드럽고 감미로운 소리 아닌, 하나도 예쁘지 않은 저런 쉰 소리, 억센 소리의 사랑노래는 세계에 유래가 없으리라……

동편제왕이
쉰 소리로 전하는 사랑노래

남원 하면 먼저 보랏빛 자운영이 끝 간 데 없이 펼쳐진 들녘이 먼저 떠오른다. 그 보랏빛이 햇빛에 섞여 안개처럼 뭉글뭉글 피어오르는 피안의 세계와 같은 땅이다. 빗줄기 배슷이 수묵처럼 번지는 날, 나는 남원으로 간다. 차창 저편으로 빠르게 들과 산이 지나간다. 뒷자리에서 오십 줄 넘어 뵈는 두 아낙의 감칠맛 나는 사투리가 들려온다. 곡조만 넣으면 그대로 남도 판소리다.

"아이고 성님, 이내 속 썩으며 살아온 것 글로 엮으면 소설이 몇 권이오."

"말해 뭐한당가. 오장육부 문드러져도 언놈이 눈질 한번 주었던가."

과수댁인 듯싶은 두 여인의 팔자 사나운 개인사는 주거니 받거니 차가 '오리정 고개'에 이르도록 계속된다. 멀리 춘향이 허둥대며 버선발로 몽룡을 떠나보냈다는 '버선밭'이 보인다.

여인들의 대화에 문득 환청처럼 임방울의 애원 세성(판소리에서 아주 가늘게 내는 소리)이 휘휘 감겨오는 것 같았다.

쑥대머리 귀신 형용/적막 옥방 찬 자리/생각나니 임뿐이라/보고 지고
보고 지고/한양 낭군 보고 지고/오리정 정별 후로/일장 서를 못 봤네……
— 〈춘향가〉 중 '쑥대머리'의 일부

　이 애절한 연인 사이의 슬픈 노래는 일제강점기 때 SP음반으로 나와
무려 1백만 장이 팔렸다 하니 그 시절 국민의 노래요, 민족의 노래였을
터이다. 우리 서민들은 포악한 남원 부사 변학도를 일제나 관 같은 수
탈기관으로, 옥방의 춘향을 힘없고 가련한 민중 자신들의 삶으로 빗대
어 받아들였음직하다.

　그 동편제의 탯자리 남원. 지리산 안자락으로 슬며시 꺾어들며 낮게
엎드려 흡사 토장그릇 같은 분지 형태를 이루고 있는 곳. 한번 토해진
소리는 3년을 흩어지지 않는대서 동에서 서에서 소리꾼들이 모여들었
다는 천혜의 땅이다. 애달픈 사랑의 사연 때문에 그 사연 서리서리 엮어
소리들이 만들어진 곳이다. 얼마 전 남원 출신의 명창 안숙선은 내게
〈남원가〉를 하나 부르고 싶다고 했다. 아예 사랑의 고장 남원을 주제로
한 창작곡을 부르고 싶으니 가사를 좀 만들어달라고 했다. 지리산 자락
따라 금지, 대강, 곡성을 한달음에 잇는 호남 제2의 질펀한 곡창이고,
그래서 수많은 소리 예인들은 토반의 그늘에서 먹고사는 걱정 없이 득
음에만 몰두할 수 있었을 터이다.
　조선 8명창 중 하나로 이름을 떨쳤던 가왕 송흥록에서 강도근과 그
의 제자 안숙선, 이난초에 이르기까지 실로 빛나는 별과 같은 이 나라
명창들이 이곳에서 득음하고 이곳에서 절창했다. 송광록, 유성준, 송만
갑, 김정문, 이화중선, 박초월…… 엉기는 이름들을 손가락만으로는

강도근과 남원 　093

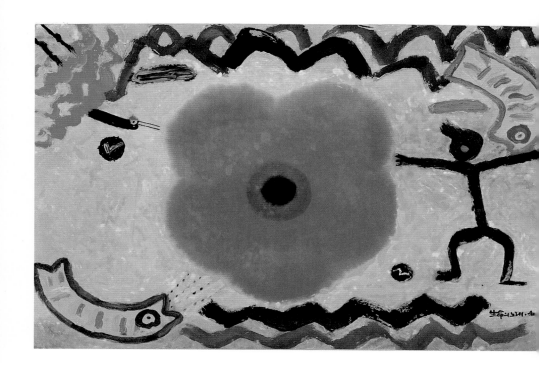

강도근 신화
남원 사람들은 아직도 믿고 싶어한다. 강도근 동편제에 지리산이 흔들리고 요천강이 뒤집히
며 일시에 학이 떠오르고 꽃이 터진다고.

헤아릴 수 없다.

그중에 강도근, 사람들은 그를 '동편제왕'이라는 별호로 불렀다. 동편제의 정통 우조(강건하고 소박하면서도 웅장한 남성적 창조)를 한결같이 지켜낸 그의 소리는 쉰 듯하면서도 힘있고 윤기 있는 '천구성'이 특징이었다. 남원에서 강씨 문중은 대대로 국악인을 배출해낸 곳으로, 대금 산조 인간문화재 강백천이 강도근의 사촌형이고 판소리와 창극으로 일세를 풍미한 강산홍은 강백천의 딸이다. 가야금의 강정렬과 가야금산조의 강순영 등이 강도근과 인척간으로, 강도근은 어릴 적부터 가문의 이러한 음악적 분위기에 젖어 있었던 것이다.

강도근 생전에 서양 친구 한 사람과 찾아간 적이 있다. 마루에는 아이의 손을 잡고 먼저 온 사내가 있었다.

"아…… 해봐라."

방 안의 동남동녀 몇이 연습을 하다 말고 건너다보는 중에 강도근은 치과의사처럼 소년의 입을 들여다보더니 고개를 저었다.

"못 쓰겠소, 눈이 너무 순해빠져서……" 그러더니 문을 탁 닫고 들어가버렸다. 뜻밖에 '목소리'가 아닌 '눈'이었다. 아마도 득음에 이르기 위해서는 눈마저 모진 기울을 담고 있어야 하는 모양이었다. 연습이 끝나기를 기다려 어렵게 〈춘향가〉 한 소리를 청했다. 그는 "잡것들! 시도 때도 없이……" 구시렁대며 마루로 나와 숨을 골랐다. 몇 번 헛기침 끝에 지리산을 마주하고 소리를 토했다. 그때 이미 칠십이 가까웠지만 용트림하며 뿜어져나오는 '상청'은 듣기에도 숨가빴다. 소싯적 이후 지리산 손유폭포에서 사나운 물소리와 싸워 잡아먹히지 않고 터득했다는 바로 그 '통목'이었다.

곁에서 서양 친구가 질린 얼굴로 속삭였다.

"저렇게 사납고 공격적인 '사랑노래'는 생전 처음이네요."

나는 빙그레 웃었다. 하긴 부드럽고 감미로운 소리 아닌, 하나도 예쁘지 않은 저런 쉰 소리, 억센 소리의 사랑노래는 세계에 유례가 없으리라…… 이제는 그 강도근도 가고 없다.

남원이 일찍이 소리문화의 요지가 될 수 있었던 것은 무엇보다 들과 물이 풍부해 먹고살기에 별 어려움이 없었다는 점 때문이었을 것이다. 농경사회에서 배부르고 나면 풍류나 예를 찾고 싶어지는 것은 당연지사다. 물론 그곳이 사방을 향해 문을 연 '깬' 곳이라는 데서도 연유한다.

"남원 가서 풍류 자랑 말라"는 말은 그래서 생겼을 터였다.

남원은 동으로 경남 함양, 남으로 전남 곡성·구례, 서로 순창·임실 등으로 잇대어 있어 전라, 경상 문화가 겹쳐지면서 가야, 삼국 문화 이래 특유한 문화의 완충지역이 되어왔던 것이다.

『택리지』는 이를 비옥한 토지를 거느린 덕으로 풀이한다. 조선조 남녀 차별의 높은 벽을 박차고 일어나 개혁적 문학세계를 열었던 삼의당 김씨같이 깬 여성 예술가가 나온 것도 이런 풍토에 기인했을 터이다.

어쨌든 수많은 명창과 시인, 묵객, 도공 들이 배출되어 반세기 전만 하더라도 이곳은 학문의 기운이 가득한 예술의 땅이었다. 김시습의 『금오신화』 중 저 유명한 「만복사저포기」와 서거정, 김종직, 신흠, 정철 등의 시를 기리어 광한루에 모실 만큼 이곳은 두루 예의 기질로 충만한 땅이다.

두 민간 고전의 발원처로서 남원이 『춘향전』과 『흥부전』을 낳게 했다는 사실로도 이러한 기질은 입증된다. 지금도 국립민속국악원에 청하거나 '명문장' 같은 유서 깊은 한식집에 들르면 가야금병창을 들을

춘향이 마음
한양 낭군 보고지고…… 애절한 춘향의 마음은 오늘도 오작교 아래로 흐른다.

수 있고 많은 재야 소리꾼들이 있어 은근히 소리의 맥을 잇고 있는 것
은 반가운 일이 아닐 수 없다.

　남원은 청각 못지않게 미각문화가 발달한 곳이다. 번성기 남원 요정
의 한끼 식사에 반찬이 마흔일곱 가지가 나왔대서, 고속버스 타고 내려
와 점심 한끼만 하고 올라가도 차비가 빠진다는 우스갯소리가 돌 정도
였다. 남원 음식 중에는 '새집'의 추어탕을 빼놓지 못한다. '새집' 할머
니는 음식을 조리하는 손맛뿐 아니라 어려운 이들을 소리소문 없이 도
와온 적선가로도 유명하다.
　그이는 일일이 음식상을 돌아보며 음식의 간은 물론, 사람 안부까지
챙겨 가까운 친지의 집에 들른 듯한 푸근한 느낌이 들곤 한다. 이제는
함양에서 시집왔다던 그 할머니도 이승을 하직하고 며느리가 대를 잇
고 있다. '새집'의 별미를 들거나 '명문장'의 상을 물리고 나면 '조산'
사람들이 만든 묵란, 풍죽의 사군자 부채를 부치며 요천강을 따라 걸어
볼 일이다. 반짝이는 물빛을 길잡이로 박재삼의 시 「울음이 타는 가을
강」이나 김용택의 「섬진강」을 읊조리다보면 해가 기우뚱 서쪽으로 옮
겨질 때쯤 '곡성' 입구에 닿게 될 것이다.
　요천강 물굽이가 지지부진할 때면 가왕 송흥록이 벼락같이 소리질을
해대고 그 바람에 놀란 물줄기가 곡성까지 한달음에 흐르곤 했다던가.
새벽이면 지리산 첫잠을 깨우는 강도근의 우람한 통성에 사람들이 자
리를 털고 일어선다는 곳.
　일상에 지쳐 사는 일이 시들한 사람이라면 한번쯤 남원행 열차에 몸
을 싣고 '소리 여행'을 떠나볼 일이다.

명창 강도근의 생애   판소리 명창 강도근(姜道根, 1918~1996)은 전
라남도 남원 향교동에서 9남매 중 넷째로 태어났다. 열일곱 살 되던 해에 당대
최고 명창 송만갑의 수제자인 동편제 판소리 명창 김정문의 문하에서 판소리 다
섯 마당을 두루 배웠고, 이듬해부터 협률사 공연 무대에 서기 시작했다.

스승이던 김정문이 죽자 스무 살 때 조선성악연구회에서 송만갑에게 〈흥보가〉
를 배웠고, 스물다섯 살 때 구례 쌍계사에서 7년여 동안 홀로 수련을 했다. 훗날
그는 이 시절에 득음하고, 자신의 소리를 더욱 단련했다고 회고한다. 수련을 마친
후 하동에 살던 유성준을 찾아가 김정문에게 다 못 익힌 〈수궁가〉를 배웠다.

해방 무렵에는 동일창극단, 조선창극단, 호남창극단 등을 전전하며 공연했다.
그러나 자신의 소리가 명창의 경지에 미치지 못했다고 판단한 그는 6·25전쟁중
이던 1952년 다시 쌍계사 계곡에 들어가 움막을 짓고 홀로 7년간 연습을 계속했
다. 1959년에 다시 속세로 돌아와 목포·이리·여수·순천 등지의 국악원에서 창
악 강사로 있었고, 1973년 남원국악원이 창립된 이후로는 고향에서 수많은 제자
들을 길러냈다. 안숙선 명창도 그의 초기 제자 중 한 사람이다.

1988년에는 중요무형문화재 제5호 판소리 예능보유자로 지정되었다. 약간 쉰

듯하면서도 굳세고 단단한 성음인 '철성'이 특징이며, 〈흥보가〉 중 '제비 후리는 대목'이 특기로 꼽힌다.

소리의 탯자리 남원　　　예로부터 남원 사람들은 북을 치고, 활을 쏘며, 지리산에 오르는 풍류를 즐겼는데, 이를 남원의 3대 풍류라고 한다. 이러한 남원의 멋과 풍류는 오래된 역사, 그리고 지리산과 인접한 지리적 여건에서 비롯되었다. 남원은 우리 전통문화 중 하나인 궁도弓道가 잘 간직되고 있는 곳으로, 신라시대 옥보고玉寶高가 이곳 지리산 운상원雲上院에 들어가 거문고 음악을 전수한 이래 오늘날까지 우리 음악의 성지로 자리매김하고 있다.

섬진강을 기준으로 동부 산악지역에서 전승되는 소리가 동편제인데, 그 중심지인 남원은 동편제의 탯자리와도 같다. 남원을 배경으로 한 여러 판소리 가운데 특히 남원지역의 여러 설화들을 바탕으로 한 〈춘향가〉가 유명하다. 이곳에서 배출된 수많은 명창들은 판소리사의 고비마다 중요한 역할을 수행했다.

남원의 판소리 대가로는 송흥록이 단연 대표적이다. 동편제의 중시조 또는 가왕歌王이라는 칭호를 가진 송흥록은 판소리에 진양조 장단을 도입하여 속도와 장단의 변화를 다채롭게 했으며 우조羽調와 계면조界面調의 특성을 확립하여 오늘날 동편제 판소리의 법제를 완성했다.

동편제 소리는 송흥록에게서 그의 아우 송광록에게, 다시 아들 송우룡에게 이어졌고, 이어 송만갑에게 전승되었다. 이후 송만갑이 많은 제자들에게 전수하였고, 그중 한 명이 바로 강도근이다. 이들 명창 송흥록, 송광록, 송우룡, 송만갑, 강도근의 고향인 남원은 그밖에도 명창 김정문, 이화중선, 장재백, 박초월, 배설향, 안숙선, 강정숙, 전인삼 등과 대금의 명인 강백천, 가야금병창의 명인 강순영, 오갑순, 강정렬 등 수많은 국악인들을 낳은 곳이다.

현재 남원 운봉읍에는 국악을 체험할 수 있는 학습장인 '국악의 성지'가 조성되어 있다. 이곳에서는 국악을 직접 배우거나 악기를 직접 만들어볼 수 있으며, 전시장에는 판소리의 거두인 명창 강도근, 명창 박초월을 비롯한 국악 각 부문의 주요 무형문화재의 유품 5백여 점 등이 전시되어 있다.

조금앵과 남원

판소리 동편제의 땅 남원. 남장 여인 조금앵 역시 이곳 출신이다. 그러니 여성국극의 뿌리가 이곳에 있
다고 한들 과장이겠는가. 억눌리고 억압받으며 살아야 했던 이 나라 대다수 여성들에게 조금앵은 꿈속
에서라도 만나고 싶은 이상적인 남자였다. 세속의 나이야 아랑곳없이 언제나 대장부로 무대에 서다가
무대에서 죽고 싶다는 예인, 임세를 풍미했던 그녀는 낙화유수처럼 그렇게 지고 그렇게 가버렸다.

달이 뜬다,
북을 울려라

불볕더위가 계속되던 2012년 8월 어느 날, 한 조간신문의 부음 기사 (조선일보, 2012년 8월 9일)가 내 눈길을 잡아끌었다.

여성국극國劇의 최고 스타였던 조금앵(82)씨가 지난 3일 별세했다. 여성 국극은 모든 배역을 여성 출연자들이 맡아서 공연하는 창극으로 1950~1960년대 큰 인기를 누린 장르다. 고인은 열세 살 때 동일창극단에서 활동하기 시작했다. 1950~1960년대 〈햇님 달님〉 〈황금 돼지〉 〈콩쥐 팥쥐〉 등 여성국극에서 주로 남성 역을 맡아 카리스마 넘치는 연기와 칼싸움 등 액션을 선보이며 최고의 인기를 누렸다. 〈햇님 달님〉 공연 당시에는 부친상을 당했지만, 워낙 인기가 높아서 극단이 부고를 늦게 전해주는 바람에 장례에도 참석하지 못했다고 한다. 고인을 흠모했던 여성 팬의 간청에 가상 결혼식을 올렸다는 일화도 유명하다. (…)

한 시대의 별이 졌지만 그를 애도하는 이는 거의 없었다. 그가 누구인지를 아는 이가 거의 없었기 때문이다. 일세를 풍미했던 조금앵은 낙화유수처럼 그렇게 지고 그렇게 가버렸다.

어둠 속에 징이 울린다. 천장에서 떨어지는 불빛. 오색 조명을 받으며 옥색 치마 연분홍 저고리의 소리꾼이 나온다.

"원풍 말년에, 선영 향화 끊게 되니, 곽씨 부인 공을 들여 딸 하나를 낳게 되었겄다. 그러나 곽씨 부인 산후별증으로 정신없이 앓는구나……"

이어 비척거리고 나타나는 심봉사. 애타는 울음과 사설이 구슬프다.

"아이고 마누라. 내가 죽고 그대가 살아야 했을 것을……"

1998년 6월 인사동의 한 지하 소극장에서 칠순을 바라보는 조금앵 여사는 심봉사 역을 그렇게 시작하고 있었다.

낡은 갓과 해진 두루마기, 검은 수염에 담뱃대와 지팡이 그리고 우렁차고 큰 목소리. 어디로 보나 대장부요 미남자다. 간간이 희미하게 밖의 자동차 지나가는 소리가 들린다.

60대 이상에겐 아련한 추억인 '여성국극'. 여자들만으로 구성된 창극단. 우리나라의 1950년대는 여성국극의 절정기였다. 한때 그 인기는 영화를 앞지를 정도였다. 그 사라져버린 추억의 여성국극이 40여 년 만인 1998년 다시 서울에서, 그것도 인사동 바닥에서 열렸다. 그날 여성국극 최후의 명인 조금앵 여사가 나온다는 소문을 듣고 일부러 상경한 집안 어른 한 분을 모시고 인사동에 있는 한 공연장을 찾았던 나는 형언하기 어려운 감동을 맛보았다. 물론 그날의 국극은 〈심청전〉을 패러디한 것으로 정통 여성국극은 아니었지만 조금앵 여사의 연기만은 일품이었다. 그날 동행한 집안 어른은 극장을 나오며 혀를 내둘렀다. "조

여자이면서 평생 남자의 모습으로 무대에 올랐던 조금앵
그녀가 평생 연기해온 남성은 한결같이 따뜻하고 학식이 높았으며 무엇보다 여성을 감싸고
보호하는 사람들이었다. 마음속의 이상형을 그리며 자신이 스스로 그 남성이 되려 하였기에
그녀와 무대 위의 남성은 둘이면서 하나였다.

금앵이가 40년 전이나 지금이나 조금도 안 변했다"고······

여성국극단은 1948년에 결성된 '여성국악동호회'에서 시작되었다. 명창 박녹주, 임유앵, 박귀희, 김소희, 한영숙 등 당대 최고의 젊은 명창들이 주축이 된, 당당한 페미니스트 연희패의 출발이었다. 남성 중심의 국악계에서 여성들이 별도의 조직체로 만든 여성국악동호회는 여성국극의 시발점이었다. 이들이 서울 시공관에서 1948년 10월에 가진 창립공연은 〈옥중화〉로 기존의 〈춘향전〉을 각색한 것이었다. 이몽룡에 임춘앵, 춘향에 김소희가 각각 그 역을 맡았다. 이후 〈햇님 달님〉이 크게 성공하면서 서민대중을 사로잡았고, 남성 명창 중심의 창극단을 능가하는 인기를 얻게 된다. 조금앵은 이후 인품과 학식을 두루 갖추었으면서 여성을 깊이 위하고 사랑할 줄 아는 남성상을 단골로 연기하여 수많은 여성 관객의 마음을 설레게 했다.

게다가 현란한 무대의상과 조명 그리고 웅장한 무대장치, 애련하고 간드러진 몸매에서 나오는 사랑의 언어들, 환상적이면서도 달콤한 분위기, 남장한 여성의 과장된 목소리, 현실감 없는 짙은 화장 같은 것들이 서민들을 매료시켰다. 시조와 창, 기악과 탈춤, 농악 등 국악의 전 분야가 한 무대에서 화려하게 펼쳐지면서 드라마 요소가 강한 국극은 그야말로 사람들 속에 살아 숨쉬는 대중 예술의 꽃이었다.

청년층은 물론, 어린 학생과 중·장년, 노년층에까지 두루 인기가 높아 공연이 있으면 매일 출근하다시피 하는 관객들도 많았다. 남장 여배우의 눈썹 짙은 화장을 떠올리며 상사병에 들뜬 부인이 있었고 배우를 흠모하다 못해 가출하는 여염집 아낙까지 생길 정도였으니, 한창때의 서태지나 H.O.T. 같은 아이돌 스타가 문제가 아니었다.

고달픈 서민들의 삶에서 여성국극은 환상의 출구였다. 창과 민요, 가곡과 민속놀이에 멋스러운 춤과 무용 등이 어우러진 이 새로운 한국적 뮤지컬은 전쟁과 가난의 시름에 겨운 서민들에게 현실을 벗어난 환상을 제공했던 것이다.

그러나 1960년대부터 여성국극은 급격히 쇠퇴한다. 스테레오타입화된 연기와 천편일률적인 레퍼토리, 거기에 소재와 연기자의 빈곤으로 시대적 감각을 따라잡지 못했기 때문이다. 더구나 1950년대 후반부터 영화산업이 급속하게 일어나고 서구 연극이 들어오면서 여성국극은 도태되고 급기야 천시되고 말았던 것이다.

우리 여성국극사에는 전설적 가인 몇이 나온다. 그중 하나가 임춘앵이다. 그녀는 본디 유성준, 정정렬에게서 판소리를 배운 명창이자 창극인이었으며, 또하나의 전설적 가인 임유앵의 아우이기도 했다. 어린아이 적부터 판소리는 물론 전통무용과 순무, 검무, 살풀이까지 놀라운 재능으로 천재성을 보였다. 그녀는 애절하면서도 구성진 소리와 함께 폭넓은 연기력을 갖추었다. 〈옥중화〉〈춘향전〉에서 이도령 역을 맡았고 〈햇님 달님〉〈공주궁의 비밀〉〈무영탑〉〈춘소몽〉〈낙화유정〉〈청실홍실〉〈연정 7백리〉〈목동과 공주〉 등 주연 작품만도 헤아릴 수 없이 많았다.

평생 혈육도 없이 여성국극에 매달려온 그녀는 어느 저녁 제자들에게 춤을 가르치다 뇌출혈로 졸도, 숨을 거둔다. 그녀는 "훌륭한 가무 연극인을 많이 가진 나라가 훌륭한 나라"라고 말한 적이 있다. 음악으로 사람들의 심성을 교화한다는 공자의 '악교'처럼 그녀는 좋은 국극이 나라의 창조적 에너지가 될 수 있다고 믿었다.

그러나 임춘앵이라는 여성국극의 별이 떨어지면서 국극 또한 운명을 달리했다. 거의 명맥을 잇지 못할 정도였지만 그래도 간간이 김정희,

김진진과 조금앵, 박도화, 김경수, 김경애 같은 제자들이 임춘앵의 뒤를 이어 그 불씨를 지펴왔다. 임춘앵을 이모로 둔 김진진은 1960년대에 조금앵과 더불어 여성국극계의 최고 스타였다. 그녀는 1998년 학전소극장에서 자신의 일대기를 바탕으로 오랜만에 〈진진의 사랑〉을 열연하기도 했다.

임춘앵의 제자인 조금앵은 여성국극동지사 출신으로 한때 '신라국극단'을 창단, 단장을 지내면서 창과 연기에 일가를 이루었다. 여성국극의 영원한 레퍼토리인 〈햇님 달님〉과 〈바보 온달〉〈쌍동왕자〉〈해바라기〉〈새신랑〉〈비취거울〉〈보름달〉 등에서 그녀는 전성기의 임춘앵을 넘나든다는 평을 받기에 이르렀다. 연기의 재능뿐 아니라 인물이나 인품에서도 임춘앵이 다시 살아났다고 할 만큼 지도자적인 역량을 모두 갖추고 있었다.

텔레비전과 스크린에 밀려 대가 끊기다시피 했던 국극이 20여 년 만에 다시 제대로 된 무대에 오르게 된 것은 1985년 4월 27일 롯데호텔 크리스탈볼룸에서였다. 당시 쉰여섯, 쉰셋, 쉰하나였던 조금앵, 김진진, 조영숙이 〈바보 온달〉을 공연하면서부터. 여기서 김진진은 평강공주, 조금앵은 바보 온달 역을 맡게 된다. 이후 서라벌국악예술단(단장 홍성덕)에서 〈성자 이차돈〉〈견우와 직녀〉 등을 공연함으로써 되살아날 조짐을 보인 것이다.

암울하고 고단했던 시대의 시름 많던 사람들에게 꿈과 환상, 웃음과 즐거움을 나누어주었던 여성국극. 여성을 비하하던 시절에 비록 남장을 하기는 했지만 여성의 기량을 만천하에 발휘했던 그 여성국극은 나라 안에서 잊힌 동안 중국과 유럽, 호주 등에서의 공연을 통해 한국 공연예술의 진수를 보여주었다. 1977년, 문호 괴테의 고향 프랑크푸르트

오페라하우스에서 〈황진이〉를 공연했을 때 외국인의 공연에 까다로운 독일 관람객들은 공연중 세 차례씩이나 이례적으로 기립 박수를 보내기도 했다. 그날 제 나라 땅에서는 기껏 '흘러간 유행가' 대접밖에 못 받았던 여성국극의 단원들이 흘린 눈물은 뜨거웠다.

조금앵은 판소리 동편제의 땅 남원 출신. 지금은 사라져버린 옛 남원 사투리를 거의 완벽하게 구사했다.

"저 건너 동쪽 산은 신선 내려와 놀던 데고, 서편에 보이는 저 집은 관왕묘라 허는디, 남쪽 운무 사이로 아시무라허게 보이는 집이 영주각이구면요. 다리 이름은, 보자, 오작교라 합니다."

〈춘향전〉에서 방자가 광한루에 올라 이몽룡에게 남원 형세를 설명하는 대목이다. 명창 송흥록과 이화중선이 지리산 폭포 아래서 목을 틔운 남원은 어쩌면 '여성국극'의 요람 같은 곳이다. 여성국극의 첫 작품이 바로 〈춘향전〉을 각색한 〈옥중화〉였고 국극 배우들의 대사 또한 남원 사투리가 주류를 이룬 까닭이다.

그러나 조여사는 고향이나 자신의 과거 이력에 대해 거의 입을 열려 하지 않았다. 스승 임춘앵에게 반해 이 길로 들어섰다는 조금앵은 연기는 물론, 너그러운 인품으로 많은 후배들의 존경을 받은 예인이었다. 그 후덕한 몸과 풍부한 성량, 큰 체형, 관록 있는 연기로 거의 늘 극의 남자 주인공 역을 맡아왔다. 전성기 때의 그녀는 그녀의 극중 남자 연기에 매료된 여성 팬들의 구애 비슷한 공세로 인해 공연이 끝나면 몰래 공연장을 빠져나가곤 했을 정도였다. 먹 갈아 한지에 쓴 애정의 편지도 수없이 받았고, 배달되어온 화장품이며 옷가지 선물들도 셀 수 없었다.

부드럽고 다정다감한 목소리에 여성을 감싸고 포용해주는 매너, 게다가 불의에 의연히 맞서는 사나이다운 매력에 끌려 극이 끝나고서도

아름다움과 여인
아름다운 여성이고 싶은 것은 여자의 본능. 갖가지 화장과 치장법도 그래서 생긴 것일 터이다.

관객들은 극중 남자 조금앵을 잊지 못했던 것이다. 억눌리고 억압받으며 살아야 했던 이 나라 대다수 여성들에게 조금앵은 꿈속에서라도 만나고 싶은 이상적인 남자였던 것이다.

〈심청전〉을 패러디한 〈인사동 뺑파〉 공연이 끝나고 분장실로 찾아갔을 때 그이는 화장을 지우고 옷을 갈아입느라 어수선한 와중에도 본능적으로 얼른 가슴을 가렸다. 조금 전 무대의 대장부는 별수없이 여리고 섬세한 여인이었다. 그녀는 짧은 시간 동안 여성국극 배우생활의 애환을 털어놓았다. 그 담담한 고백 속에 어린 눈물의 세월들을 나는 십분 알 수 있을 것 같았다. 지난 세월 동안 그녀가 겪었을 마음의 고통 또한 잡힐 듯했다.

문화의 세기에 접어들어 새로운 문화에는 호들갑을 떨어도 해묵은 우리 문화는 여전히 멸시하고 천대하는 이 현실은 언제까지 이어질지…… 우리는 왜 중국의 경극이나 일본의 가부키 노배우들이 그네들의 국민에게 받는 대접을 조금앵 같은 이에게 돌려줄 수 없는 것인지. 왜 그들이 쓸쓸히 회한의 노년을 서성이게 하는 것인지. 노년의 연기자일수록 더욱 꽃다발과 갈채에 파묻히게 하는 것이 마땅하지 않은지…… 예인을 제대로 대접하지 않는 사회야말로 야만의 사회임을 사람들은 아는가.

공연이 없는 날은 옛 동료들과 후배들이 모이는 남산 마루턱의 남산예술원에 나가 시간을 보낸다던 그녀는 공연이 있을 때는 항상 연습장에 나와 세 시간씩이나 땀을 흘리며 연습을 한다고 했다. 〈황진이〉의 서화담, 〈환향녀〉의 인조, 〈바람이 머무는 곳〉의 이성계, 〈바보 온달〉의 온달 같은 남자 역을 맡아온 그녀, 무대에 휘영청 달이 떠오르고 자지러지게 북이 울리면 아직도 심장이 뛰고 피가 온몸을 달린다는 조금앵이었다. 세속의 나이야 아랑곳없이 언제나 대장부로 무대에 서다가 무대에서 죽고 싶다던 예인, 그 노연기자의 눈에 반짝 어리던 눈물을 나는 보았다.

조금앵의 생애　　조금앵(曺錦鶯, 1930~2012)은 조선성악연구회와 동일창
극단 등에서 활동한 큰언니 조귀인과 둘째 언니 조농옥, 보국연예대에서 활동한
셋째 언니 조계선, 연극배우였던 여동생 조성실, 액션배우였던 남동생인 조춘 등
남매가 거의 모두 배우였던 집안 분위기에서 성장했다. 특히 세 언니가 모두 국
극을 했던 터라 이에 많은 영향을 받았다. 어려서부터 성격, 목소리, 행동 등이
남성적인 편이었던 조금앵은 남자 배역을 여자가 연기하는 국극에 큰 매력을 느
꼈다.

　　열다섯 살 때 동일창극단에 입단하여 연극을 시작한 그녀는 해방 후 임춘앵이
이끄는 여성국극동지사에 입단, 〈쌍동 왕자〉에서 왕자 역할을 맡으며 본격적으
로 자신의 연기력을 발산한다. 한국전쟁 이후에는 독립하여 1953년 신라여성국
극단을 창단했다. 〈바보 온달〉을 첫 작품으로 무대에 올렸는데 온달 역은 본인이
직접 맡았다. 이후 셰익스피어 작 〈로미오와 줄리엣〉을 공연하는 등 외국 작품도
적극 무대에 올렸다.

　　신라여성국극단이 문을 닫은 이후에는 우리국극단에 들어가 〈사랑은 하나〉
〈신라의 별〉 〈폭군 연산〉 등의 작품에서 남자 역할을 도맡아 했다.

1991년에는 고려여성국극단을 설립하여 〈고구려의 혼〉을 발표했으며 1993년
에는 여러 단체들을 모두 결집해 한국여성국극협회를 결성하는 등 쇠퇴해가는
여성국극을 부활시키기 위해 노력했다. 임춘앵과 더불어 여성국극계의 원로로
손꼽히는 그녀는 1996년 여성국극배우로서는 처음으로 '화랑문화훈장'을 받기도
했다.

여성국극이란?　　여성국극은 여성배우에 의해서만 공연되는 창극의 일
종이다. 한국 전래의 춤과 노래를 토대로 연극을 하는데 여기에 신파극 및 서양
식 오페라와 뮤지컬, 일본식 가극 등 다양한 형식이 결합돼 나름의 독자적 양식
을 구축했다.

전쟁과 피난생활, 수복 후의 경제 재건으로 변화와 혼돈의 시기였던 1950년
대, 기존의 극단들이 가까스로 그 명맥을 유지할 때, 여성국극은 서울에서뿐만
아니라 지방 곳곳에서 큰 인기를 누렸다. 당시 여성국극은 최고의 인기 연예물이
었으며, 국극배우는 국민적 '스타'였다.

여성국극의 레퍼토리는 〈춘향전〉〈심청전〉 등의 고전소설군과 야사나 설화를
바탕으로 한 창작사극군으로 나뉜다. 또한 서구의 고전을 번안한 공연도 있었
다. 〈청실홍실〉은 『로미오와 줄리엣』을, 〈흑진주〉는 『오셀로』를, 〈초야에 잃은
임〉은 『몬테크리스토백작』을 번안한 것이다. 창작사극으로는 〈무영탑〉〈햇님 달
님〉〈사라공주〉〈선화공주〉〈가야금의 유래〉〈꽃이 지기 전에〉 등이 있다.

모두 여자배우가 연기함으로써 여성국극은 현실에서 억압받는 관객들에게 해
방감을 안겨주었다. 여성국극 관객의 태반은 여성이었는데, 이들은 전인적인 능
력과 불굴의 의지를 지닌 남주인공에게 열광했다. 동시에 남자 역할을 맡은 여배
우를 보면서, 대리체험과 자신 안에서 그러한 남성성을 발견하는 경험을 했다.

여성국극은 1960년을 전후하여 급격하게 쇠퇴했다. 여성국극단의 레퍼토리가

천편일률적이었다는 점, 국극단이면서도 창이나 무용이 가능한 사람이 절대적으로 부족했다는 점 등의 내적 요인과, 영화의 부흥 및 연극계의 재정비라는 외적 요인을 그 원인으로 꼽을 수 있다.

최명희와 남원

최명희는 무려 17년이라는 세월에 걸쳐 『혼불』을 완성했다. 소설 속에는 격렬한 역사의 변화 속에서도 전통을 지키고자 했던 양반들의 지조와 하층민이 지닐 수밖에 없었던 삶의 애환이 그려진다. 이렇듯 역 사적 풍경을 생생하게 묘사하면서도 그녀는 우리말의 아름다움을 극화하는 데 힘써 그녀가 꿈꾸었던 꿈인 '모국어의 바다'에 도달하였다.

육신을 허물고
혼불로 타오른 푸른 넋 최명희

간혹 그런 날이 있다. 한낮인데도 천지가 어둠에 싸이는 날. 구름은
음산하게 몰려다니고 짐승 같은 바람의 울음이 거리를 핥고 가는 날.
시간의 불연속선 속에서 밤과 낮이 뒤집혀버린 듯한 느낌이 드는 날이.

가을 어느 날, 광화문에서 마지막으로 소설가 최명희를 만나던 날이
그랬다. '마지막으로'라는 것은 신춘문예 시상식장에서 그녀와 처음 만
난 뒤 어언 20여 년 만이었기 때문이다. 나보다 5~6년 연상의 선배였
지만 예의를 흐트러뜨리는 법이 없는 여인이었다. 그녀의 병이 깊어 일
절 외부 연락을 끊어버린 지 실로 1년 만의 외출이었다. 모처럼 점심을
함께하기로 했지만 그녀는 거의 수저를 들지 않았다. 간혹 내 어깨 뒤
로 창밖을 할퀴는 사나운 바람을 바라볼 뿐이었다.

식사 후 예전에 그녀가 잘 갔다는 압구정동의 한 찻집으로 갔다. 텅
빈 그곳에서는 에디트 피아프(Édith Piaf, 프랑스의 샹송 가수)의 쉰 목소리
가 혼자 울리고 있었다. 앞으로 『혼불』을 이어갈 계획에 대해 나는 마
치 신문기자처럼 물었고 그녀는 몇 가지 구상을 이야기했다.

종택(宗宅) 마당에서
우리가 인간의 본원적 고향으로 돌아갔으면 한다고 말하던 최명희. 푸른 개구리와 붉은 볏
의 수탉이 있는 남원 노봉 마을 고택의 마당이야말로 그녀가 돌아가고 싶어했던 마음속 그
곳이 아니었을까.

노래가 레오 페레(Léo Ferré, 프랑스의 샹송 가수 겸 작곡가)인가로 바뀌었을 무렵 우리는 일어섰고 내가 찻값을 냈다. 그녀는 잠시 낭패한 듯한 표정으로 있다가 "이담엔 내가 꼭 살게요"라고 했다. "이담에 언제요?"라고 했더니 그녀가 웃으며 대답했다. "겨울 되기 전? 아니 내년 봄쯤일지도 몰라. 걱정 마요. 꼭 살게요."

찻집을 나오는데 샹송 가수의 노랫말이 명주 고름처럼 발에 감기었다. 아마 이런 뜻이었던 것 같다.

시간과 함께 모든 것은 가버린다네……
가버린다네, 모든 것이 시간과 함께……

그후 얼마 안 가 최명희의 부음을 받았다. 싸르락싸르락 눈발이 날리던 저녁이었다. 수화기 저편에서 건조한 목소리 하나가 나보고 조사(弔辭, 죽음을 슬퍼하는 뜻을 표하는 글)를 읽어달라고 했다. 그때 나는 막 모스크바 여행에서 돌아온 참이었다. 하얀 설원처럼 하얀 환각 같은 것을 경험한 느낌이었다.

유난히 깔끔하고 깨끗한 것을 좋아하던 그녀가 그만 내게 했던 차 한 잔의 약속을 지키지 못하고 가버렸다. 죽음의 길을 떠나는 이마다 오늘이 아니면 안 되겠다는 듯이 가는 것이지만, 그녀 또한 차갑고 단호하게 그 길로 가버렸다. 소신공양(燒身供養, 자기 몸을 태워 부처에게 바침)하듯 17년 세월 동안 『혼불』열 권을 쓰고 마침내 죽음에 이른 것이다.

"선생님, 소설이라는 것이 그토록 뼈를 삭이고 육신을 허물어내며 쓰는 것이라면, 그 짓 누가 하겠습니까?" 하고 항의하듯 물은 적이 있었다. 그때 그녀는 "내가 좀 못나서 그렇지요" 하고 웃고 말았다.

생전에 그녀는 유난히 고구려 벽화에 관심이 많았다. 아니, 그것은 벽화를 그린 이름 없는 화공에 대한 관심이었다. 이름도 빛도 없이 오직 바위와 대화하고 그 바위 위에 혼을 새겨넣는 화공에게 자신을 투영한 듯했다. 『혼불』 1권을 쓰고 났을 때였다. 그녀는 힘없이 내 작업실에 전화를 걸어왔다.

"어쩌면 신문에 월평 하나 써주는 사람이 없죠?"

평론가들을 가리켜 하는 말이었다. 나는 위로랍시고 이런 말을 했다.

"원래 벽화를 그린 화공을 닮으려던 것 아니었던가요. 화공을 알아주는 사람은 없었건만 벽화는 아직도 살아 빛을 발하지 않나요? 걱정마세요. 『혼불』도 그럴 겁니다"라고.

내 말은 결국 적중했지만, 작가의 육신은 이미 서서히 삭아내리고 있었다.

내가 알기에 최명희는 한번씩 남몰래 통곡을 하곤 했다. 문학과 삶의 모든 한을 흘려보내는 제의와 같은 것이었다. 통곡했다 하면 두세 시간씩을 홀로 울었다. 그 긴 울음의 제의를 끝내고 나면, 청암 부인의 넋에 씌우고, 강실이의 넋에 씌우고, 강모의 넋에 씌우는 것 같았다. 긴 울음 이후에 비로소 비처럼 눈처럼 내려오는 언어를 오롯이 받아 적는 것이다.

그래서 『혼불』을 쓰는 동안 그녀는 거의 눈물로 바쁜 나날을 보냈다. 소설 속 인물들의 넋이 파란 힘줄이 돋아난 최명희의 오른손을 잡고 최명희의 만년필로 하여금 자기들 사연을 적도록 했다. 그뿐 아니라 끝내 손을 내밀어 요구했다. 그 목숨까지 내놓으라고. 그렇게 해서 하나의 문학이 이루어지는 것이라면 문학이란 참 소름 끼치는 일이다.

나는 지금 소설의 무대가 된 남원의 혼불 마을을 찾아간다. 푸른 들길로 철로가 이어진 작은 '서도역'을 지나자, 풍악산 끝자락에 매달린

혼불 마을

풍악산 끝자락에 자리한 『혼불』의 무대로, 첩첩산중에 격리된 오지의 반촌(班村)이다. 아랫
마을 타성받이들과 경계를 이뤄 살던 양반가의 후예는 문전옥답을 내놓아 마을을 지켜가고
있다.

것 같은 노봉 마을이 보인다. 50여 년 전만 해도 밤이면 산을 건너가는 늑대 울음이 예사로이 들리곤 했다는 곳이다. 소설 속에서처럼 근친 간의 슬픈 사랑이 일어났을 법도 하게, 50여 호의 마을은 산으로 겹겹이 둘러싸였다.

최명희는 부친의 생가가 있던 이곳을 무대로, 벽화를 그린 장인처럼 손가락으로 바위를 파듯 소설을 써놓고 기진하여 떠나버렸다. 서양의 물결이 미친듯이 몰아치고 소중한 것들이 덧없이 내몰리는 이 즉물적인 시대에도, 어딘가에서는 우리네 소중한 한국 혼의 불이 타오르고, 또 타올라야 한다는 것을 일깨우고 가버렸다. 『혼불』의 감동이 하도 커서 환쟁이 형편이지만 어떤 잡지에 독후감 비슷한 평을 쓴 적이 있다. 아마 『혼불』 1권이 나오고 났을 때였을 것이다.

"소설이라면 이 한 권으로 족하다."

그 글을 읽고 어린아이처럼 기쁨에 겨워 전화를 해왔던 사람. 그이가 혼불 마을을 찾아온 나를 저만치서 깜짝 반가워하며 맞을 것만 같다. 그러나 이제 소설은 남고 작가는 떠났다.

고개 들어 풍악산을 바라보았을 때였다. 내 눈에 얼핏 마을을 휘돌아 떠나가는 혼불 하나를 본 듯도 했다. 그것은 청암 부인의 것도, 강모나 강실이의 것도 아닌, 바로 최명희의 '혼불'이었다.

소설 창작에 대한 '혼불' 같은 투신, 최명희의 삶   최명희 (崔明姬, 1947~1998)는 전북 전주시 풍남동(당시 화원동)에서 2남 4녀 중 장녀로 태어났다. 전주 풍남초등학교, 전주사범학교 병설여자중학교, 전주 기전여자고 등학교를 졸업하고 영생대학(현 전주대학교) 야간부 가정과에 입학하여 2학년을 수료한 뒤 전북대학교 국어국문학과 3학년에 편입해 졸업하였다. 기전여고에 교사로 부임했다가 서울 보성여고로 옮겨 만 9년간 국어 교사로 재직했다.

1980년, 중앙일보 신춘문예 소설 부문에 단편 「쓰러지는 빛」이 당선되어 등단하였고, 1981년 동아일보 창간 60주년 기념 2천만 원 고료 장편소설 공모에 『혼불』(제1부)이 당선되었다. 1988년 9월부터 『신동아』에 『혼불』 제2부부터 연재를 시작, 만 7년 2개월 동안 제5부까지 집필하였다. 이는 국내 월간지 사상 최장기 연재 기록이다.

전라도 남원의 한 양반 가문의 몰락과정을 그린 『혼불』은 일제를 배경으로 무너져가는 종가를 지키는 며느리 삼대와 고난의 시대 속에서 잡초 같은 삶을 이어가는 보통 사람들의 이야기를 담고 있다. 작가의 모국어 정신이 오롯이 담긴 이 작품은 우리말 고유의 리듬과 울림을 고스란히 살리고 있어 소리 내어 읽으면 그대로 판소리가 된다고 할 정도다. 또 우리 고유의 민속, 즉 각종 세시풍속이나 관혼상제의 풍습, 전통 음식이나 가락 등을 잘 재현해내어 풍속사적 가치도 지닌다.

1997년 '작가 최명희와 『혼불』을 사랑하는 사람들의 모임'이 발족되었으며, 1998년 최명희가 영면한 후 추모위원회가 결성되었고, 혼불기념사업회로 확대 개편되었다. 이후에도 작가와 그의 작품을 기리는 각종 추모사업과 학술적 조명 작업이 활발히 진행중이다. 2004년 남원에 혼불문학관이, 2006년 전주에 최명희 문학관이 건립되어 작가의 삶과 문학을 기념하고 있다.

꽃심을 지닌 땅, 최명희의 전주   "처음에 제가 태어난 곳은 전라 북도 전주시 화원동이라고 하는, 지금은 '경원동'이라고 이름이 바뀐, 그런 동네 입니다. 그런데 참 이상하게 어렸을 때—그때는 국민학교라고 했지요. 초등학교 가 아니고—그때 뭐 조사하는 게 많아요. 학교에서 무슨 주소 같은 거, 본적, 아 버지 어머니 성함, 가족관계, 그럴 때 전 이상하게 전라북도 전주시 화원동 몇 번 지라고 했을 때 그 어린 마음에도 '화원동'이라는 이름이 그렇게 제 맘에 좋아서 굉장히 제가 뭔지 아름다운 동네에 사는 것 같은 느낌이 들고 그 '화원'이라고 하 는—'꽃밭'이라는 뜻이겠지만—그 음률이, 그 음색이 주는 울림이 저로 하여금 제 마음에 굉장히 화사한 꽃밭 하나를 지니고 사는 것 같은 그런 느낌을 주곤 했 어요."

1997년 11월 8일 국립국어연구원에서 열린 『혼불』과 국어사전」이라는 강연 중 일부다. 최명희가 자신이 나고 자란 고향 전주에 대한 애착의 편린이 드러나 는 대목이다. 최명희는 『혼불』에도 전주를 '완전한 누리' '꽃심을 지닌 땅'이라고 각별하게 적어두었다. 이 고장에 대한 애정을 담아 작품 속에 고향의 모습을 남 겨놓은 것이다.

김명환과 곡성

호물호물 곰삭아 터지다가 가슴 미어지고 숨줄 끊어지도록 모질게 몰고 가는 북소리. 그러면서도 김명환의 북은 기백이 크고 서슬이 퍼렇다. 소설가 무라카미 하루키는 그 먼 북소리에 이끌려 길을 나선다고 했던가. 김명환은 '자디단 북' '뼈대 없는 북'에는 단박 "저거, 예술 아니여. 저러면 쓰간디" 하고 손을 내젓곤 했다. '예술인 것'과 '아닌 것'의 경계에 늘 단호했다. 그러한 성품은 꼭 굽이쳐 흐르는 섬진강에 사는 은어의 정결한 생태를 닮은 것이었다.

섬진강변 따라 굽이치던
조선 명고의 북소리

둥둥둥…… 북소리에 마음을 빼앗겨본 적이 있는가? 저 홀로 울다가 마음을 두드리고 어느 순간 자지러지며 핏줄 속으로 흘러들어와 온몸을 전율하게 하는 저 묵직한 연타음에 말이다. 북소리에서 이 나라 첫째로 치는 국고 김명환, 그의 고향인 곡성의 옥과를 찾아가는 동안 고사 하나가 떠오른다.

조조 앞에 명고수 미형이 불려 나왔을 때 천하 명고 미형은 북채를 쥐기 전 의관부터 훌훌 벗어던지더라는 이야기. 놀란 조조가 벌떡 일어나 소리를 질렀지만 미형은 오히려 조조를 향해 "예藝의 자유도 모르는 무식한 자"라고 크게 꾸짖고는 그 자리를 떠버린다.

예의 자유, 조선 명고 김명환이야말로 일체의 권위와 인습과 타성을 벗어던지고 예의 자유경에서 노닐다 간 사람 아니던가. 단정하고 깨끗한 성품으로 칠십 평생 곁눈질 한번 안 주고 북채 하나에만 오로지하여(오직 한 길에만 몰두하다) 장엄하고 기백 큰 조선 북의 '소릿길'을 열었던 사람이었다.

조선의 미형 김명환의 소리를 키운 곳은 전라남도 곡성이다. 조선의

128

양반집처럼 석양의 잔영을 받으며 소슬한 기와 한 채로 서 있는 남원역에 내려 다시 곡성행 완행버스에 몸을 싣는다. 너른 금지와 대평 벌판을 바라보며 깜빡 졸았는가 싶었는데 곡성이다.

곡성은 땅의 가장자리가 남도의 경계선 안에 있지만 문화·지리적으로는 많은 부분이 북도인 남원과 겹쳐 있다. 그러면서도 지척의 남원과 구례가 일찍이 문화재를 비롯한 관광지로 알려진 데 반해 시골 색시처럼 얌전하고 다소곳이 돌아앉아 있는 형국이다.

소백산맥 울 안에 들어 있는 곡성은 곳곳에 산과 물이 많고 골마다 배산임수 형세가 잘 갖추어져 있다. 죽곡, 석곡, 오곡 등 세 개 면 골짜기마다 물길 마르는 일 없고 섬진강 물줄기가 옥답들을 적시면서 아름다운 고을을 이루어놓고 있는 것이다. 김명환은 이 곡성의 옥과면 무창리에서 태어나고 자랐다.

섬진강변은 봄이라야 제격이다. 뭉게구름처럼, 축포처럼 터지는 매화꽃 무더기 사이를 비집고 흘러나오는, 지리산 얼음 녹아 차고 시린 강물과 연둣빛 풀밭 여기저기서 폴짝 튀어오르는 개구리, 귓가로 날아오가는 꾀꼬리며 멧새 소리…… 다섯 빛, 다섯 색으로 퍼진다는 김명환 북의 원음은 바로 이 섬진강변에서 생겨났을 터이다.

봄햇살은 길과 강에 질펀한데 이 '봄의 소란' 속을 걸어 옥과면 무창리에 이른다. 무창은 김명환이 "내 북소리를 산으로 막고 물길로 풀어냈다"고 했던 바로 그곳이다. 마을 앞으로는 섬진강 상류가 되는 순자강 '옥과천'이 부드럽게 흐르고 뒤로는 임면 쪽으로 '설산'이 성깔 있게 뻗어간 2백여 호 가까운 양반촌이다.

손자를 데리고 동네 어귀에 나앉아 있던 노인 한 분에게 청해 어렵사리 김명환 생가터를 찾았지만 그 자리에는 교회가 서 있다. 유리창 너머로 아이들 몇이서 성가 연습을 하는 모습이 보인다. 시골 아이들의 맑고 청아한 노래를 뒤로하며 마을 뒷산의 묘소로 오르는 동안 나를 안내하던 노인은 사람들이 심심치 않게 서울이나 광주 혹은 일본에서도 찾아와 김명환을 '조사해 가는데', 일산(一山, 김명환의 호) 영감이 정말 그렇게 유명했느냐고 묻는다.

북을 차고 앉은 모습에서 흡사 먹이를 노리는 맹수처럼 팽팽한 살기가 느껴지고 소리꾼을 쏘아보는 눈에서는 퍼렇게 불이 뚝뚝 떨어지던 김명환이었다. 제자의 북소리가 시원치 않으면 "치라는 북은 안 치고 쇠가죽만 보듬고 앉아 있는 저 썩을 놈을 어째야 쓰까"라고 내지르곤 했던 가파른 성깔에 소리가 영 성에 안 차면 "니기미, 소리는 국민학생인데 대학원생보고 북을 치라 허네"라며 팩하고 돌아서던 그도 선산 찾아다니러 올 때만은 보통 노인과 다름없었던 듯하다.

사실 소리마당에서는 소리하는 이가 주역이 되고 북은 으레 소리에 가려 잘 드러나지 않는 법이지만 김명환은 예외였다. '일고수 이명창'이라는 말이 딱 들어맞게 그의 북은 거의 늘 소리를 끌고 가며 압도했다. 흐물흐물 곰삭아 터지다가 가슴 미어지고 숨줄 끊어지도록 모질게 몰고 가는 기경결해(起經結解, '내고 달고 맺고 푸는' 우리 장단의 구조. '시작, 진행, 절정, 마무리'를 뜻한다)가 늘 황홀했다. 그러면서도 김명환 북은 기백이 크고 서슬이 퍼렜다. 그는 '자디잔 북' '뼈대 없는 북'에는 단박 "저거, 예술 아니여. 저러면 쓰간디" 하고 손을 내젓곤 했다. '예술인 것'과 '아닌 것'의 경계에 늘 단호했다.

김명환은 원래 조부 때부터 대대로 갯면 마정리에 살았고 마정과 무창에 걸쳐 만석꾼을 한 집안의 자손이었다. 그의 부친 김용현은 구한말 의병의 군자금을 담당했을 정도로 대지주였다. 그런 그가 또한 유난히

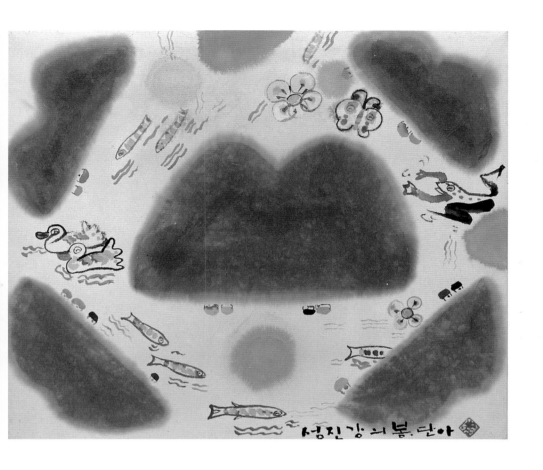

깨어나는 봄의 섬진강변
푸른 산과 촌락을 감아 흐르는 맑은 물과 매화, 산수유, 은어 그리고 물오리와 개구리……
봄과 생명의 기쁨을 노래하는 섬진강 가족들.

다섯 색, 다섯 빛으로 울린다는 김명환의 소리북
김명환은 길이 한 자 두 치에 둘레 여덟 치의 이 소리북을 끌어안고 평생을 살다 갔다.

풍류를 즐겨서 어린 명환은 부친의 무릎에 앉아 별 같은 당대 명인들의 판소리와 가야금 가락을 들으며 자랐다 한다. 그러나 정작 일본 유학까지 떠난 김용현 집 아들이 돌아와 고수가 되어 일생을 살아가게 되리라고는 아무도 예견하지 못한 일이었다.

그의 생애는 전혀 예기치 않은 곳에서 물꼬를 틀었다. 앞날이 환한 일본 유학생이던 그가 화순군 능주의 한 처녀에게 장가들기 위해 내려왔을 때 혼례 치른 이튿날 밤 소리판이 벌어졌고 누군가 그에게 북채를 건네며 한번 쳐보라고 했던 것.

서양 음악이나 듣고 일본의 신소설에 취해 있는 문학청년이었던 그는 "남도 사람이 소리 장단 하나 못 짚느냐. 우리 음악은 모르는 주제에 신학문만 좇으면 다냐"는 핀잔을 듣게 된다. "남도 사람이 소리 장단 하나 못 짚는다!" 외지인은 이해하지 못하겠지만 풍류를 중히 여기는 남도 사내에겐 이것처럼 큰 모욕이 없었다. 자존심도 상하고 충격도 받은 그는 이튿날로 판소리와 북의 명인 장판개를 찾아가고, '홧김에 서방질'이라고 학문도 중도 포기하고 그만 북의 길로 빠져버렸던 것이다.

이후 그는 북에 거의 미쳐 지내게 된다. 자고 먹는 일을 잊다시피 하고 한성준과 오성삼, 주봉현을 비롯해 나라 안 북의 명인들은 거의 다 찾아다니며 치열하게 수련을 쌓아간다. 그러기를 10여 년, 조선일보가 주최한 판소리 순회공연에 명창 임방울과 함께 무대에 오르고 이어 국창 송만갑, 이동백을 필두로 이화중선, 정능민, 정전진, 정희천 3대와 함동정월, 성금연, 성우향, 김소희에 이르기까지 실로 빛나는 별 같은 명창들과 호흡을 가다듬었다.

나이 마흔에 보성군 회화면 도강제로 정음민을 찾아가 7년 동안이나 숙식을 함께하며 소리를 맞추기도 했고, 광주에서 '김명환고법연구소'

섬진강 아이
강과 물고기 그리고 어린아이는 서로가 친숙한 벗이다.

를 열었을 때는 우람하고 힘찬 품격을 지닌 그의 북을 찾아 전국에서 명창들이 모여들기도 했다.

그러나 창극단, 가극단과 더불어 가정을 모르는 체하고 전국은 물론 멀리 만주의 용정·봉천(심양의 옛 이름)까지 떠도는 사이에 둘째 아들이 죽고, 징용을 피해 화순 사평리에 숨어 있다 돌아왔을 때는 아내마저 중병을 얻어 세상을 뜨게 된다. 그리고 이어 터진 6·25전쟁은 김명환이 애지중지하던 서울의대 다니던 큰아들마저 빼앗아가버리며 그 자신은 인민재판을 받게 된다. 겨우 재판에서 풀려나 돌아왔지만 이미 가정은 깨져버리고 없었다. 떠돌면서 그는 이 모든 고통을 잊으려 아편에 손을 대기도 하고, 그 중독을 끊기 위해 몸부림치다 자진해서 광주교도소로 들어가는 등 파란만장한 생활을 하게 된다.

이후 전라남도의 외딴섬 초도와 해남 대흥사에 머물며 요양을 하다가 그 나이 쉰여섯이 되던 1968년에야 서울로 올라와 재기하게 되었다. 그는 서울 여러 곳을 전전하다 석관동 정권진의 문간방에 기거하며 1970년대 중반부터 시작되어 50여 회를 거듭한 '뿌리깊은나무 판소리 감상회'에서 수년간 북을 쳤고 급기야 도쿄와 파리에 초청되어 조선 북의 깊이와 웅혼함을 열어 보이기도 했다. 예순여섯 되던 1978년에는 인간문화재가 되고 KBS가 주는 국악대상도 받게 되어 타계 전까지의 10여 년이 그에게는 가장 덜 외로웠던 시기인 셈이다.

김명환 북의 기운생동한 맛에 반해 나는 그가 박봉술, 정권진, 조상현, 한애순 같은 명창들과 호흡을 맞추던 '뿌리깊은나무 판소리 감상회'에 뻔질나게 드나들었지만, 내 귀에 어렴풋이 그 북소리의 뼈대가 가늠되어올 때쯤 그는 이미 저세상 사람이었다. 소년 '명창'은 있어도 소년 '명고'는 없다고, '좋은 북'은 치는 이나 듣는 이 모두에게 언제나 그리도 더디고 애달프게 오는 것이었든지.

평생을 가난하게 살면서도 북 외에는 곁눈질 한번 안 주었던 그는 만년에 겨우 마련한 노량진의 초라한 연립주택에서 더는 북채를 못 잡고 1989년 세상을 뜬다. 그후 제자들 몇이 세웠다는 옥과의 묘소와 비석은 우리네 시골 어디서나 볼 수 있는 그런 조촐한 모양 그대로였다.

바람에 풀이 일렁이는 묘소 앞에 앉아 땀을 식히며 멀리 굽이돌아 흐르는 강을 바라본다. 인생은 짧고 그 인생이 남기고 간 예술은 길다 하지만 '일산의 그 찬 가을 서리 같던 북소리도 이제는 산천에 흩어지고 강물처럼 흘러가버리고 마는구나' 생각하니 허탈하고 서글퍼졌다.

석양 무렵 마을로 들어온 완행버스를 타고 오곡면 압록리로 향한다. 작은 간이역인 압록역에서 다시 곡성읍이나 남원으로 향할 작정이다. 섬진강과 보성강이 만나는 오곡면 압록리는 섬진강 굽이굽이 중에서도 경관이 빼어나게 아름다운 곳.

모처럼 문명의 세상과 결별하고 압록철교 앞에서 바라보는 석양의 섬진강은 한없이 고요하고 투명하다. 저 강에는 지금 은어가 빠르게 물살을 타고 있을 터이다. 자태가 고귀하고 아름답기 그지없는 섬진강 은어. 청록색과 회백색을 띠면서 몸이 가늘고 긴 이 민물고기는 성품이 깔끔하고 급해 잡으면 팔딱이지도 않고 금세 숨길을 놓아버린다는 고기다. 언제나 맑은 물에서만 놀고 돌자갈에 낀 깨끗한 이끼만 먹고 자란다는 이 섬진강 은어의 몸에서는 수박 냄새 같은 향기가 풍기고, 그래서 향어라 불리기도 한다던가.

문득 오뉴월 더운 날에도 늘 칼날같이 풀 먹인 세모시에 옥색 물들여 날아갈 듯 차려입고 나서곤 했다는 북의 가인 김명환은 어쩌면 그가 나서 자란 저 섬진강 은어의 생태를 그대로 닮았던 것은 아닐까 생각해본다.

판소리의 고수란?　　판소리 연주 때 북을 사용하여 소리의 반주를 맡은
사람을 고수라고 한다. '일고수 이명창一鼓手, 二名唱' 즉 첫째가 고수요, 둘째는 명
창으로, 판소리에서 창을 하는 사람보다 북을 쳐주는 사람의 역할이 더욱 중요하
다고 한다. 고수는 북으로 소리의 장단을 맞춰주는 것은 물론, 연주 도중 '얼씨
구' '좋다' 같은 추임새를 넣어서 창자唱者의 흥을 돋워주고 연주장의 분위기를
고조시키기 때문에 그 역할이 더욱 크다. 명고수 되기가 명창 되는 것보다 훨씬
힘들고 어렵다는 것은, '소년 명창은 있어도, 소년 명고는 없다'는 말로도 충분히
짐작할 수 있다.

　하지만 옛적부터 고수에 대한 대우는 시원찮았다. 그들이 연주하고 받는 삯도
언제나 소리꾼보다 적었다. 소리판에 명창이 말 타고 갈 적에도 고수는 걸어서
갔다. 그래서 고수를 하다가 북통을 내던지고, 다시 오랜 세월 소리를 갈고닦아
명창이 된 사람도 여럿 있었다.

　다행히 요즘은 명고수도 명창 이상으로 인기도 있고, 대우도 좋아졌다. 같은
소리라도 북 장단에 따라 달라질 수 있다는 것을 사람들이 알게 되었기 때문이
다. 아무리 명창이라도 북 반주를 못하는 고수를 만나면 그의 소리는 죽는다는

사실을 명고수들이 증명해 보였던 것이다. 조선 후기에는 송광록과 주덕기가, 일제강점기에는 한성준이, 근래에는 김명환이 명고수로 꼽힌다.

'큰북' 김명환의 생애   김명환(金命煥. 1913~1989)은 전남 곡성군 옥과면에서 5남 2녀 중 막내아들로 태어났다. 당대 대다수 명인, 명창 들과 달리 부잣집에서 태어난 그는, 집안 잔치마다 초대된 남도 명창들의 소리를 많이 접하며 자랐다.

열일곱 살 때 동네 청년들에게 "소리 장단 하나 못 짚는다"고 무안당한 뒤 오기가 발동해 여러 고을의 명인들을 찾아다니며 본격적으로 북 공부를 하게 되었다. 그중 영광의 김종길, 담양의 장판개, 나주의 박판석, 고흥의 오상삼 명창 등이 그에게 많은 영향을 주었다.

스물두 살 무렵부터는 송만갑이 이끌던 '대동극단'에 입단하여 김정문, 조학진, 강남중, 이화중선, 김추월, 박금선 등과 공연했다. 스물세 살 때 명창 임방울의 공연에서 처음 고수로 무대에 올랐는데, 이것이 그의 공식 데뷔 무대다. 이후 서울의 조선성악연구회에서 활동하면서 당대 명창 이동백, 송만갑 등의 소리에 북 반주를 했고, 이들로부터 "장래 큰 북이 될 것"이라는 찬사를 받기도 했다.

한때 전쟁으로 가족이 뿔뿔이 흩어지고 가세가 몰락하면서 어려움을 겪었으나 마흔한 살부터 다시 5년 동안 보성의 정응민 명창의 집에서 기거하며 보성소리 고법을 연구해 자신만의 고법의 이론적 체계를 세울 수 있었다. 경남의 판소리 고법은 김명환으로부터 시작되었기 때문에 '김명환류 고법'이라 한다.

50대 후반부터는 가야금 명인 함동정월과 같이 호흡을 맞추어 소리를 했는데, 이들의 음악적 교류는 훗날 함동정월의 일생을 담은 드라마 〈춤추는 가얏고〉에서도 다루어졌을 정도다. 이들은 같이 음반을 녹음하는 등 음악적 동반자로 오랜 기간 활동했다.

예순여섯 살 때 중요무형문화재 제59호 판소리고법 예능보유자로 지정되었다. 또 그의 호를 딴 '일산회一山會'를 만들어 한 달에 한 번씩 그의 집에서 모여 연주도 하고 국악에 관해 열띤 토론을 벌이기도 했다. 일산회를 중심으로 한 제자들의 활동은 국악계에 새로운 흐름을 제시했으며, 그가 세상을 떠난 지금도 이 모임은 존속하고 있다.

황현과 구례

부드럽고 강인한 지리산은 이렇게 말했으리라. 사랑은 그것이 나라 사랑이라 할지라도 지나치면 몸을 상하고 마는 것이라고. 이제 그만 우국의 마음을 접고 바람처럼 구름처럼 그렇게 살라고. 그러나 매천의 나라 사랑은 더 애달팠던 것일까. 더는 내놓을 것이나 줄 것이 없어서 끝내 하나 남은 목숨까지 내놓고 마는 것이었으니.

지리산 옛 시인의
절명시가 우네

오랫동안 우리에게 일본은 이웃치고는 참으로 위험하고 고약하기 짝이 없는 이웃이었다. 그들은 지척의 우리와 중국에 너무 잔혹했다. 난징 대학살(1937~1938) 때만 하더라도 두 달도 못 되는 사이에 무려 30여만 명을 죽였다. 집단광기 현상을 드러낸 살인극이었다. 근세사 속에서 그들이 우리에게 이런 광기와 살의의 발톱을 노골적으로 드러낸 것이 한일강제병합이었다.

한일강제병합의 소식을 듣고 먼 남쪽 초야의 한 시인이 목숨을 끊었다. 스스로 많은 양의 독한 아편을 삼켜서. 옛 중국의 열사 10인의 모습을 그리고 시를 지어 만든 십절도십폭병이 둘러쳐진 서재에서였다. 파르르 떨던 촛불도 꺼지고 천장에 맞닿은 3천 권 장서만이 배숙이 쓰러지는 시인의 마지막을 지켜보고 있었다.

집 뒤의 노고단 영봉은 아직 검은 구름 속에 있었다. 1910년 9월 7일 새벽, 한일강제병합의 비통한 소식이 날아든 지 며칠 뒤의 일이었다. 심한 통곡과 식음 전폐 엿새 후의 새벽이기도 했다. 시인의 이름은 황현, 고종 원년인 1864년부터 1910년까지의 역사를 특유의 비판정신과 민족의식으로 기록한 『매천야록梅泉野錄』을 쓴 바로 그 사람이었다. 일찍이 나라에서 녹을 받은 적 없건만 하나 남은 목숨을 그렇게 내놓아 무너지는 나라를 위해 슬피 울었다. 시인이 떠나간 자리에는 피어난 꽃같이 네 편의 절명시가 선혈처럼 붉었다.

    머리털 다 세도록 수없이 겪은 난리
    몇 번이나 죽으려도 뜻을 못 이뤄
    이제는 참으로 어쩔 수 없으니
    까물거리는 촛불만이 하늘에 비추네.

    요사스런 기운이 도성을 덮어 나라 망하니
    침통한 구궐(구중궁궐) 속에 시간도 정지한 듯
    조서도 이번이 마지막이라
    구슬 같은 눈물방울 조서에 주르륵.

    새와 짐승도 슬피 울고 강산도 울어
    무궁화 이 강산이 끝장났구나
    읽던 책 덮고는 지난 역사 생각하니
    인간 세상에 글 읽는 사람 구실 진정 어려워.

    일찍이 나라 위해 서까래 하나 못 놓으니
    단지 인을 이룰 뿐이요, 충은 이루지 못했네
    겨우 윤곡(송나라 사람으로 몽골이 침입하자 가족과 자결함)을

따르는 데 그칠 뿐

진동(송나라 사람으로 간신배를 물리치라는 상소문을 올렸다가 죽음)을 넘지 못해 부끄럽구나

— 절명시

날 밝아 소식 듣고 달려온 아우 석전 황원에게 그는 가쁜 숨을 몰아쉬며 이렇게 고백한다.

"내가 약을 삼키려다 입에서 뗀 것이 세 번이었다. 이다지도 어리석었던가."

매천필하무완인梅泉筆下無完人, "누군들 매천의 서릿발 같은 붓끝에서 온전할 수 있으리오"라는 평을 들었던 그였다. 언제나 카랑한 목소리, 단정한 직필이었다. 아우 원은 돌아앉아 울음을 삼켰다. 그리고 그 역시 훗날 죽은 형의 길을 따른다. 머리 풀고 시 한 편을 남긴 채 독을 마신 뒤 집 뒤의 넘실거리는 월곡저수지를 향해 걸어들어간 것이다.

매천 형제에게 시인은 절개나 지사의 다른 말이어야 했다. 황현의 순국 후 시우 창강 김택영은 멀리 상하이에서 『매천집』을 간행하고 구슬피 울었다.

매천 황현의 신주를 모신 매천사는 지리산 밑 수월리 월곡 마을에 있다. 이곳에서 밤하늘에 맑게 떠 있는 달을 보라. 달빛은 그대의 머리를 씻겨주는 찬물이 될 것이다. 이곳에서는 사람도 초목도 지리산 물을 머금고 자라고 지리산 달빛으로 큰다.

눈 들면 이마에 노고단이요, 뻗은 팔 높이에 반야봉이 있다. 히말라야 아래 네팔의 산마을에라도 온 듯 구름은 발에 밟히고 바람은 상쾌하다. 지리산은 신라시대부터 금강산, 한라산과 더불어 삼신산의 하나로

산과 물
산 좋고 물 좋은 지리산 자락에는 이런 풍경이 많다.

방장산이라 일컬어왔다. 백두산의 정기가 남으로 흘러내려오다 다시 솟았다 하여 두류산이라고도 불렀으며, 우리나라 오악 중의 하나인 남악으로서 민족의 숭앙을 받아온 영산이다. 해발 1915미터의 천왕봉과 반야봉(1751미터), 노고단(1507미터) 등 3대 주봉을 비롯해 1500미터 이상의 큰 봉우리만도 열 개. 1천 미터 내외의 크고 작은 봉우리는 1백여 개에 이른다.

나는 비로소 매천의 그 의기, 그 강기(剛氣, 굳세고 꿋꿋한 기상)가 어디에서 왔는지 알 수 있을 것 같았다. 저 억센, 그러면서도 한없이 크고 부드러운 지리산이었을 것이다. 벼슬길 마다하고 이 산자락 밑으로 들어왔을 때부터 저 산은 그의 벗이요, 스승이 되었을 것이다. 그이는 아침저녁으로 노고단을 바라보며 대화했을 것이다. 확실히 지리산의 영험한 기운은 산줄기를 따라 흘러와 이 월곡에서 멈칫거리며 뭉쳐 있다. 내 눈에 보이는 기의 흐름이 분명히 그러했다. 매천은 지리산이 키운 시인이다. 이 산은 훗날 「만월滿月」의 이시영 같은 시인도 길러낸다.

매천이 나라 소식에 고통스럽게 밤을 지새울 때마다 이제 그만 세상을 잊으라고, 저 산은 그렇게 말했을지도 모른다. 사랑은 그것이 나라 사랑이라 할지라도 지나치면 몸을 상하고 마는 것이라고, 이제 그만 나라를 걱정하는 마음을 접고 바람처럼 구름처럼 그렇게 살라고 일렀을지도 모른다. 그럴수록 시인의 나라 사랑은 더 애달팠던 것일까. 더는 내놓을 것이나 줄 것이 없어서 끝내 하나 남은 목숨까지 내놓고 마는 것이었으니. 그 새벽 어쩌면 부형 같고 어버이 같은 저 산도 울었으리라……

매천사는 지금 퇴락해 있다. 집 뒤의 단송(丹松, 변함없는 소나무)과 대숲

만이 바람결에 옛 시인의 넋을 전해줄 뿐이다. 시인이 목숨을 끊었던 생가와 맞배지붕 사당이며 팔작지붕 유물관 등은 한결같이 퇴락해 있다.

한말 우국지사의 죽음 현장마다 매천의 시는 그 죽음을 증언하는 한 떨기 붉은 꽃으로 피어났다. 그의 시는 시대의 어둠을 밝힌 불꽃이었던 것이다. 시우 명미당 이건창의 부음에 강화까지 천릿길 한달음에 와서 통곡의 시를 남겼던 그는 을사조약 체결로 민영환이 자결했을 때「혈죽血竹」이라는 시를 써서 그 혼을 위로했다.

> 대나무가 허공에 뿌리를 내렸으니
> 하늘이 그 충의에 감동했기 때문일세.
> 산하도 빛을 잃고 오랑캐도 아연실색
> 임금께선 비 오듯 눈물을 흘리셨네.
> 네 떨기에 아홉 줄기 푸른 대가 어슷비슷
> 서른세 잎사귀가 어찌 그리 어여쁜가.
> 향기 남은 옷에 녹슬지 않은 칼날
> 자결하던 그 모습을 다시 보는 듯.
> 목을 찔러 보국한 이 예부터 많았지만
> 공처럼 장렬한 분 세상에 다시 없네.
> 의분에 찬 전신이라 찔러도 안 아파서
> 연달아 세 번이나 흙손질하듯 찔렀어라.
> 정령이 이렇듯 대나무로 화했으니
> 천지가 뒤집힌대도 무엇이 이상하랴.
> 통곡 소리 그치고 흰 병풍 걷어내니
> 거미줄 펄럭이고 먼지가 쌓인 마루.

지리산과 매천사
웅혼한 기상만큼이나 깊은 역사의 현장이었던 지리산. 매천 시인의 혼이 머물고 있는 사당
은 그 지리산 자락에 와 있다.

푸른 잎과 줄기가 떨기를 이루었으니
백 번을 다시 봐도 대나무가 분명하구나.
늦은 봄 그윽한 곳 죽순이 자라나서
싸늘한 기운이 대나무를 싸고도네.
분명히 그 당시에 솟구친 푸른 피가
점점이 뿌려져서 대나무 되었으리.
(…)

　역시 을사조약에 반대하다 쓰시마 섬으로 끌려갔던 면암 최익현의 시신이 부산항으로 돌아왔을 때도 그는 달려가 목놓아 울며 망자를 위한 글을 지었다. 그러다가 마침내 시인 스스로 죽음을 준비하기 위해 절명시 네 편을 미리 지었던 것이다. 시인은 시로 시작하여 시로 끝을 맺었다. 시의 불빛으로 국가의 명운을 지켜보았다. 시는 그이에게 시작이었고 끝이었다. 생명이었고 죽음이었다. 그리고 칼이었다.

매천 황현의 생애　　　매천 황현(梅泉 黃玹, 1855~1910)은 전라도 광양현 미내면 석현촌에서 3남 1녀의 장남으로 태어났다. 일곱 살 때부터 글을 배우기 시작했는데 한 번이라도 보고 들은 것은 잊어버리지 않았으며 많은 것을 스스로 깨달았다고 한다.

스물네 살 때 상경하여 당시 이름을 날리던 강위, 이건창, 김택영과 교류하면서 이름을 널리 떨쳤다. 그가 스물아홉 살이 되었을 때 나라에서 실시한 보거급제시保擧及第試에서 1등으로 뽑혔다. 그러나 매천이 시골 출신이고 신분도 낮은 것을 안 뒤 2등으로 강등시켰고, 회시 전정보會試 殿庭報에서는 아예 매천의 이름을 빼버렸다. 과거제도의 부패상을 직접 본 매천은 다시는 과거에 응하지 않겠다고 맹세하고 고향으로 내려갔다. 몇 년 후 광양에서 구례로 이사해 글읽기와 후학을 가르치는 일에 몰두했다. 서른네 살 때 벼슬에 나아가기를 강권하는 부모의 청을 못 이겨 성균회시에 응시하여 1등으로 선발되었으나, 국운이 위태로워짐을 느끼고 고향으로 내려와 칩거했다.

매천은 평생 시골에서 살았으나 타고난 역사적 통찰력으로 기울어가는 나라의 모든 정황을 기록으로 남기고자 했다. 그리하여 고종 원년(1864)부터 자결하기 직전인 순종 4년(1910)까지 47년 동안 우리나라의 정치, 경제, 사회, 문화 전반에 걸친 역사서 『매천야록』을 남겼다.

쉰한 살 때 을사조약이 체결되자 매천은 이 조약을 늑약勒約이라 칭하면서 이에 맞설 구국의 방법을 찾기 시작했다. 쉰네 살 때에는 새로운 교육혁명으로 민족정신을 길러야 함을 역설하며 구례에 신식학교인 '호양학교壺陽學校'를 설립했다. 그러나, 굴욕적인 한일강제합방이 체결되고 모든 희망이 사라지자 매천은 유서와 함께 절명시 네 편을 남기고 음독 자결했다.

매천이 남긴 글　　매천은 자신의 시문을 모은 문집을 발간하고자 했으나 생전에 실현하지 못했다. 그는 세상을 떠나면서 동생 원에게 자신의 시문을 중국에 있는 문우 김택영에게 보내줄 것과 『매천야록』은 훗날 세상이 조용해진 뒤에 출간해줄 것을 부탁했다. 매천의 뜻에 따라 김택영은 매천이 죽은 지 1년 후인 1911년에 상하이에서 『매천집』을 발간하고 1913년에 『속집』을 냈다.

매천은 우리 한문학사의 마지막을 장식한 시인, 구한말의 격동기의 대표적인 시인으로 평가된다. 망국의 원인을 나라 내부의 부정과 부패에서 찾으며 사대부들의 행태를 신랄하게 공박한 시, 국가를 위기에서 구출한 민족적 영웅의 출현을 간절히 염원하는 시, 을사조약이 강제로 체결된 뒤 이에 항거하는 우국지사들의 숭고한 죽음을 추모하는 시 등이 전해진다. 그중 우국사회시가 매천 시의 특징을 잘 말해준다.

이 난 영 과 　 목 포

"살아 있는 보석은 눈물입니다. 남쪽 하늘 아래 꿈과 사랑의 열매를 여기 심습니다." 유달산 중턱에서 목포를 바라보며 서 있는 노래비에는 이렇게 적혀 있다. 그렇다면 세상에는 얼마나 많은 보석이 있다는 말인가. 제주로 석모살이 간 어머니를 찾아 배를 탔다가 우여곡절 끝에 〈목포의 눈물〉을 부르게 된 이난 영. 울음 삼킨 듯 비음이 섞인 엘레지가 흘러나오면 전국이 스멀스멀하기 시작했다. 그렇게 이난영의 눈물은 민족의 눈물로 이어졌고 지금까지도 듣는 이의 눈가를 촉촉이 적시고 있다.

이난영의 목포는
울지 않는다

어렸을 적 이웃에 재미있는 치과의사 한 분이 살았다. 그는 한길 쪽으로 난 유리문을 열어놓고 손님이 없을 때면 늘 구성지게 노래를 불렀다. 십팔번이 〈목포의 눈물〉이었는데 손님이 나처럼 만만한 어린애일 경우에는 치료하는 중에도 노랫가락을 놓지 않았다. 이 치과의사에게 〈목포의 눈물〉은 일종의 노동요인 셈이었다.

"사아고옹에에 배앳노오래……" 한껏 늘여빼어 흥얼거리다가 거짓말처럼 입안 가득 환해지는 소독약을 칙 뿌려주면서 "사암학도오 파도 깊이 스며어어 드느은데에……" 노래가 일인지 일이 노래인지 늘 건들 건들 유쾌했다. 소독약이 입안 가득 잠겨오며 환해질 때면 나는 까닭 모를 아련한 슬픔을 느끼곤 했다. 그 몽롱한 슬픔이 달콤쌉쌀한 소독약 때문이었는지, 소년기의 정신적 허기짐 때문이었는지, 그도 아니면 치과의사의 노랫가락 때문이었는지는 아직도 모를 일이지만 어쨌든 나는 그 치과에 다니면서 초등학교를 마치기 전까지 〈목포의 눈물〉 한 소절을 저절로 뗄 수 있었다.

소독약 냄새와 함께 묻어오던 그 노래가 바로 불멸의 국민가요 〈목포의 눈물〉이었음을 안 것은 이마에 여드름이 송송 나고 나서였다. 가물가물 멀어지는 삼학도 뱃길처럼 언제 들어도 아련하게 슬픈 노래. 그러나 부르다보면 어느새 슬픔의 굽이를 돌아나와 삶의 뒷심이 되어주는 노래. 그래서 가요이면서도 남도창 같은 느낌을 주는 노래.

사공도 뱃노래도 없이 그 목포로 떠난다. 일부러 옛날식의 느린 노선을 고른다. 강경, 송정리, 영산포의 곡창을 훑으며 한나절을 힘겹게 달리던 호남선 열차는 마지막 긴 숨을 토하며 목포 땅에 나를 내려놓는다. 흔들리는 느린 기차에 몸을 맡긴 한나절이었다. 일제 때 목조가옥들이 아직도 군데군데 남아 있는 목포는 오랜 시간 어둠도 골라 디뎌야 할 만큼 적막한 땅이었다. 이 오래된 도시는 옛 영화가 무색하게 항구도시다운 떠들썩함과 활기를 찾을 수 없이 노쇠한 짐승처럼 누워 있었다.

해풍에 삭아내리고 소금기에 절은 듯한 건물들이 자주 눈에 띈다. 그림으로 치자면 서너 가지 색깔로만 그린 무채색 그림 같은 풍경이다. 홍어회며 낙지볶음 같은 먼지를 뒤집어쓴 간판들의 오래된 거리를 걸으면 흑백필름의 옛날 영화 속으로 들어온 느낌이 든다. 원래 목포는 구한말과 일제에 걸쳐 우리나라 최대의 문물 집산지였다. 일본식민경제의 중심지 중 하나였다. 엄청난 자원이 들어오고 나가면서 도시 규모도 함께 부풀어올랐다. 일찍부터 '깬 곳'이어서 현대 의술과 이탈리아풍 벽난로와 '빠리 보드'와 서양 신사들로 늘 왁자했고, 밤이면 우윳빛 가로등 '영란등'이 일시에 거리를 밝혀 도쿄와 상하이의 중심지 못지않았다는 곳이다.

그리움이 파도 깊이 스며드는 항구도시 목포는 예술가의 땅이었다.

목포의 눈물과 목포의 앞바다

목포 앞바다의 물색을 닮은 〈목포의 눈물〉이 지닌 그 신비한 '슬픔의 빛'은 이난영 자신의
파란 많은 생애에서 곰삭아 우러난 것이기도 해서 더욱 절절한 국민적 연가였다.

그리고 무엇보다 〈목포의 눈물〉의 고장이다. 이 〈목포의 눈물〉은 목포
의 노래지만 목포 사람들만의 노래는 아니다. 〈눈물 젖은 두만강〉이
함경도 사람들만의 노래가 아닌 것처럼. 〈목포의 눈물〉이 목포 사람들
만의 노래는 아니지만 〈목포의 눈물〉을 부른 이난영만은 틀림없는 '목
포 사람'이다. 그리고 〈목포의 눈물〉은 바로 '이난영의 눈물'이기도 하
였다.

가녀린 외모만큼이나 애절한 음색의 이난영은 1916년 목포의 양동
3구 '바윗등 비탈' 지지리 가난한 집에서 태어난다. 유달산 바람이 영
산강을 안는다는 노랫말 속의 그런 곳이었다. 집은 오막살이였지만 문
만 열면 바윗등에 능소화, 백일홍이 철철이 피어 어린 소녀의 가슴을
화사하게 물들여주었다. 이난영 노래의 애잔한 서정성은 어쩌면 가난
했던 그 시절 가슴을 물들인 '바윗등'의 그 고운 꽃들로부터 심어졌는
지도 모른다.

목포는 호남선 열차가 싣고 온 쌀을 부려놓으면 고베로 실어가던 거
점이어서 부두 노동자들이 많았다. 난영의 아버지는 부두 노무자였다.
들고나는 물산이 많아 대접도 섭섭지 않았고 노동자가 살기 좋은 곳이
라고는 했지만 그 삶이 힘들고 고달팠으리라는 것은 불문가지다. 유달
산을 사이에 두고 산 아래에는 일본인과 조선인 부자 들이 살았으며 산
비탈에는 부두 노무자들이 많이 살았다.

부친이 선창에 나가 날품팔이를 해야만 했던 어려운 형편이어서 그
녀는 목포 북교초등학교를 얼기설기 다니다 말다 하면서 학교공부를
끝낸다. 그러고 보면 '노래'란 애초부터 가르치거나 배워서 되는 것은
아닌 모양이다. 그건 가슴에 고이는 물줄기 하나를 길어올리는 일이
었다.

어린 소녀 이난영의 목소리는 아름다웠지만 삶은 처음부터 고달프고 서글펐다. 그러고 보면 〈목포의 눈물〉의 그 신비한 '슬픔의 빛'은 바로 그녀 자신의 파란 많은 생애에서 곰삭아 우러난 것이기도 했다.

가난에 시달리다 못해 어머니는 그녀가 열 살 때 식모살이를 떠나버리고 어린 소녀의 몸으로 그녀는 목포의 조선면화공장에 나가 솜 타는 일을 해야 했다. 솜공장에서 일할 때는 자신도 모르게 나직이 창가를 부르곤 했다.

이 솜공장 소녀 이난영은 어느 날 제주로 식모살이 간 어머니를 찾아 목포에서 배를 탄다. 그리고 엄마가 식모로 있던 일본인 집에서 난영은 허드렛일을 도우며 혼자 애잔한 목소리로 노래를 불렀다. 그러다가 그녀의 예사롭지 않은 목소리를 알아본 집주인의 도움으로 1932년 그녀 나이 열일곱에 삼천리가극단의 무대가수가 되었다. 이 삼천리가극단을 따라 다시 오사카까지 가서 천신만고의 우여곡절 끝에 OK레코드 사장 이철을 만나게 된다. 연이어 당대 1급의 작곡가 손목인과 연결되고 처음으로 〈불사조〉라는 노래를 취입하기에 이른다. 본명 이옥례가 아닌 이난영으로. 가수의 길은 이렇게 우연찮게 열리게 된다.

이즈음 조선일보사에서는 한 가지 독특한 기획을 했는데, 일제의 탄압 속에 위협받아 흐트러진 민족정서를 일으켜세우기 위한 문화사업의 일환으로 OK레코드와 손잡고 전국 6대 도시를 상대로 향토가사를 현상 모집한 것이다. 이때 목포 출신 문일석이라는 문학청년이 〈목포의 노래〉를 출품하여 전국 3천여 통의 응모작 중 1등으로 당선되고, 그 〈목포의 노래〉를 이철은 〈목포의 눈물〉로 바꾸어 역시 목포 출신 이난영의 목소리로 취입시킨다. 작곡은 〈타향살이〉의 손목인이 했다. 이때만 해도 신인 가수 이난영이나 〈목포의 눈물〉에 큰 기대는 없었다. 그러나 이난영

유달산의 봄

유달산의 봄
광주에 무등산이 있듯 목포에는 유달산이 있다. 김대중 대통령이 20대의 목포일보 사장 시
절 오르내리며 청운의 꿈을 불태웠다는 이 산은 목포 사람들에게는 어버이 같은 산이다.

의 비음 섞인 애절한 엘레지(élégie, 비가) 가락에 실려나오면서 전국이 스멀스멀하기 시작했다.

〈목포의 눈물〉이 '이난영의 눈물'에서 '민족의 눈물'로 바뀌어버린 것이다. 종로의 레코드가게 축음기들은 큰길 쪽을 향해 밤낮없이 〈목포의 눈물〉을 틀어댔고 음반가게마다 〈목포의 눈물〉을 사려는 사람들로 장사진을 이루었다. '눈물'은 '불길'이 되어 삼천리 반도에 타올랐다. 그리하여 그 나이 열아홉 살 때 이난영은 이미 '노래의 여왕'이었다. 그녀는 OK그랜드쇼단과 함께 전국 2백여 개의 크고 작은 상설극장은 물론, 멀리 만주와 중국까지 순회공연을 다녀야 했다. 고복수의 〈타향살이〉와 더불어 〈목포의 눈물〉은 나라 뺏긴 동포들이 모국어로 부르는 애절한 국민적 '연가'였다. 이후 쏟아져나온 목포 관련 가요만도 총 128편이다. 제목과 가사에 단골로 들어가는 '목포'는 땅 이름이기 전에 '한'이고 '그리움'이었던 것이다.

이제 한 시대의 국민적 연인이었던 이난영은 가고 〈목포의 눈물〉은 삼학도를 건너다보며 유달산 중턱에 노래비로 남아 있다. 유달산은 목포의 어제와 오늘을 고스란히 지켜본 어버이 같은 땅이다. 광주에 무등산이 있듯 목포에는 유달산이 있다.

르네상스식 서양 건축양식을 간직하고 있는, 그러나 일제 침략의 유산이기도 한 '목포문화원'의 장방형 축대를 돌아 '기상대' 옆 돌계단을 하나씩 오른다. 지금도 심심치 않게 1930~1940년대의 일본 가옥을 찍기 위해 일본에서 사진작가들이 찾아올 만큼 이 일대는 옛 그림자를 많이 지니고 있다. '청미장'이나 '유달장' 같은 보료 깔린 한적한 요정에서 기생들이 옥색 물들인 옷 입고 들어와 밤드리 창과 가요를 불렀다는 모습 같은 것은 이제 없다. 부르던 모습은 이제 간곳없다. 어쩌면 이난영의 그 특이한 '엘레지' 가락도 바로 그런 이 유달산 아래 요정의 노래문화와 맥이 닿아 있었던 것은 아닐까. 시골 색시 같은 백일홍이 무리지어 피어 있는 돌계단을 굽이굽이 돌아 유달산 중턱 바위에 선다. 이마에 송송 맺히는 땀을 닦고 보니 바로 그곳에. 목포 시내를 바라보며 노래비는 서 있다. 그 노래비에는 이렇게 새겨져 있다.

"살아 있는 보석은 눈물입니다. 남쪽 하늘 아래 꿈과 사랑의 열매를 여기 싣습니다."

〈목포의 눈물〉과 검열　　　모든 노래에는 그 무렵의 시대상이 고스란히 투영되어 있다. 극심한 탄압을 겪었던 식민지시대에는 피안의 대상으로서의 '바다'나 '항구' '떠난다'는 노랫말들이 빈번하게 대중가요 속에 등장했다. 〈연락선은 떠난다〉 〈항구의 청춘시〉 〈해조곡〉 등이 그 예다.

1934년 조선일보사는 우리 민족의 고유정서를 북돋우기 위한 문화사업의 하나로 OK레코드와 손잡고 향토 노랫말을 공모했다. 여기서 목포의 무명시인 문일석의 작품 〈목포의 노래〉가 3천여 편의 응모작 중 1등으로 당선된다. OK레코드 사장 이철은 애절한 이별의 한을 담은 이 〈목포의 노래〉를 〈목포의 눈물〉로 제목을 바꾸어 손목인에게 작곡을 의뢰, 목포 출신의 이난영이 부르게 된 것이다.

이 노래를 음반으로 만들어 일제의 검열을 받으러 갔을 때 검열 담당자는 노랫말에 나오는 원한이 일본을 겨냥한 것이 아니냐며 문제삼았다. 이철 사장은 기지를 발휘해 '원한'은 인쇄과정에서 착오가 일어나 '원앙'을 잘못 표기한 것이며 "삼백연三栢淵 원안 풍顯安風은 노적봉 밑에"라는 가사는 '삼백연의 바람이 사이좋은 원앙새처럼 노적봉으로 편안하게 분다'는 뜻이라고 둘러댔다. 그러나 사실은 "3백 년 원한 품은 노적봉 밑에"는 3백 년 전 정유재란 때에는 일본인들이 이순신 장군에게 꼼짝도 못하던 곳이라는 의미였다. 사실상 〈목포의 눈물〉은 우리 민족의 설움과 일제를 향한 겨레의 분노를 노래한 곡이었다.

〈목포의 눈물〉 음반은 검열 사건을 겪으며 불티나게 팔렸다. 일제의 검열을 피하고자 노랫말을 바꿔야만 했던 민족의 한과 아픔까지도 공유된 것이다. 또 1936년에 미나미 지로 총독이 부임한 후 식민지 조선의 문화적 상황이 악화되던 시기에는 〈황성 옛터〉 〈눈물 젖은 두만강〉 등과 함께 완전히 금지되기도 했다.

이난영과 목포　　이난영(李蘭影, 1916~1965)은 항구도시로서 번성한 목포에서 태어났다. 목포는 1897년 개항 이후 빠르게 발전한 신흥도시였다. 항구도시의 특성상 다른 지역보다 선진 문물이 먼저 들어와 있었다. 1935년 〈목포의 눈물〉의 성공도 전성기이던 당시 목포의 상황과 무관하지 않다.

당시 목포는 일본인 마을과 조선인 마을이 따로 있었는데, 이난영은 조선인 마을 중에서도 외국인 선교사들이 주로 거주하던 '양동'에서 나고 자랐다. 양동에서는 외국인을 자주 볼 수 있었고, 서양식 교회, 병원, 학교 등이 들어서 있었다. 역동적인 항구도시 목포라는 성장 배경은 이난영이 기존의 전통적인 여성상과는 다른 대중가요 가수라는 신여성으로 자라나는 하나의 원동력이 되었을 것이다.

최근 이난영 기념사업회는 경기도 파주에서 유해를 옮겨와 화장한 뒤 삼학도의 20년생 백일홍나무 밑에 묻는 '수목장樹木葬'을 치렀고, 그 안장지 옆에 〈목포는 항구다〉 〈목포의 눈물〉 노래비를 세웠다. 인근에 8백여 평의 규모로 '이난영 공원'을 조성해 2006년 4월 11일 문을 열었다. 현재 목포에서는 매년 가을, 이난영 가요제가 열린다.

진도소리와 진도

물을 그리워하며 물을 향해 돌아앉은 형국이라는 섬. 사시사철 '징하게 이쁜 섬' 진도. 음기가 세어 여자
가 세고 예가 센 땅으로 일컬어지는 곳. "우리 인생 한번 가면 / 다시 오지는 못하느니 / 어기야 허~어
여허허라 / 날 버리고 가셨네에 / 영 버리고 가셨네 / 세상살이 무엇인지 / 아지 못한 나를 두고……" 구
슬픈 만가는 어느덧 자전적인 가사로 바뀌고 모두가 진도소리에 취해 눈시울이 붉어진다. 삶 너머 죽음
으로 가는 이들을 위한 노래에 남은 이들의 마음이 깊숙이 익어간다.

노래여,
옥주 산천 들노래여

땅에도 음양이 있는 것 같다. 내 나름으로 짚어보건대. 학문은 양기
센 땅에서 승하고, 예술은 음기 센 땅에서 승하다. 안동은 양기 센 땅이
다. 그래서 남자가 세고 학문이 세다. 그곳에서는 서예를 선호하고, 목
포와 진도에서는 그림을 선호한다. 진도에 남화의 성지라고 불리는 허
소치의 '운림산방(전라남도 지정 기념물 제51호)'이 서게 된 것도 우연은
아닐 것이다.

풍수에는 어둡지만, 예향이라고 불리는 곳일수록 음기 센 땅임을 느
끼게 된다. 나라 안 예향 중의 예향으로 꼽히는 진도도 그렇다.

진도 예술 중에서도 으뜸으로 꼽을 수 있는 것은 '소리'다. 진도소리
는 '야(野)'스럽다. 실제로 들판에서 만들어진 것이 많지만 내용도 야한 것
이 많다.

진도창은 동·서편제나 판소리 열두 마당 정맥의 계보에 들지 않는
노래가 많다. 판소리 법통에서 많이 '어긋져' 있다. 그래서 진도창을
'판소리의 사문난적(성리학에서 교리를 어지럽히고 사상에 어긋나는 언행을

하는 사람을 이르는 말'이라고 몰아치기도 한다. 말하자면 판소리의 속악이다. 하지만 야한 속화가 더 눈을 번쩍 뜨이게 하듯, 번듯한 보학도 없는 진도소리는 때로 더 절절하게 다가와 가슴을 친다.

진도에 유난히 단가와 노동요 그리고 잡가가 성했던 것은 그것이 생활음악이었기 때문이다. 생활 따로 노래 따로가 아니었고 일 따로 노래 따로가 아니었다. 일하며 흥얼대고 흥얼대며 일하다보면 노래가 만들어지곤 했다. 그래서 노랫말은 다듬지 않은 일상 구어체가 태반이다.

갯마을이 많았던 진도에는 고기잡이 나간 남편이 돌아오지 못하는 경우가 많았다. 어부인 남편이 죽고 나면 생계는 꼼짝없이 여인인 아내가 맡아야 했다. 남편 없이 시부모 섬기며 험한 일손에 하루해를 보내다보면 신세한탄이 절로 나오고 동병상련의 여인네들이 새벽부터 들일, 길쌈일, 바닷일로 어울려 일하다보면 이런 타령들이 노랫가락이 될 수밖에 없었을 터였다. 흥얼대다보면 한나절이 힘든지 모르고 지나곤 했던 것이다.

진도창은 바로 그런 고통과 슬픔을 삭이고 이길 수 있는 힘이었다. 노래에는 그것이 아무리 슬픈 노래라 할지라도 부르는 중에 슬픔의 고개를 넘게 하는 힘이 있다. 슬픔의 고개를 넘어서게 할 뿐 아니라 희망의 지평을 그려보게도 한다. 풍류란 그래서 흔히 생각하는 것처럼 빈둥거리며 노는 소모적인 것이 아니다. 정신과 격조를 갖춘 '놀음'이며, 잘 놀 때면 생산적이 되는 것이다.

이런 전통 때문일까. 진도 남자 중에는 유난히 풍류 잘하는 한량이 많다. 진도 남자 중에 단가 하나 못하고 북채 한번 못 잡는다면 배냇병신이란 소리가 있을 정도다.

진도는 원래 비옥한 땅과 청정해역에 인심마저 후하다 하여 옥주라는 이름으로도 불리던 곳이다. 그곳은 고래로 시·서·화에 춤, 노래가 두루 만발한 '예와 민속의 보물창고'였다. 특히 춤과 노래에서는 가히 웬만한 나라 하나가 간직할 만큼 많은데다 다채롭기까지 하다. 세계민속음악제에서 금상을 탄 바 있는 진혼 무곡 〈씻김굿〉과 사물악기 반주의 가무극 〈다시래기〉, 메김소리 뒷소리 애절한 〈진도만가〉와 흥과 한이 얽혀 있는 〈진도아리랑〉 〈육자배기〉 〈강강술래〉 〈들노래〉 등…… 수많은 현대 예술인들이 진도소리를 양념 삼아 자기 유의 예술을 일으키기도 했다.

충무공 혼이 서린 역사의 바닷길 '울돌목'을, 하늘에 걸린 '진도대교'로 건너 그 소문난 예도로 들어간다. 저 아래 바다가 핏방울이 튀긴 전장이었다고는 믿기 어려울 만치 아늑하고 고요하다.

정겹고 야트막한 산과 그 산허리를 여인의 손길처럼 부드럽게 싸고도는 바다. 푸르름을 더해가는 들과 기름진 황토 그리고 점점이 박힌 들꽃들. 목포부터 동행한 산수화가 우암 박용규의 말마따나 '징하게 이쁜 섬'이다.

목포-진도 간을 뱃길로 다녀야만 했던 시절, 목포 한량들은 굳이 진도에 건너오지 않고서도 유달산 아래 요정 방석에 앉아 원형 그대로의 진도창을 들을 수 있었다 한다. '청미장'이나 '향원' 같은 유서 깊은 고급 한식집에서는 옥색 치마저고리에 품새도 아리따운 어린 여자아이들이 나와 치맛말기 위로 삼각형 겨드랑이 살을 슬쩍슬쩍 드러내며 부채춤도 추고 북채가 부러지도록 밤드리 낭자하게 '단가'도 뽑았다고 하건만 이제는 그런 풍류를 찾기 어렵다.

1975년 진도에 여행 왔다가 바다가 갈라지는 것을 목격한 당시 주한 프랑스 대사 피에르 랑드 씨가 즉석에서 한국판 '모세의 기적'으로 불

렀다는 회동 바다를 둘러보고 나오니 어느덧 해는 기우뚱해지고 첨찰
산 산그늘이 짙다. 출출했던 차라 곧바로 '아리랑' 식당에 자리를 잡았
다. 육자배기 식당과 아리랑 식당 등에서는 연이 닿으면 진도창을 들을
수 있다.

반주를 곁들인 저녁상이 나온다. 무채에 재래식 식초로 버무린 준치
회가 특미였다. 썩어도 준치라는 말처럼 '칼질'의 기교로 교묘하게 뼈
를 저며버려 씹을 것도 없이 혀에서 녹는다. 시원한 '간재미'탕과 함께
귀하다는 흑산도 홍어도 상에 오른다. 아무짝에도 쓸모없이 흔해빠진
것을 일러 '만만한 게 홍어좆'이라 하지만 흑산도 참홍어는 이젠 거의
찾아볼 수가 없다.

숨소리마저 잡히는 작은 방에서 듣는 소리는 문화회관 공연과는 또
다른 맛이 있다. 그리고 홍주, 한약재인 지초와 순 오곡주를 걸러 내린
다는 이 발그레한 토속주는 40도가 넘어 술에 약한 사람은 목에 털어넣
는 순간 상머리 잡고 쓰러진다는 독주다. 그래도 진도 사람들은 "홍주
없이 진도창 없다"고 말한다.

저녁상 물리기 전에 〈진도들노래〉의 기능 전수자인 박동매와 〈진도
아리랑〉의 박종숙 그리고 고수 김오현이 들어온다. 옆방에는 마침 "아
그들 데리고 산공부 떠나는 길"이라는 명창 이임례도 와 있었다. 그녀
의 일대기는 영화 〈휘모리〉로도 제작된 바 있다.

동매씨가 소녀 적부터 집에 드나들며 친숙했다는 우암이 잔을 권
한다.

"동매, 홍주 한잔 혀?"

"나 우선 찬 맥주로 목 축이고 그 담에 홍주 할라요."

동매씨는 스스럼없이 자기 잔에 가득 맥주를 따른다.

눈부신 초여름의 진도
산과 들과 바다가 푸르름을 더해가는 진도에서는 들리느니 남도창이요 육자배기고 들노
래다.

"워매, 그라면 속이 사정없이 타불 텐디?"

우암이 걱정스레 말했지만 동매는 픽 웃는다.

"까치 뱃바닥 같은 흰소릴랑 허덜 마시오. 속이 타야 말에 개미(甘味, 단맛)가 붙제잉?"

"허긴 그려."

텅! 김오현이 바짝 북을 끌어당겼다.

〈진도만가〉부터 풀려나온다. 중중모리 완만하던 가락이 어느 순간 속도를 탄다 싶더니 〈새타령〉으로 들어선다. 이어 〈진도홍타령〉과 〈산타령〉〈방아타령〉〈매화타령〉으로 소리는 숨가쁘게 핏줄을 달린다.

동매씨의 거칠면서도 힘있는 소리와 종숙씨의 간드러지면서도 애처로운 소리가 절묘하게 만나고 헤어지고 꺾이고 되만나기를 거듭한다.

이윽고 〈들노래〉.

어이기야라 먼데로고나 / 유월이라 초여아드레
온다는 비는 아니 오고 / 동남풍이 날 속였네

〈먼들소리〉는 어느새 자전적 가사로 바뀌어버린다.

우리 인생 한번 가면 / 다시 오지는 못하느니 /
어기야 허~어 여허허라
날 버리고 가셨네에 / 영 버리고 가셨네
세상살이 무엇인지 / 아지 못한 나를 두고……

연전에 작고한 어머니 조공례씨에게 어렸을 적부터 쥐어박히며 이

사설을 머릿속에 넣곤 하던 생각 때문이었을까. 동매씨는 목이 멘다. 이내 흐느끼는 동매씨를 우암이 달래어 맥주 한잔으로 잠시 목을 축인다. 박동매와 박종숙의 압권은 단연 노동요와 단가다. 진도의 노동요들은 힘들게 일하며 나오는 노래이면서도 원망과 한탄보다는 배시시 웃음이 나오는 해학이 일미다. 매운 시집살이와 길쌈일, 들일의 고된 살림살이를 이런 해학으로 슬쩍 넘겼을까.

씨암씨 잡년아 잠 깊이 들어라.
느그 아들 엽렵허면(똑똑하면) 내가 밤마실 돌까
씨암씨 모르게 술 돌라 먹고 이 방 저 방을 다니다가
씨압씨 불알을 밟고 말았네.

국악인 신영희의 고향인 초사리나 박보화, 박옥진의 탯자리 마을에는 아직도 악보로 만들어지지 않은 채 구전되어오는 이런 잡가, 단가들이 가는 곳마다 밟힌다. 두 사람의 소리는 밤을 새우고, 가락 따라 떠돌던 꿈길을 파도 소리가 깨운다. 진도 출신 서예가 소전 손재형 선생이 생전에 '맘먹고' 썼다는 '충무공 전적비' 서 있는 벽파진으로 나가본다.

뱃고동 울리는 새벽안개 자욱한 바다 저편에서 가물가물 소리가 들려온다. 그리고 보면 이 섬에서는 하루를 열 때도 소리요, 닫을 때도 소리다.

자고 넘어도 산이이요/ 건네 헤쳐도 바다아네
가네 가네 내 세월이/ 이렇게도 잘 갈까……

한(恨)과 흥(興), 들노래

원래 진도 노동요 중에는 어부인 남편 잃은 여인들이 들일, 길쌈일에 하루해를 보내며 주고
받은 타령과 한숨이 노랫가락이 된 것들이 많다. 들노래도 그중 하나다.

진도소리　　진도소리는 조선 말 궁내부 참의관 정만조와 박영효가 진도로 유배를 왔을 때 이들을 위로하기 위해 조직되었다는 진도협률단이나 아성창극단 그리고 해방 이후의 공화창극단 등을 통해 발달해왔다. 이후에도 진도국악원과 군립민속예술단이 만들어지면서 군 단위로는 드물게 소리 예술을 이어가기 위한 노력이 이루어졌다.

　　진도소리는 무가巫歌나 만가(상엿소리)가 많고 죽음과 관련된 내용이 중심을 이룬다. 예를 들어 중요무형문화재 제72호인 〈진도 씻김굿〉은 망자의 한을 풀어주는 소리로 상복 차림으로 행하는 일종의 무속의식이다. 중요무형문화재 제81호인 〈다시래기〉는 상가에서 상여가 떠나기 전날 밤에 상주와 그 가족을 위로하기 위하여 사물악기(장구, 북, 꽹과리, 징)의 반주에 노래와 춤과 재담으로 진행되는 일종의 가무극이다. 도 지정 무형문화재 제19호 〈진도 만가〉는 상두꾼이 상여를 메고 가면서 하는 소리로, 남자만이 상두꾼이 되고 주로 요령이나 북을 치면서 하는 다른 지방의 만가와 달리, 여자도 상두꾼이 될 수 있으며 반주 악기로 사물과 피리가 등장하는 것이 특징이다.

진도에는 다양한 소리의 전통이 이어져 내려오고 있다. 중요무형문화재 제51호 〈남도 들노래〉는 모내기, 논매기 등 주로 논일을 하며 부르는 농요로서, 다양하고 흥겨운 가락에 뒷소리를 길게 빼는 것이 특징이다. 중요무형문화재 제8호 〈강강술래〉는 8월 한가윗날 밤에 마을의 처녀들과 아낙네들이 손을 마주잡고 둥글게 원을 그리면서 노래를 부르는 진도지방 고유의 민속놀이다. 또 도 지정 무형문화재 제18호 〈진도 북놀이〉는 양손에 북채를 쥐고 장구처럼 치며 하는 놀이로, 잔가락이 많이 활용되고 멈춤과 이어짐이 반복되는 특징이 있다. 가장 널리 알려진 〈진도 아리랑〉은 향토무형유산 제1호로 예로부터 〈아리랑 타령〉이라 하여 구전으로 불리던 민요다. 조선 말부터 〈진도 아리랑〉이라 불렸다고 하는데, 자신을 두고 떠나간 임에 대한 원망과 그리움을 해학적으로 담았다. 부르는 사람이 자신의 정서를 전래의 가락에 맞추어 즉흥적으로 부르기도 하는 이 〈진도 아리랑〉은 남도 민요의 진수로도 일컬어진다.

진도소리 여행 　진도에 가면 매주 토요일 오후 진도향토문화회관에서 '전통 남도소리 여행'을 떠날 수 있다. 〈남도 들노래〉와 〈진도 씻김굿〉〈다시래기〉〈강강술래〉〈진도 북놀이〉 등을 보고 들을 수 있으며 〈육자배기〉나 〈흥타령〉〈둥덩애타령〉 혹은 〈닻배노래〉나 〈진도 아리랑〉 같은 진도소리도 즐길 수 있다.

국립남도국악원에서도 매주 금요일 저녁에 공연이 펼쳐진다. 그 밖에도 진도 곳곳에서 우리 소리를 체험할 수 있다. 무형문화재 제72호 진도 씻김굿 보유자 박병천 선생의 주 활동무대이자 다양한 남도소리를 보존하고 있는 소리의 마을인 진도 '소포리'에서도 1박 2일 코스로 남도소리 기행 체험 프로그램을 운영중이다. 소포리에 위치한 소포전통민속전수관에서 단가 한 대목 배우기, 남도 민요 들어보기, 남도 잡가 한 대목 배우기, 걸군농악 시연, 농악 장단 배우기, 상모돌리기, 후리질로 하는 고기잡이 체험 등 다양한 프로그램에 참여할 수 있다. 이외에도 소포 걸군농악 보존회, 베틀노래 보존회, 세시풍속 보존회, 강강술래 보존회 등 다양한 전통문화보존회가 활동하고 있고, 또 이 마을의 명물 '어머니 노래방'에서 마을 주민들과 함께하는 노래운동을 벌이고 있다.

물론 이러한 프로그램에 참여하지 않아도 어물전에서 생선을 파는 노인이나 밭에서 김을 매는 아낙에게 소리를 청하면 곧바로 흥겨운 노래를 들을 수 있는 곳이 바로 진도다. 진도 땅 어디에서나 우리 소리를 만날 수 있다.

허소치와 해남

만년의 소치가 차밭을 돌보며 은거하던 운림산방에 닿으니 해가 설핏하다. 꽃들이 화사하게 피어 있던 낮이 지나가고 저녁이 되니, 모든 사물이 엷은 먹빛으로 가라앉아 소치의 그림 속에 들어앉은 것만 같다. 뒷산 시린 물을 받아 소치가 세수하고 붓을 씻었다는 오래된 절구에 손을 담그니 소치의 시에 나오는 그 '내 집'이 바로 여기다.

조선 남화의
길 따라

인척 중에 '남규 삼촌'이라는 이가 있었다. 배움은 짧았지만 예술에 대한 이해가 두루 깊은 분이었다. 시조창도 좀 하고 묵화도 칠 줄 알았다. 내가 미대에 간다고 했을 때 가족은 물론 친지들까지 말렸지만 "앞으로는 예술이 쎄진다"는 전위적인 발언으로 사람들의 입을 막아버린 분이었다. 생전에 그이는 잊어버릴 만하면 한 번씩 학교의 연구실로 전화를 걸어오곤 했다. 으레 농협에 융자를 얻는달지 관공서에 급한 일이 생겼을 때다.

"거 머시냐, 요참에도 산수화 하나 쳐줘야 쓰겄다. 솔낭구를 좀 튼실한 놈으로 몇 개 앉히고 폭포는 너무 급하지 않은 것이 좋을 성싶다만."

그러나 옷을 차려입고 내 첫 개인전에 왔던 그이는 〈바보 예수〉라는 알 수 없는 그림 앞에서 그만 크게 낙담해 돌아가고 말았다. 화랑을 나서며 그분은 중얼거렸다.

"관학에 가더니 영 못쓰게 돼버렸구나. 애초에 의재 선생이나 남농 선생 문하로 갔어야 했는데……"

내겐 이에 관한 에피소드가 또하나 있다. 어머니 생전에 크게 두 번 야단맞은 일이 있는데 그중 하나가 누드 그림에 관한 것이다. 대학 시절 혼자 살던 작업실에 어머니께서 밑반찬을 마련해 오셨다. 마구간처럼 어질러놓고 나간 빈방을 치우다가 한 무더기 그림을 발견하셨다. 무심히 펼쳐 한 장 한 장 들여다보시다가 그만 두 눈이 휘둥그레졌다. 아마 억장이 무너지는 것 같았을지도 모른다. 밤에 들어오니 불도 안 켠 방에 혼자 울고 계셨다. 말없이 벌거벗은 여자 그림들을 내 앞에 내밀었다.

"어머니, 그게 아니라……"

어색하게 웃으며 그림을 밀쳐놓았지만 막무가내셨다.

"앞장서라!"

"어디로요?"

"이년부터 만나보자."

그림 속의 모델 말씀이었다. 난감했다. 이건 이렇고 저건 저렇고 설명을 드렸지만 돌아앉아 주섬주섬 보퉁이를 꾸리셨다. 그리고 일어서서 나가시면서 말씀하셨다.

"내 잘못이다. 애초에 그림 그린다고 나섰을 때 남농 선생이나 의재 선생한테 가는 것인데……"

서른 해 전만 하더라도 '동양화'를 하려면 대학으로 갈 것인지, 의재·남농 문하로 갈 것인지 한번쯤 저울질했을 만치 진도·목포의 허씨 문중은 막강했다. 소치 허유 이래 대를 이어오면서 이 두 사학은 그 명성을 보태어 경상·충청에서도 봇짐 싸들고 이곳에 찾아오곤 했던 것이다.

두륜산 일지암
초의와 소치의 화연(畵緣)이 얽힌 일지암은 조선 남화의 텃자리다. 특히 초여름의 일지암은
그대로 선계(仙界)에 든 듯한 느낌을 갖게 한다.

"원래 남화는 도인들이 하던 것 아닙니까?"

근세에 본격적으로 호남 남화의 씨가 뿌려진 해남 땅 대흥사 일지암으로 가면서 한때 남농기념관 일에 관여했던 김기덕씨는 말했다. 남화를 제대로 하려면 한시의 운도 좀 뗄 줄 알고 차맛도 알아야 하는데, 눈이 핑핑 돌아가는 서울에서 삐삐니 핸드폰이니 차고 붓을 놀린다고 해서 제대로 맛이 나겠느냐는 것이었다.

확실히 조선의 남화에는 정겨운 우리 산하의 솔바람 소리와 쓰거우면서도 깊이 있는 조선 차맛이 담겨 있다. 그 담박하면서도 질박한 맛을 호남 남화는 이어왔다. 구릉 같은 산의 부드러운 능선과 다랭이논과 밭 그리고 그 가운데 황톳길로 꾸부정 걸어가는 노인…… 근세에 남화의 씨를 뿌린 초의 선사는 '차와 선이 한 맛'이라 했지만, 거기에 '그림과 경치는 하나'라고 덧붙이고 싶을 만치 남도의 풍광과 토양은 그대로 남화의 탯줄이 되고 있다.

조선 초 선비 화가 양팽손이 화순 출신이고 후기의 겸재 정선 또한 나주 출신이 아닌가 하고 보는 일부 학계의 의견이 있는데다가 해남의 윤두서, 윤덕희 부자에 이르기까지 빛나는 별 같은 화가가 이 호남의 풍광 속에서 조선 남화의 씨를 뿌리고 열매를 거두었던 것이다. 이는 중국의 쑤저우 일대가 중국 남화의 본거지가 되었던 것과 흡사하다.

우리 미술을 일찍부터 깊이 있게 들여다보았던 일본 학자 야나기 무네요시는 조선의 미술양식을 조선의 자연환경이라는 거울로 비추며 설명한 바 있다. 그는 중앙의 관학적인 미술보다도 조선의 호남을 여행하며 만난 민예미술에 흥미를 가지고 조선의 미술과 환경을 한데 아울러 생각하게 된 것으로 보인다.

굳이 이러한 관점이 아니더라도 동양의 미술은 그 양식이 자연환경과 밀접하게 만나 이루어지는 것이 사실이다. 이는 땅의 공간뿐 아니라 식물의 생태에 있어서도 그렇다. 이를테면 우리나라와 중국의 소나무 하나만 놓고 보더라도 '조선솔'은 솔잎이 검푸르고 빡빡하지 않아 성긴 그 사이로 '솨아' 하는 솔바람 소리를 낸다. 그러나 중국 화북방의 소나무는 기름지고 큰 키를 자랑하며 솔잎 또한 검푸르고 빡빡하다. 이런 생태는 그대로 그림에 잘 드러나서, 조선 남화의 성글고 담박한 맛에 비해 중국의 그것은 비록 수묵화라 할지라도 완성도가 높다못해 기름기가 느껴지는 경우까지 있는 것이다. 구도에서도 조선 남화는 중국의 그것처럼 극적이고 종합적인 구성미를 보이기보다는 질박하고 아담하며 온화한 분위기를 보여주는데, 이것은 그대로 조선의 산야, 특히 남도의 풍광과 일맥상통한다.

전라남도에는 나라 안 여덟 승경 중 세 곳이 몰려 있다. 다도해와 한려수도 그리고 지리산 일대와 영산강 유역의 빼어난 풍광은 홍도와 월출산 등과 더불어 예술과 문화가 나타날 만한 입지조건을 이룬다. 더구나 평야가 많은 이곳은 농경문화와 관련이 있는 남종화의 발달을 두텁게 한 것이다. 중국의 산수화에서 흔히 거론되는 '대경생정對景生情' 즉 경치를 대하면 정취가 떠올라서 그대로 본떠 그리게 된다는 것과 같은 이치다.

해남 쪽 제안고개, 장흥의 바람재, 영암의 땅재, 누릿재, 불티재가 강진을 감아 안은 형상이랄지, 수없이 많은 구릉 같은 재와 산 들의 부드러운 선들은 그대로 남화의 한 폭 그림들로 되살아나는 것이다. 수줍은 듯 숨어 있는 사찰들이며 군데군데 드러나는 황톳길과 붉은 소나무밭 또한 그림 속의 현실과 큰 차이가 없다.

특히 일지암 오르는 한적한 오솔길과 군데군데 동백숲과 야생 차밭의 대바람 소리며 새소리, 물소리는 그대로 시청각이 어우러진 조선 남화의 세계다. 일지암은 새로이 번듯한 법당과 요사채가 들어서 있어 옛날의 조촐하고 적막하던 분위기는 많이 달라져 있었지만 훨씬 넉넉해 보였다.

"어쩐 일이시오, 연락도 없이."

일지암에는 마침 주지인 여연 스님(현재는 강진 백련사 주지)이 초당 앞 연못에 나와 차를 마시고 있었다. 그러고 보니 봄가을로 학생들과 내려와 스님에게 차 얻어마시기도 어언 10년 세월 가깝다. 스님은 언제 뵈어도 동안의 청년이다. 적지 않은 문화예술계 인사들과 교분이 깊은 분이다.

방 안에서는 웬 브람스……

"스님, 서양음악입니다그려." 눈으로 초당 쪽을 가리키며 말했지만, "아따, 중이라고 크라식도 못 들것소?" 시원시원히 받는다.

하긴 대선사의 신분이었으면서도 일지암을 일으킨 초의 스님은 『동다송』이며 『다신전』 같은 차와 관련된 경전을 펴냈는가 하면, 그림 그리고 시 짓고 학사, 예인 들과 교류하기를 즐겨 한 분이었다. 여연 스님 또한 초의 스님의 풍류와 멋을 받잡고 있는 것이리라. 초의는 독학으로 그림 그리다 일지암으로 찾아온 진도 청년 소치 허유에게 그림은 물론, 시와 차를 가르쳐 추사 문하에 입문시켰고, 그 소치는 배를 타고 바닷길 3백 리를 헤쳐 제주까지 추사의 귀양지를 오가며 서화 수업을 받았다.

제주 현무암처럼 거칠고 막힘이 없는 소치의 괴석 그림에는 확실히 추사체의 뼈대가 살아 있다. 시골 청년이었지만 당대 최고인 두 스승 밑에서 배운 소치는 그 나이 마흔을 갓 넘어 헌종 앞에 나아가 임금의 벼루의 먹을 찍어 그림을 그리고 왕실에서 소장한 오래된 그림과 글을

화가의 집은
꽃 피고 새 울고 무지개 뜨는 남녘의 고향, 그곳에 있었다.

품평할 만큼 대가가 되었다.

만년에 소치는 운림산방에 은거하며 차밭을 돌보고 그림을 그림으로써 스승 초의가 일지암에서 한 것같이 차와 선과 그림이 하나되는 세계를 일구어갔다.

정갈한 산나물과 여연차를 대접받고 일지암 내려와 운림산방에 닿으니 해가 설핏하다. 동백꽃, 능소화, 백일홍 화사하던 낮에만 보아오던 이곳을 저녁에 마주하니, 엷은 먹빛으로 가라앉아 또다른 분위기다. 운림산방에는 전설 하나가 전해진다. 소치가 묵죽을 하도 진짜처럼 그리는 바람에 초당 둘레에 심어져 있던 오죽이 모두 말라죽고 말았다는 것. 뒷산 시린 물 받아 소치가 세수도 하고 붓도 씻었다는 늙은 절구에 손을 담그고 보니 소치의 시에 나오는 그 '내 집'이 바로 여기다.

내 집은 산골에 있다
매양 봄이 가고 여름이 되면
푸른 이끼는 뜰에 깔리고
낙화는 길바닥에 흩어진다
사립문 밀고 오는 발소리 하나 없어도
솔 그림자는 저 홀로 길고 짧고 새소리 높고 낮은
그곳에서 낮잠을 즐긴다
　　　　　　—허소치의 그림 〈선면산수도扇面山水圖〉에 적힌 발문에서

천 천 히   읽 기

진도 운림산방과 허씨 가문의 예맥   소치 허련(小痴 許鍊, 1809~1892)의 본관은 양천陽川이다. 양천 허씨의 시조는 가락국 김수로 왕비 허황옥의 30세손으로 전하는 선문이다. 선문의 31세손인 소치는 18세 종의 둘째아들인 양평공 광파에 속한다. 허씨는 경기도에서 살다가 진도로 내려왔다고 한다. 진도에 처음 들어온 입도조入島祖 허대許垈는 임해군의 처조카였는데, 광해군 즉위 후 역모로 몰린 임해군을 수행하기 위해 먼저 진도로 들어왔다가 그대로 머물게 되었다.

진도는 조선시대 주요 유배지 중 하나로 이른바 '유배지 문화'가 꽃피기도 했다. 소치가 진도에서 태어났다는 사실은 그의 삶에 계속해서 영향을 미쳤다. 섬에서 태어나 문화적 소외감을 경험한 그는 이를 극복하기 위하여 중앙의 문화계와 화단을 끊임없이 의식할 수밖에 없었다.

18여 년을 추사에게 가르침을 받다가 그가 타계한 다음해인 1857년 소치는 다시 고향인 진도로 돌아와 운림산방雲林山房을 짓는다. 그후 1892년 세상을 뜰 때까지 그는 계속해서 이곳에 머물며 그림을 그렸다.

이후 운림산방을 중심으로 진도에 사는 양천 허씨 집안은 5대째 내리 화가를 배출했다. 1대는 소치 허련, 2대는 미산 허형(米山 許瀅, 1862~1938), 3대는 남농 허건(南農 許楗, 1908~1987)과 그 동생인 임인 허림(林人 許林, 1917~1942), 4대 는 임인의 아들인 임전 허문(林田 許文, 1941~), 5대는 남농의 손자인 허진(許塡, 1962~)으로 이어졌다. 허진 이외에도 같은 항렬인 허재, 허청규, 허은이 화가의 길을 가고 있다. 그런가 하면 무등산 춘설헌春雪軒의 의재 허백련(毅齋 許百鍊, 1891~1977)도 진도에서 태어난 양천 허씨 집안이다.

추사 김정희와의 사제의 인연　　추사 김정희는 여러 학자, 문인 들 과 두루 교류했고 그의 문하에 많은 제자를 두었다. 그중 그가 특히 아낀 인물이 바로 소치 허련이다.

소치는 초의선사(艸衣禪師, 1786~1866)를 통해 추사와 인연을 맺게 된다. 서울 로 추사를 만나러 간 초의선사는 추사에게 소치가 모사한 공재 윤두서의 화첩을 보여주었다. 추사는 감탄을 금치 못하며 소치에게 빨리 서울로 올라와서 공부를 계속하라는 권유의 글을 보낸다. 소치는 서른한 살 때인 1839년 봄 처음으로 상 경하여 추사를 만나게 된다.

그후 소치는 추사의 집 바깥사랑채에 머물면서 매일 큰사랑채로 찾아가 추사 로부터 그림을 배웠다. 추사는 소치에게 다음과 같은 충고를 하기도 했다. "자네 가 처음 배운 것은 공재 윤두서의 화첩인 줄 아네. 우리나라에서 옛 그림을 배우 려면 과연 공재로부터 시작해야 할 것이네. 그러나 신운神韻의 경지에는 좀 모자 란다네. 겸재 정선, 현재 심사정이 모두 이름을 떨치고 있지만, 화첩에 전하는 것 들은 한갓 안목만 어지럽힐 뿐이니 일체 들춰보지 말게. 자네는 화가의 삼매三昧 의 경지에 있어서 겨우 세 걸음 옮겨놓은 것과 같네." 추사는 소치에게 충분한 재 질이 있음을 암시하면서, 여기서 더 나아가 조선 후기의 삼재三齋를 뛰어넘으라 고 한 것이다.

추사는 소치를 높이 평가해 "압록강 동쪽에는 이만한 사람이 없다"고도 했다. 소치라는 호 역시 추사에게서 받았다. 원말 4대가 중의 한 사람인 황공망(黃公望, 1269~1354)의 호가 대치大痴였는데, 추사는 대치만큼 뛰어난 인물이 되라는 의미로 허련에게 소치라는 호를 주었다.

소치는 추사가 제주도 유배생활을 하는 동안에도 그곳에 찾아가 머물면서 뒷바라지를 하며 극진히 모셨다. 제주도 가는 험난한 뱃길을 뚫고 세 번이나 찾아가 오래도록 머물렀다. 그가 1843년에 제작한 〈소치화품〉은 당시 유배중인 추사에게 찾아가서 그림을 그린 후 찬문贊文을 받은 화첩으로, 그의 작품세계를 이해하는 데 중요한 위치를 차지한다. 이렇듯 소치의 회화세계는 스승 추사의 유배기간에 이미 완성되었다고 할 수 있다.

윤선도와 보길도

땅과 사람의 만남이 이처럼 진하게 얽혀드는 곳이 또 있을까. 제주로 향하던 뱃길에 강풍을 만나 우연히 들어왔던 보길도에서 윤선도는 여인과 사랑을 나누듯 정을 쏟았다. 그리하여 그냥 뒹굴는 돌, 흐르는 물에 불과했던 것들이 시인이 그윽한 눈길과 시로 쓰다듬어준 다음부터는 각별한 의미가 되어 빛을 발하기 시작한다. 시인의 나라, 보길도. 아련하게 들려오는 어부의 노래 따라 나는 지금 그곳에 간다.

보길도에 들려오는
어부의 가을 노래

　나는 지금 옛 시인의 유토피아를 찾아가고 있다. 고산 윤선도의 나라 보길도. 섬 전체가 시인의 거대한 유물관인 그곳으로. 뱃고동 소리와 함께 배는 강의 포구처럼 잔잔한 '땅끝' 갈두항을 미끄러진다. 수면은 작은 바위섬이 낱낱이 거꾸로 비칠 만큼 잔잔하다. 이내 눈을 찌르는 물색. 가을 물은 하늘에서 쏟아진 듯 하늘빛이다. 갑판으로 나가니 "지국총 지국총" 대신 "검푸른 바닷가에 비가 내리면……", 대학생 몇이 '기특하게도' 통기타로 70년대 노래를 부르고 있다.
　저 나이쯤의 어느 날이었을 것이다. '땅끝'까지 온 적이 있었다. 지금은 다소 과장되고 애교스럽기까지 한 그 '끝'의 느낌이 그때는 지도상의 육지부 최남단이라는 의미 이상의 절박함으로 다가왔다. 바람 속에 화원 반도를 건너 붉은 황토의 들길을 끝도 없이 걸었던 기억이 난다. 그때 완도 선착장에서 혼자 보길도로 갔었다. 달은 얇게 사위어가고 밤바다의 파도만이 적막을 깨뜨렸다. 그 밤 예송리 밤바다의 파도에 취해 그만 통곡하고 말았다.

황홀하고 아름다웠다. 아름다움을 앞에 두고 울 수 있느냐고? 있고 말고다.

그해 철 지난 바다에 와 민박을 하면서 아침저녁으로 예송리 앞바다에 자욱한 바다안개만 하염없이 바라다보았다. 추방당한 공간에 와 있는 것처럼 쓸쓸했다. 풍경이 아름다우면 상처도 깊어질 수 있음을 나는 그때 알았다. 내 젊음마저 애터지게 서러웠다. 그 이후로 울적할 때일수록 지나치게 너무 아름다운 경치나 풍광은 피해오고 있다.

그러나 사실 그 섬 보길도는 그냥 아름답기만 한 섬은 아니란다. 그 섬은 두 얼굴을 가지고 있다고, 동행한 남도 화가 우암은 귀띔한다. "허벌나게 이쁜 섬"이지만 성깔도 보통이 아니라는 것. 그런가 하면 아픔도 가지고 있다는 것. 한번씩 돌풍이 휘몰아치면 수십 년 된 나무들이 뽑혀나가고 하늘로 돌들이 날아다닌단다. 고산 선생이나 되었으니 그 성깔을 제압하고 길들였을 거란다.

보길도에 대한 오해는 흔히 고산에 대한 오해로 이어질 수도 있다. 보길도는 아름다운 꽃들이 어우러진 남쪽 섬인데 고산은 그 섬을 통째로 누리며 시와 춤과 노래를 한껏 즐기다 간 행복한 사람이라고. 그러나 아니다. 그 이쁜 섬에 부는 세찬 바람과 비를 알지 못하듯, 사람들은 고산의 생애가 그토록 아름다운 가사문학으로 피어나기까지 얼마나 쓰고 고통스러운 세월이 있었는지 알지 못하고 있을 뿐이다. 그리고 이 사실을 제대로 알지 못하는 한 보길도나 고산을 피상적으로밖에 알지 못하는 것이다.

그 사납고 모진 바람 끝에 거짓말처럼 붉은 동백이 섬을 덮고 향기가 10리를 간다는 석란과 풍란이 꽃을 피우는 것처럼 고산의 한시와 시조들은 그냥 호화로움 속에 되뇐 한가로운 노래는 아니었다. 참다운 예란

풍요의 바다
바다는 또다른 생명의 나라다. 물고기가 뛰노는 그 바다를 보며 시인은 시름을 잊는다.

그렇게 나오는 것일 게다. 사실 조선조의 예술사는 어떤 면에서 유배지의 예술사였다. 정치적 박해와 소외의 아픔 속에 칼바람을 맞으며 이루어낸 위대한 아웃사이더들의 예술사였다. 송강과 다산과 추사의 예술은 한결같이 쓰라린 인고의 세월 속에 피어난 꽃들이었다.

게다가 험한 세월을 산 것으로 말하자면야 고산만 한 이도 드물 것이다. 왕자의 스승으로 경학, 천문, 지리, 공학, 건축부터 문학과 음악에 이르기까지 이루지 못한 글이 없었고 통달하지 못한 학문이 없었건만, 서른 살에 시작된 귀양살이는 백발이 성성할 때까지 계속되었다. 유배지에서 보낸 기간만 20년에 삭탈관직 또한 헤아릴 수 없을 정도로 많았다. 그뿐인가. 어린 몸으로 급제하여 임금이 술까지 내려주었던 둘째 아들의 죽음에 이어 귀양에서 돌아오던 말 위에서는 막내아들의 죽음마저 접한다.

둘째 아들 의미는 열아홉 어린 나이에 제 형과 함께 사마시(司馬試, 생원과 진사를 뽑던 과거)에 합격한 총명한 아들이었고, 막내 도미아는 그가 홀로 방에서 책 읽고 있자면 날마다 찾아와 바위문 앞에서 재롱을 피우던, 눈에 넣어도 안 아픈 아이였다. 귀양길에서 그 도미아의 죽음 소식을 접하고 "눈물보다 앞서 가슴이 부들부들 떨리고 두려웠다"고 썼을 정도였으니 그 고통이 어떠했겠는가.

한시와 한글 시조를 망라한 그의 단가문학들은 모두 이렇게 아픈 세월의 일기였던 셈이다.

기타를 치던 대학생들이 선실로 들어가자 동행한 우암은 "아그들 조용할 때 내려가 한잠 때려버리지 그라요?" 하고 정겨운 남도 사투리로 권했지만 작은 스케치북을 꺼내 점점이 떠가는 섬과 배 들을 그려보았다.

상념에 잠긴 사이 배는 보길도에 닿는다. 그러려니 했지만 옛날의 그 적막하던 '청별' 선착장은 그새 많이 어지러워져 있었다. 갤로퍼 택시가 시동을 걸고 있는 그곳에는 가요주점에 러브호텔 비슷한 간판까지 보인다. 웬 '러브장'에 가요주점이냐고 했더니 화가 우암은 "아따 눈감아주시요. 사랑 없는 세상에 사랑이사 많을수록 좋지"라고 한다.

하긴 어지러워진 것이 어찌 이곳 풍경뿐이겠는가. 나 홀로 비밀스럽게 찾아다니던 곳들마다 이제는 옛 모습이 아니다. 하회가 그렇고 운주사가 그렇다. 그나마 변함없이 반겨주는 것은 청정한 소나무가 팔 벌리고 있는 세연정, 현판 하나 없는 정자지만 거대한 바위로 조성된 정원에는 참나무, 느릅나무 사이로 맑은 샘물이 흐르고 있다.

입구에서 송화주를 팔던 아낙은 저 물속에 '토하'가 산다며 금방 물에 들어가 투명한 민물새우를 건져내 보여준다. 고산은 이곳에 동대, 서대를 세우고 비홍교로 왕래하며 무희로 하여금 춤을 추게 했단다. 이런 점 때문에 한때 나는 혼란스러웠다. 시인의 정신적 사치가 너무 심한 것이 아니었던가 하고…… 이런 오해는 고산 당시에 이미 빗발쳤다. 여기에 대해 그는 "평생 산수를 사랑하는 병이 깊더니…… 비로소 이 섬에 와 흥을 붙이고 근심을 잊었노라"고 고백했다.

그랬을 것이다. 끊임없이 반대파들의 탄핵을 겪으며 유배지를 떠돌던 그는 스스로 보길도에 유배시켜 자연으로부터 위로받고 싶었을 것이다. 그곳에는 남인도 북인도 노론도 소론도 없었다. 눈이 시리도록 푸른 물색과 벗처럼 찾아오는 솔바람 소리뿐이었다. 그는 세상 바깥으로 떠나오듯 이 숨은 섬에서 늙은 어부처럼 살고 싶었을 것이다. 가무가 있었다 한들 뉘라서 노시인을 탓할 수 있겠는가.

여기서 다시 오해하지 말아야 할 것이 하나 있다. 그는 노래와 춤을 시와 똑같이 생각하고 있었다는 것이다. 마음에 일으키는 정서에 있어

땅끝 선착장의 바위산

땅끝 갈두항 작은 바위산에 뿌리내린 소나무. "물가에 외로운 솔 혼자 어이 씩씩한고"(「어부 사시사」)라는 시구를 떠올리게 한다.

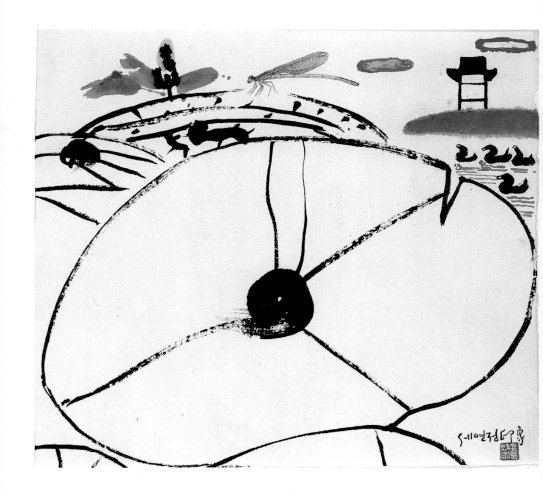

세연정

세연정을 만든 주인은 간곳없고 정자만 남아 있다. 조선조 민간 정원양식의 단아한 아름다움을 보여주는 부용동의 세연정은 1993년 복원한 것이다.

서 시, 가, 무가 하나라고 본 것이다. 시, 가를 구분하지 않았던 것은 그가 지은 「산중신곡山中新曲」 「어부사시사漁父四時詞」 「유회요遺懷謠」 「오우가五友歌」 「고금영古琴詠」의 곡曲, 사詞, 요謠, 영詠이라는 음악적 용어에서도 알 수 있다. 시와 시조가 노래라는 의식은 고산이 실제로 문학적 역량 못지않게 음악적 감각이 탁월했음을 알 수 있게 한다. 밤바다의 파도 소리, 그 파도 소리를 담은 솔바람 소리, 계곡의 물소리 속에서 시와 노래는 서로 둘이 아니었다.

> 브렷던 가얏고를 줄 언저 노라보니
> (버렸던 가얏고를 줄 얹어 놀아보니)
> 청아흔녯 소리 반가이 나ᄂ고야
> (청아한 옛 소리 반가이 나는구나)
> 이 곡조 알 리 업스니 집 겨 노하두어라
> (이 곡조 알 이 없으니 집 끼워 놓아두어라)

시조 「고금영」에서 그는 음과 곡을 타되 이를 알아주는 이가 없음을 몹시 아쉬워하고 있다.

땅과 사람의 각별한 만남이 보길도와 윤선도의 만남처럼 진하게 얽혀드는 곳이 또 있을까. 제주로 가던 뱃길에 강풍을 만나 우연히 들어왔던 이 섬에 시인은 여인과 사랑을 나누듯 정을 쏟는다. 그리하여 그이가 이름 불러주기 전까지 그냥 뒹구는 돌, 흐르는 물에 불과했던 것들이 시인의 그윽한 눈길과 시로 쓰다듬어준 다음부터는 각별한 의미가 되어 빛을 발하기 시작한다. 곡수당, 월하탄, 귀암, 낭음계, 옥소암, 하한대, 동천석실……

그러나 속절없다. 낙서재, 그가 처음 보길도를 찾던 해(1637) 산의 혈맥을 좇아 명당에 지었다는, 마지막 이승의 인연을 접었던 그 집은 흔적이 없다.

그는 한때 낙서재에서의 삶에 자족하여 이렇게 노래했다.

　　보이는 것은 청산이요 들리는 것은 거문고 소린데
　　이 세상 무슨 일이 내 마음에 들겠는가
　　가슴에 가득찬 호기를 알아줄 사람도 없어
　　한 곡조 미친 노래를 혼자서 읊네.

—「낙서재우음樂書齋偶吟」

그러나 이젠 하늘을 가린 키 큰 삼나무 숲에 돌멩이 몇이 구르고 있을 뿐이다. 더구나 '윤선도 집터'라고 화살표와 함께 판자쪽에 휘갈겨써서 삼나무에 매달아놓은 무례한 안내판에 못내 가슴이 아프다.

몇 군데 유적지를 더 돌아보고 발걸음을 돌려 예송리 해변으로 간다. 물길에 젖은 검은 깻돌밭 위로 비닐봉투며 휴지 들이 날아다닌다. 시끌벅적했을 지난여름의 잔해들이다.

여름이 환각처럼 가고, 뭍에서 몰려온 소란한 이방인들마저 떠나고 나서야 보길도는 다시 청정한 빛으로 돌아와 있었다. 시인의 나라의 모습으로.

고산 윤선도의 생애　　조선조 시조문학의 대가로 알려진 고산 윤선도 (孤山 尹善道, 1587~1671)는 한양 연화방(지금의 서울 종로구 연지동)에서 태어나 해남 윤씨 16대손으로 종가에 입양되어 해남에서 자랐다.

　그는 일찍이 진사시에 합격했으나 여러 차례 정치적 다툼에 휘말려 긴 유배생활을 했다. 인조반정 이후 의금부 도사로 임명받았으나 이에 응하지 않고 고향인 해남에 내려가 머물렀다. 병자호란에서 패했다는 소식을 들은 고산은 세상을 등지고 다시는 육지에 오르지 않으려고 제주도로 가던 중 보길도에 들렀다가 이 섬의 아름다운 경치에 반해 그대로 머물게 되었다. 이 섬에 집을 지어 부용동芙蓉洞이라 이름 짓고 낙서재樂書齋라는 정자를 세웠다. 이곳에서 그는 『산중신곡』『산중속신곡』이라는 두 권의 시조집을 써냈다. 널리 알려진 「오우가」는 『산중신곡』의 일부로, 인간사에 등을 돌리고 자연 속에서 수水·석石·송松·죽竹·월月을 벗삼아 살아가는 심정을 잘 드러냈다.

　고산이 여순다섯 살 때인 1651년 가을, 사계절에 따라 각각 10수씩 「어부사시사」 40수를 썼다. 원래 고려 때부터 전하던 「어부가」를 농암 이현보가 「어부가」 9장으로 개작하여 즐겼는데, 「어부사시사」는 여기에 고산이 시조의 형식에 맞는 여음만 넣어 완성한 것이다. 고산은 발문에서 한문 시구를 순우리말로 바꾸었으며 대구법을 활용하고 시간의 경과에 따라 시상을 전개했다고 밝혔다.

1652년 효종의 부름을 받아 예조 참의가 되었으나 서인의 모략으로 사직하고 경기도 양주의 고산에 은거했다. 이후 1657년 다시 동부승지에 오르나 송시열과 맞서 쫓겨나고 1659년에는 효종 붕어 후 예론 문제로 서인과 맞서다가 삼수에 유배된다. 1667년 풀려난 그는 결국 부용동 낙서재에서 생을 마무리한다.

보길도 윤선도 유적지　　사적 제368호로 지정된 보길도 윤선도 유적지는 완도군 보길면 부황리에 있다. 고산이 보길도에 왔을 때 섬 가운데에 산이 빙 둘러싸여 있어 푸른 아지랑이가 어른거리고, 무수한 산봉우리들이 겹겹이 있는 것이 마치 반쯤 핀 연꽃과도 같다고 하며 부용동이라 하였다. 그는 아름다운 자연경관을 그대로 살려 정원을 만들었다.

고산은 이곳에 가장 먼저 조그마한 세 채의 기와집을 지어 낙서재라 이름 짓고 여기에 머물렀다. 지금은 집터와 무너진 돌담만이 남아 있다. 그러나 석축과 그 중심부에 돌층계 흔적이 남아 있고 반듯한 터전이 있어 어느 정도 윤곽을 짐작할 수 있다. 계곡을 막아 만든 세연지라는 연못가에 지은 정자 세연정은 고산이 마음을 다스리던 장소다.

고산은 부용팔경을 뽑아 낙서재에서 글을 읽고 시를 짓는 틈틈이 부용동 산야를 거닐었다. 부용팔경은 격자봉 기슭에서 청별 앞바다까지 아우르는데 대표적인 것이 동천석실에서 보이는 풍경이다. 아슬아슬한 절벽 위에 세운 한 칸짜리 정자인 동천석실은 책읽기를 즐기며 신선처럼 노니는 이의 장소라는 뜻으로 동양적 이상향을 뜻하는 동천복지洞天福地라는 말에서 연유했다. 고산은 이곳을 부용동에서 가장 아름다운 곳으로 꼽았다.

김승옥과 순천

안개 저편의 도시, 현실의 지도 위에는 없는 땅. 무진은 환각의 시기를 통과하는 청년들이 무언가에 홀린 듯 찾아가는 곳이다. 기적처럼 한국문학의 「무진기행」 한 편이 떠올랐다. 그 시절 「무진기행」이 우리를 사로잡았던 이유는 진득한 허무와 자신에게로 향하는 예리한 자의식 때문이었다. 그렇게 김승옥은 영혼의 구원에 대한 물음을 던지고 있었던 것이다. 자욱한 안개로 뒤덮인 도시에서.

청년들이 찾아가는 몽환의 도시, 무진

"버스가 산모퉁이를 돌아갈 때 나는 '무진 Mujin 10킬로미터'라는 이정비를 보았다."

「무진기행」은 이렇게 시작되었다. 내 스무 살을 지켜준 문화에는 양 김씨가 있다. 이른바 김승옥과 김민기. 내 스무 살의 길목에는 김민기의 음울한 통기타와 이노우에 야스시와 오에 겐자부로의 소설 그리고 김승옥의 「무진기행」 「환상수첩」이 있다.

'무진'은 안개 저편의 도시. 현실의 지도 위에는 없는 땅이다. 내 스무 살도 환각의 세월, 현실 바깥으로만 떠돈 몽환의 계절이었다. 그 무렵의 어느 겨울 나는 기차에 몸을 싣고 순천을 찾아갔다. 소설 속의 무진을 그곳에 가면 찾을 수 있을 것 같았기에. 이상하게도 순천은 대한해협을 건너 일본과 한국의 사이에 있는 어떤 작은 이국 같은 느낌이 들게 한다. 소설 「무진기행」 탓이리라. 그 지역은 유독 현실감이 없다.

내가 그곳에 갔을 때 이미 해는 싸늘하게 식어 순천만 너머로 떨어지고 있었다. 해풍에 삭아버린 흐릿한 풍경의 남쪽 도시는 적막했다. 「무진기행」에서처럼 버스를 타고 산모퉁이를 돌아 '와온포구'에 내렸다. 어깨에 와서 부서지는 낙조의 파편 속을 걸어 와도에서 서편 마을 대대동으로 가는 길을 한없이 걸었다. 그때 이미 나는 소설 속의 주인공이었다. 빼어난 문학 작품이나 영화는 종종 보는 이에게 그런 현상을 일으킨다. 순천만 주변은 누런 갈대밭과 개펄과 길이 간단없이 이어졌다.

비로소 '무진', 그 몽환의 도시에 온 것 같았다. 마침 희부연 저녁안개가 내리고 있었다. 갈대밭에서 간혹 새들이 날아오르고 안개 저편으로 삐걱거리며 목선이 지나가는 소리가 들려올 뿐. 사위는 적막하고 적막했다.

그곳이 「무진기행」의 그 무진인가 하고 작가에게 물어보지는 못했지만 소설 속의 땅을 현실로 찾는다면 바로 이곳이라고 나는 보물찾기하는 소년처럼 생각했고, 또 단정해버렸다. 「무진기행」뿐 아니라 「환상수첩」의 한 현장이라고도. 그곳에는 확실히 비현실적인 어떤 세계의 느낌이 있었다.

서울로 돌아오고 나서도 「무진기행」을 생각하면 순천만으로 가는 그 갈대밭과 개펄과 그 사이로 난 길이 떠오르고, 그 길로 걸어가고 있는 한 젊은 나그네ㅡ소설 속의 주인공 같기도 하고 나의 모습 같기도 한 모습 하나ㅡ가 겹쳐지는 것이다.

소설 「무진기행」에 피아의 구분도, 문학과 현실의 구분도 없이 빠져든 것이 어디 나뿐이었을까. 「무진기행」은 왜 그토록이나 나를 그리고 우리를 사로잡았던가. 그것은 소설 속의 진득한 허무와 자신에게로 향해 오는 칼끝과도 같은 예리한 자의식 같은 것 때문이었다.

그리고 문체의 새로움 때문이었다. 문학평론가 유종호가 이른바 '감수성 혁명'이라고 불렀던 그 새로운 감각의 문장들 때문이었다. 그러나 무엇보다 나의 세대가 아직 문학의 세대였던 때문이었을 것이다. 오늘의 젊은이들이 인기 가수나 영화배우를 얘기하듯 우리는 소설가와 시인을 얘기했으니까.

우리는 논 곁을 지나가고 있었다. 언젠가 여름밤, 멀고 가까운 논에서 들려오는 개구리들의 울음소리를, 마치 수많은 비단조개 껍데기를 한꺼번에 맞부빌 때 나는 듯한 소리를 듣고 있을 때 나는 그 개구리 울음소리들이 나의 감각 속에서 반짝이고 있는 수없이 많은 별들로 바뀌어져 있는 것을 느끼곤 했었다. 청각의 이미지가 시각의 이미지로 바뀌어지는 이상한 현상이 나의 감각 속에서 일어나곤 했었던 것이다.

—「무진기행」(문학동네, 2004, 177쪽)

이 문장은 특히 서울대 입시의 국어과목에도 나왔는데 달달 외울 정도로 하도 많이 읽었던 문장인지라 시험장에서 그 글을 읽으며 나는 속으로 씨익 웃었다.

'청각의 이미지를 시각의 이미지로 바꾸어놓는' 기법은 김승옥의 문학 도처에서 빛을 발하곤 했다.

소설을 읽되 풍경을 읽고 그 풍경 속에 떠오르는 인물들을 읽는 것이다. 특히 그림 그리는 사람인 나는 그의 문장에서 명멸하는 색을 함께 보곤 했다.

내가 이불 속으로 들어갔을 때 통금 사이렌이 불었다. 그것은 갑작스럽게 요란한 소리였다. 그 소리는 길었다. 모든 사물이, 모든 사고가 그 사이

문학청년
젊은 날의 김승옥도 이런 분위기가 아니었을지⋯⋯

렌에 흡수되어갔다. 마침내 이 세상엔 아무것도 없어져버렸다. 사이렌만이 세상에 남아 있었다. 그 소리도 마침내 느껴지지 않을 만큼 오랫동안 계속할 것 같았다. 그때 소리가 갑자기 힘을 잃으면서 꺾였고 길게 신음하며 사라져갔다. (…) 어디선가 한시를 알리는 시계 소리가 나직이 들려왔다. 어디선가 두시를 알리는 시계 소리가 들려왔다. 어디선가 세시를 알리는 시계 소리가 들려왔다. 어디선가 네시를 알리는 시계 소리가 들려왔다. 잠시 후에 통금 해제의 사이렌이 불었다. 시계와 사이렌 중 어느 것 하나가 정확하지 못했다. 사이렌은 갑작스럽고 요란한 소리였다. 그 소리는 길었다. 모든 사물이, 모든 사고가 그 사이렌에 흡수되어갔다. 마침내 이 세상에선 아무것도 없어져버렸다. 사이렌만이 세상에 남아 있었다. 그 소리도 마침내 느껴지지 않을 만큼 오랫동안 계속할 것 같았다. 그때 소리가 갑자기 힘을 잃으면서 꺾였고 길게 신음하며 사라져갔다.

—「무진기행」(문학동네, 2004, 180~181쪽)

시각과 청각뿐 아니라 도처에 시간과 공간까지도 흐물흐물 빨려들고 혹은 확산되는 기이한 세계를 작가는 예사로이 구사하고 있는 것이다. 이런 문학을 나는 전에는 보지 못했다. 이 흐물흐물 빨려드는 느낌이야말로 나를 사로잡는 부분이기도 했다.

김승옥 이후 20년간을 나는 거의 소설을 읽지 못하고 지냈다. 소설이란 장르에 별로 기대를 하지 않게 된 연유도 있지만 나를 「무진기행」처럼 사로잡은 작품을 다시 만나기 어려웠던 것도 한 이유가 될 것이다. 지적으로나 문체로나 상상력으로나 나를 단박에 사로잡을 만한 작품을 만나지 못함으로써 소설이라는 장르 자체와 거의 이별하다시피 하고 말았던 것이다.

소설 대신 나는 건축이나 영화 같은 분야의 읽을거리에 빠져들어갔다. 현실적인 인간이 되고 있다는 증거였다. 상상이나 환상에 빠져 있던 자리를 현실에 내어주었다는 증거이기도 했다.

얼마 전 작가 김승옥의 고향 순천을 다시 찾아갔을 때 나는 실소하고 말았다. 그곳은 더는 몽환적인 느낌으로 다가오지 않았다. 전보다 도시가 약간 활력 있어 보인다는 점 외에는 크게 달라진 것도 없건만 「무진기행」에 빠져서 그곳을 찾았던 때와는 확실히 다른 느낌이었다. 그러고 보면 한 사물이나 풍경의 느낌은 바로 자신의 느낌이 투영되어 나타나는 것에 다름 아닌 것 같다.

순천은 원래 『동국여지승람』 '순천도호부' 편에서 작은 강남이라고 일컬었을 만치 물 맑고 산세 고운 곳이다. 강남은 중국의 양쯔 강 이남 지방을 가리키는 것으로, 기후와 토질이 좋아 물산이 풍부하고 수많은 시인, 묵객, 화가 들이 나온 곳이다. 순천은 말하자면 쑤저우, 양저우 같은 중국의 강남지역과 같다는 말이다. 시에 편입된 승주군에는 '송광사'와 '선암사' 같은 유서 깊고 아름다운 명찰이 있고 중요 민속자료인 '낙안읍성'이 있다.

특히 선암사의 매화와 영산홍은 매년 3월 하순이면 장관을 이룬다. 수백 년씩 묵은 매화나무들이 일시에 꽃을 피우는 모습은 황홀경 그 자체다. 또 5월의 영산홍은 보는 이의 가슴을 온통 붉게 물들여놓는다.

그러나 산 좋고 물 맑은 이 아름다운 땅에는 역사의 소용돌이 속에서 망가지고 상처 입은 어둠의 시간이 있었다.

여순반란사건이 그것이다. 1948년 10월 19일 여수에 주둔했던 한 대대가 일으킨 이 사건은 원래 좌익세력 소탕령을 받고 일어났던 남쪽 군인 일부와 남로당 출신 군인 수십 명이 합세함으로써 촉발되었다. 이

반란사건의 불길은 삽시간에 순천으로 번져 불과 2~3일 동안 4백여 명의 경찰과 그 가족 그리고 5백여 명의 우익인사들이 목숨을 잃게 된다. 급기야 국군이 광주시에 전투사령부를 설치하고 순천, 벌교, 여수에서 토벌작전을 펼치면서 다시 반란군과 그에 가담했던 사람들이 떼죽음을 당하는 아비규환이 일어났던 것이다.

김승옥의 소설 「건(乾)」에는 유년 시절의 체험을 반영한 듯, 이 여순반란사건으로 죽은 사람들의 이야기가 나온다. 이러한 체험은 작가의 영혼에 커다란 상처를 남기고 죽음의 문제에 대해 끈질기게 고민하게 했을 것이다.

'순천'과 '무진'의 거리만큼이나 작가 김승옥이라는 인물도 내게는 '이원적'이다. 「무진기행」을 만들어내던 무렵의 재기발랄한 청년 소설가 김승옥과 신부나 목사 혹은 선지자나 예언자와 같은 무겁고 침중한 종교인으로서의 김승옥이다.

둘은 분명히 하나인데 한쪽 다리를 각각 다른 차원의 세계에 딛고 선 것처럼 그 양면성이 뚜렷하다. 폭발적으로 솟구쳤다 잠행하듯 사라져버린, 그렇다, 문학적으로 이미 요절해버린 듯한 천재작가, 그러면서도 분명 지금 육신으로 살아 있는 70대의 남자. 전반기의 김승옥과 후반기의 김승옥이 줄긋기가 잘 안 되는 것도 무리가 아니다. 그러나 전반기의 김승옥과 후반기의 김승옥은 치열하게 삶과 죽음과 영혼의 문제를 떠안고 가고 있다는 점에서 분명 하나다.

오래도록 내가 김승옥이라는 작가를 좋아하는 것도 어쩌면 바로 이 점 때문이 아닌가 싶다. 그는 소설로써는 '영혼'의 문제를 실험했고 자기의 실존으로써 다시 이 문제와 싸웠다. 그가 더는 소설을 쓸 수 없었던 것, 아니, 쓰지 않아도 되었던 것도 굳이 '소설'이라는 형식을 빌려 영혼의 방황과 물음을 계속하지 않아도 되어서였을지 모른다.

그는 빛나는 문체와 빼어난 감성의 문학세계를 보여주면서도 가벼움과 경박함에 빠지지 않았다. 언제나 영혼의 문제에 대해 끌어안고 고민한다는 신뢰감을 주었다.

작가를 만난 것은 1980년대 후반의 어느 밤이었다. 그는 내가 다니고 있던 방배동의 한 작은 교회의 간증집회에 나왔다. 집회라고는 했지만 50~60명이 채 될까 말까 한 개척교회 청년회 행사에 나와서 그는 '하나님과의 만남' 체험과 자신의 문학세계에 대해 떠듬떠듬 말했다.

그의 빛나는 문체와 글의 속도감에 비해 언변은 어눌한 편이었다. 게다가 시골서 상경한 사람처럼 어색해하고 수줍어했다. 그날 밤 집회에서는 내가 사회를 보았기에 지난날 작가로서 그의 삶이 얼마나 눈부신 것이었는지를 잠깐 설명할 기회가 있었지만 50~60대의 장년층은 장년층대로, 20대의 청년층은 청년층대로 그의 그러한 이력을 생소해했다.

그날 밤 그는 유년 때 겪은 여순반란사건과 20대의 허무주의 등에 대해 잠시 설명하고, 언어로 더는 죽음과 같은 문제와 인생의 불가해성을 설명할 길 없어 절필하게 되었음을 고백했다.

작품을 발표할 때마다 요란한 찬사와 박수갈채가 뒤따랐지만 그럴수록 자신은 더 깊은 허무에 빠지곤 했노라고 고백하기도 했다. 명성? 갈채? 그래서 도대체 어쨌단 말인가. 그다음은 무엇인가에 대한 회의에 괴로워했음을 이야기했다. 더구나 1980년의 광주항쟁은 어렸을 적의 그 끔찍한 여순반란사건을 다시 떠오르게 했다. 악몽의 세월이었다.

극한 혼란과 괴로움 속에서 그는 자살을 기도하여 자신의 머리를 망치로 내려친 후 졸도했고 20여 바늘을 꿰매는 중상으로 미수에 그치기도 했다. 그런데 다자이 오사무를 비롯한 수많은 천재작가들이 문학적 성공 이후 스스로 목숨을 끊었던 바로 그 대목에 이르러 김승옥은 구원의 한 손을 만난다. 그것은 소설보다 더 극적이었지만 엄연한 실존의 사건이었다.

"어느 날 울다가 잠이 들었다. 새벽 두시쯤이었다고 생각되는데 어떤 기척에 눈을 뜨니 칠흑 같은 어둠 속에서 내게로 다가오는 하얀 손이 보였다. 그 손은 빛이 나고 미려했다. 문득 '참 잘생긴 손이로구나. 손이 생기려면 저 정도는 생겨야지' 하고 생각했다. 그 손이 나를 쓰다듬어주었다. 말할 수 없이 편안하고 포근했다.

'누구야?' 벌떡 일어나서 그 손을 잡으려 했으나 닿는 촉감이 없었다. 허공 속에서 '하나님이다'라는 음성이 들려왔다. 그때 나는 하나님이 인간의 음성으로 말할 수 있느냐는, 고2 때부터 가졌던 의문이 스르르 풀려갔다. 그와 함께 성경 속의 모든 기적이 놀랍게도 순식간에 모두 사실로 믿어져버렸다.

동틀 때까지 감격의 눈물이 쏟아졌다. 아침 늦게 다시 자다 깼는데 '네 모든 짐을 내게 맡겨라. 심판은 내가 한다'라는 음성이 또 들렸다. 그 이후로도 몇 번 신비한 체험은 계속되었다."

그날 밤 집회를 마치고 나는 그를 내 차에 태워 은마아파트던가 하는 그의 집으로 동행했다. 교회에서 주는 얼마간의 사례비를 차 안에서 전하려 했는데 그는 한사코 거절했다. 이런 행사에는 으레 소정의 사례비가 건네지게 마련이고 그것을 받지 않는 사람은 없다. 그런데도 그는 한사코 거절하는 것이었다. 내가 하도 완강하게 건네자 어쩔 수 없다는 듯 받았다. 그는 두 아들의 진로며 학업 등에 대해 걱정하는 평범한 아버지로 돌아와 있었다.

백제아이
어딘지 몽환적인 이런 느낌이 김승옥의 작품에서는 가끔씩 느껴진다.

이런저런 얘기를 나누다가 차가 그의 아파트 근처에 왔을 때였다.

"저어…… 이것."

그가 봉투를 다시 내밀었다. 조금 전 사례비로 건넨 봉투였다.

"아무리 생각해도…… 받을 수가 없군요."

그는 아주 곤혹스럽다 못해 괴로운 표정이었다. 나는 웃으며 별수없이 그 몇 푼 안 되는 사례비를 되돌려받고 말았다. 비로소 그가 환하게 웃었다. 차에서 내린 그가 손을 들어주고 아파트로 가는 모습을 바라보면서 나는 가슴 언저리가 자꾸만 뭉클해지는 것을 간신히 눌렀다. 그 커다란, 그러나 한없이 허해 보이는 뒷모습이 오래도록 잊히지 않았다.

김승옥의 문학은 일단 기교면에서 탁월하다. 어찌 보면 그는 언어의 연금술사와 같고 언어의 조탁기술이 탁월한 세공업자와 같다.

그러나 그는 언어기술자가 아니었다. 그는 자신의 영혼을 쏟아 글을 썼고 그래서 그의 소설은 가슴에 둔중하게 얹히는 무게를 가지고 다가온다.

문득 생각한다. 머리 좋은 김승옥이 패를 던지는 쪽에 답이 있으리라는 생각이다. 그는 일견 문학을 접고 영혼과 구원의 문제에 패를 던진 것처럼 보인다. 세상에서 보기에 이것은 일견 어리석어 보이나 그는 제대로 된 길을 택한 것이라는 생각이다.

그런 면에서 나는 문학청년 시절과는 또다른 콤플렉스를 그에게 느낀다. 저 놓아버리는 자유와 택하는 용기에 대해서 말이다.

나는 예나 이제나 김승옥이 좋다. 옛날엔 그 빛나는 문학적 재능이 좋았고 이제는 그 어수룩한 성자 같은 사람됨이 좋다. 예나 이제나 각각 세월의 다른 모퉁이를 돌아와 우연히 차 한잔을 나누고 싶은 이름으로 김승옥은 내 수첩에 남아 있다.

언젠가부터 순천에서는 갈대밭 가까이에 김승옥의 작은 문학관을 세웠다. 낡은 사진 속의 작가 모습을 보면서 세월도 무진의 안개처럼 그렇게 햇빛에 풀리며 흘러가버렸다는 것을 깨달았다.

1960년대 문학의 기수 김승옥 김승옥(金承鈺, 1941~)은 1941년 일본 오사카에서 태어나, 1945년에 귀국해 전라남도 순천에서 자랐다. 그는 순천남초등학교 1학년 때 아버지를 잃는 비극을 겪는다. 여순반란사건 직후였다. 그리고 유복자로 태어난 여동생도 6·25전쟁 때 비극적으로 죽는다.

순천고등학교를 거쳐 서울대학교 문리대학 불문과에 입학한 그는 1960년 10월, 지독하게 힘겨웠던 서울생활을 청산하는 '기념품'을 남겨보고자 소설을 쓰기 시작한다. 그렇게 쓴 소설 「생명연습」이 그가 대학 2학년이 되던 1962년 한국일보 신춘문예에 당선되어 문단에 데뷔하게 된다.

그후 그는 김현, 최하림, 서정인, 김치수, 염무웅 등과 함께 동인지 『산문시대』를 창간하여, 여기에 「환상수첩」 등을 발표하며 문단의 주목을 받는다. 잇달아 「무진기행」 「누이를 이해하기 위하여」 「서울, 1964년 겨울」 등의 수작을 발표하며 왕성한 작품활동을 벌인다. 특히 「서울, 1964년 겨울」로 동인문학상을 수상하면서 당대 최고 작가로서 확고한 지위를 인정받게 된다.

1960년대 중후반부터 작품활동이 점점 뜸해지다가 1977년에 발표한 중편 「서울의 달빛 0장」으로 제1회 이상문학상을 받는다. 그후, 몇몇 작품을 간헐적으로 발표하다가 작가활동을 잠정적으로 중단하여 오늘에 이르고 있다.

1950년대 한국문학이 6·25전쟁 이후 우리 사회의 정신적 황폐함을 그대로 반영했다면, 1960년대 문학은 이러한 무기력증에서 벗어난 새로움을 보여준다. 집단성을 벗어난 '개인주의적 의식'으로 대표되는 이러한 새로움은 새 세대의 정신적 지향성을 드러낸다. 김승옥은 이러한 1960년대 문학의 대표 작가로, 섬세한 인물 심리분석과 탁월한 이미지 구사가 돋보이는 그의 소설은 동시대의 비평가들에게 '감수성의 혁명'이라 규정되기도 했다. 현재 순천만 가까이에 그의 작은 문학관이 있다.

「무진기행」　　'나'는 재직하고 있던 제약회사가 합병되는 바람에 애인마저 잃은 실직자다. 실직 후 젊고 부유한 미망인과 결혼하고 곧 장인의 제약회사에서 전무가 될 '나'는 아내의 권유로 어머니의 묘와 젊은 날의 추억이 있는 무진으로 간다. '나'는 현실에서 좌절했을 때 혹은 심하게 갈등을 겪을 때면 짙은 안개가 명물인 고향 무진을 찾곤 했다. 무진에 온 날, 중학교 교사인 후배 '박'과 그곳의 세무서장으로 있는 동창 '조'를 만난다. 나'는 '조'의 집에서 '하인숙'이라는 음악 선생을 소개받는다. 그녀는 성악을 전공했는데, '조'의 집에서 그녀는 가곡 대신 유행가를 부른다. 하인숙을 사랑하는 '박'은 그녀의 추한 모습을 참지 못하고 자리를 뜬다. '조'의 집에서 나오며, '나'는 그녀와 단둘이 남는다. 그녀는 '나'에게 자신을 서울로 데려가줄 것을 간청한다. 그녀에게서 과거의 자신을 발견한 '나'는 다음날 다시 만나기로 약속한다. 이튿날, 과거에 폐병으로 요양했던 집에서 하인숙과 관계를 갖고 그녀에게 사랑을 느끼지만 끝내 말하지 않는다.

다음날 아침, 아내로부터 급전急電이 날아들어 과거의 의식에 빠진 '나'를 깨운다. '나'는 하인숙에게 사랑한다는 편지를 쓰나 곧 찢어버린다. 영원히 기억의 저편으로 무진을 묻어두기로 하면서, 심한 부끄러움을 느끼고 무진을 떠난다.

혼돈 속에서 진정한 자아를 찾아 방황하는 주인공의 내면세계는 가치관의 혼란으로 방황하던 1960년대 전반기 사회상을 잘 반영한다. 특히 감각적이고 섬세한 언어 구사와 문체가 돋보이는 이 작품은 안개로 뒤덮인 무진을 배경으로, 진실과 거짓의 경계가 무너진 현대세계를 보여주고 있다. 진정한 자신의 정체성이나 삶의 길을 찾지 못해 방황하는 현대인의 자화상을 안개라는 상징적 장치를 통해 형상화하는 것이다.

이중섭과 제주

생전의 반 고흐가 그랬듯 이중섭의 생애 역시 불행으로 색칠된 캔버스였다. 일제와 6·25전쟁에 갈기갈기 찢기고 내몰린 삶과 영혼. 그런 그에게 그나마 가장 안정되고 행복했던 때는 서귀포 시절. 중섭이 자주 거닐던 바닷가로 간다. 검푸른 바다 위로 안개비가 자욱하다. 바다는 그의 화폭이 된다. 어디선가 달려온 벌거벗은 아이들이 그의 목을 감고 얼굴에 뽀뽀해댄다. 꼼지락거리며 기어나온 게들은 아이들의 발가락을 물고…… 물결의 화면 위에서 중섭의 초상은 행복하게 웃고 있다.

그리움으로 채색된
서귀포의 환상

높고 뚜렷하고
참된 숨결

나려 나려 이제 여기에
고읍게 나려

두북 두북 쌓이고
철철 넘치소서

삶은 외롭고
서글프고 그리운 것

아름답도다 여기에
맑게 두 눈 열고

가슴 환히

헤치다.

—1951년 이중섭이 서귀포의 피난 방에서 쓴 시
「소의 말」전문

이중섭의 '진혼제'에 가기 위해 제주도로 떠난다. 엄청난 폭우 속에 비행기는 철나비처럼 위태롭게 섬을 향해 떠간다. 중섭의 눈물일까. 하늘은 숫제 거대한 물보라가 된다.

한국근대미술사학회가 주관한 이중섭 예술에 대한 전국학술대회와 함께 서귀포 중문의 신라호텔에서는 중섭의 작품 스무 점으로 '이중섭 특별전'이 열리고 있었다. 이중섭의 세미나에는 그가 생전에 그리도 사랑하여 북에서 피난 나올 때부터 데리고 와 함께 지내다시피 했던 조카 영진씨와 제주의 지인 고성진옹도 자리를 함께하여 고인에 대해 덕담을 나누었다. 이승에서 40년 생애를 슬픔과 고통만을 안고 살다 간 화가 이중섭은 사후에 비로소 위로와 영광을 얻고 있는 것이다.

서귀포시에서는 중섭이 살았던 아카데미극장 아래 옛집을 사들여 '이중섭기념관'을 지었고 그가 아침저녁으로 거닐었던 집 앞 거리를 '이중섭 거리'로 지정했다. 비록 짧은 거리지만 지방 도시에 화가의 거리가 생긴 것은 아직 겸재 정선은 물론, 박수근이나 김환기 거리도 없는 우리나라에서는 기념비적인 일이 아닐 수 없다.

생전에 반 고흐를 알아보지 못하고 그를 가난과 절망으로 내몰아 끝내 죽게 했던 네덜란드와 온 유럽의 원죄의식이 반 고흐 신화를 만들어 법석을 떨며 두고두고 속죄했듯이, 반도는 비운의 화가 중섭에 대해, 그의 고난의 삶에 대해, 외롭고 비통한 죽음에 대해 지금 고개 숙여 속

이중섭 미술관과 거리 스케치
한때 이중섭이 머물렀던 서귀포의 초가가 단장되면서 새로 조그마한 미술관도 세워졌다. 이
중섭의 혼이나마 돌아와 쉴 공간이 생겨 다행스럽기 짝이 없다.

죄하고 있다.

일제강점기와 6·25전쟁 속에서 못난 이 나라 역사는 여린 한 화가의 삶과 영혼을 갈기갈기 찢고 내몰아 파괴해버렸다. 그는 이 나라와 역사의 희생양이었고 우리는 모두 공범자였다. 그러나 오늘 그는 위대하게 부활한다.

예술가와 예술의 역사는 묘하다. 묘하다못해 짓궂고, 짓궂다못해 잔인하기까지 하다. 동반자이면서 적이다. 무슨 말인고 하니 양자는 철저하게 채움과 비움의 동어반복을 거듭한다는 것이다. 생전에 채워 있는 예술가는 사후에 비워지는 것을 조심해야 한다. 그 평가와 그 명예와 그 부유함마저도.

그러나 당대의 역사가 잔인하게 짓밟아버린 예술가일수록 후대의 역사는 보상하려 든다. 이중섭도 마찬가지다. 이렇게 역사의 순환축을 응시할 줄 아는 눈썰미 있는 예술가일수록, 짧은 생애 동안 허겁지겁 채워넣기에 급급하지 말 일이다. 지금 누리는 자마다 역사의 자객을 조심할지니.

예술의 역사는 대개 당대 아웃사이더들의 역사다. 예술의 천국은 거의 지상에서 그 심령이 가난한 자들의 것이었다. 하긴 요즘엔 이러한 역사의 보상이라는 것도 반드시 오는지를 많은 사람이 회의하지만 말이다.

제주로 가는 비행기 안에서 아내가 물었다. "도대체 이중섭이 왜 그렇게 위대한가요?"

신문을 보면서 나는 무심히 말했다. "가장 한국적인 화가의 한 사람이었으니까." 말하면서 나는 '이런 상투적인……' 하고 생각했다.

사실 이런 식의 말은 이미 우리 '미술 동네'에서도 신선미를 잃어버린 지 오래다. 그러나 한마디로 정의할 다른 표현 또한 궁벽했다. 곰곰 생각해보았다. 대체 이중섭은 왜 그렇게 위대한가. 사실 나는 이중섭 예술의 위대성을 회의한 적이 많았다.

몇 점 안 남은 그의 작품들을 외과의사처럼 요모조모 뜯어볼 때마다 그 위대성에 대해 헷갈리곤 했다. 생애의 일화들이 덧입혀져 너무 과대평가된 것은 아닌가 생각하기도 했다. 그러나 오늘 나는 그가 위대하다면 그 위대성은 '생애와 작품'을 뭉뚱그려 위대한 것이며, 사실 예술가의 참다운 위대성이란 결코 그 양자를 분리해 생각할 수도 없는 것이라고 결론짓는다.

중섭은 드물게 순수하고 따뜻한 영혼의 소유자였다. 그 점에서 그는 거의 어린아이와 같았다고들 증언한다. 순수하고 따뜻한 영혼이 순수하고 따뜻한 작품을 만들어낸다는 것을 알기 때문에 예술의 길을 가는 자 중에는 짐짓 어린애 같아지려 징징대기도 한다. 괜히 술 먹다 상을 뒤집어엎거나 일부러 바보 흉내를 내기도 한다. 해 질 무렵 인사동 거리만 나가도 이런 '가짜'들을 심심치 않게 만날 수 있다.

그러나 중섭은 달랐다. 무엇보다 그는 거의 모든 가짜 순수들이 그렇듯 '무례하거나' '공격적'이지 않았다. 그는 가난한 유대의 예수처럼 모든 상처를 그 혀로 핥으려 했고, 빈한했지만 포용하려 했으며, 다른 이의 눈물을 먼저 닦아주려 했다. 이 나라의 가난한 어린아이들을 사랑했고, 게와 닭과 물고기와 나무를 사랑했다. 이제는 '신화'가 된 그의 '이야기'들은 언제나 우리를 뭉클하게 한다.

극심한 어려움 속에서 겨우 작품 몇 점 팔아 생긴 돈을 거리에서 만난 불쌍한 사람에게 몽땅 쥐버리고 온 이야기. 대구에서 여관생활을 할 때 아궁이에 그림을 불쏘시개로 쑤셔넣고 태우며 "잘 타라, 잘 타라, 가짜 그림아"라고 중얼거린 이야기. 새벽마다 무릎을 꿇고 숙소이던 여관 복도를 말끔하게 걸레질하고 안뜰 디딤돌에 놓인 손님들 고무신을 씻어 햇볕에 말려놓곤 했다는 이야기. 동네 개구쟁이들을 모아 일일이 수돗가에서 얼굴과 손을 씻겨주던 이야기.

"남들은 저렇게 바쁘게 열심히 사는데 나는 그림 그린답시고 놀면서 공밥만 얻어먹고 뒷날 무엇이 될 것처럼 세상을 속였다"며 일절 음식을 먹으려 들지 않은 이야기. 첫아들이 죽었을 때 천당 가는 길 심심하다고 울면서 무릉도원의 아이들 뛰노는 모습을 그려 관 속에 넣어준 이야기. 난을 피해 일본에 가 있던 아내와 아이들의 사진을 꺼내 보며 눈물 짓다가 그리움에 지쳐 밤이면 아내와 두 아들의 목소리를 흉내내며 혼자 대화하던 이야기.

수도육군병원에서 그의 거식증을 정신질환으로 보고 전기요법을 해올 때, 정신병자가 아니라는 것을 보여주기 위해 입원환자의 모습을 사력을 다해 연필로 사진처럼 그린 이야기. "이렇게 사실적으로 그렸으니 나는 정신병자가 아니지 않느냐, 너만은 삼촌이 정신병자가 아니라고 믿지 않느냐"라며 조카 영진에게 매달리던 이야기. 식사도 수혈도 링거도 거부하던 그가 죽기 전 찾아간 조카 영진에게 곰탕을 한 그릇 먹고 싶다고 부탁하던 이야기, 이야기, 이야기……

그 중섭의 영혼은 1956년 9월 6일 지상의 고달픈 생애를 접고 천국으로 떠난다. 그의 시신은 적십자병원 영안실에 무연고자로 분류되어 3일간이나 방치되어 있었다. 침대 시트에는 그동안 밀린 계산서가 붙어 있었다.

1년 만에 다시 이중섭이 머물던 옛 오두막을 찾는다. 서귀포시 서귀동 512-1번지. 스무 평도 안 되는 이 집에서 1997년 9월 6일, 46년 만에 중섭의 일본인 부인인 남덕 여사는 김순복 할머니를 만나 옛날을 회고하기도 했다. 바로 이 오두막집 방에서 중섭은 그 유명한 게 그림들을 그렸던 것이다.

집은 말끔하게 새단장했고 조촐한 미술관도 세워져 있다. 그가 조석으로 거닐던 아카데미극장 앞 비탈진 거리는 '이중섭 거리'로 지정되어 있었다. 비록 4~5백 미터의 짧은 거리지만 외딴 지방 도시에 화가의 거리가 생긴 것은 기념비적인 일이 아닐 수 없다.

나는 중섭이 머물던 골방문을 열어보았다. 한 평 반이 될까 말까 한 저 단칸방을 세내어 중섭은 아내 남덕과 태현, 태성 두 아들과 더불어 먹고 자며 그림을 그렸던 것이다.

미술관을 나와 중섭이 자주 가곤 했다는 정방폭포 가까운 바닷가로 나간다. 검푸른 바다 위로 안개비가 자욱하다. 바다는 그의 화면. 출렁이는 물결 위로 중섭의 얼굴이 떠오른다. 어디선가 달려온 벌거벗은 아이들이 그의 목을 감고 얼굴에 뽀뽀해댄다. 꼼지락거리며 기어나온 게들은 아이들의 발가락을 문다. 어느덧 해와 달과 나무와 초가집들은 그를 에워싼다.

물결의 화면 위에서 중섭의 초상은 행복하게 웃고 있다.

화가 이중섭의 서귀포 시절　　화가 대향大鄉 이중섭(李仲燮, 1916~1956)은 평안남도 평원군 조운면 송천리에서 태어났다. 유복하게 자란 그는 오산고등보통학교 시절부터 화가로서의 꿈을 키워 청년기에는 일본의 분카학원 미술과에서 유학하며 현지 공모전에 출품하기도 했다.

하지만 6·25전쟁이 일어나 1951년 한 해 동안 제주 서귀포로 피난한다. 서귀포 바다가 내려다보이는 서귀동 512-1번지의 작은 방에서 아내와 두 아들과 함께 머물렀다. 이 시기 그는 대표작 〈황소〉를 비롯해 〈해변의 가족〉 등 가족과의 한때를 그린 수많은 작품을 남겼다. 생계는 어려웠지만 가족과 함께했던 더없이 행복했던 시절이었다. 〈파란 게와 어린이〉 〈서귀포의 환상〉 〈섬이 보이는 풍경〉 등도 이 시기 작품이다. 〈게와 물고기가 있는 가족〉 〈아이들〉 등 제주도를 떠난 후에도 이 시절을 그린 작품이 많은 것을 보면 짧은 서귀포 체류가 이중섭의 예술에 지대한 영향을 끼쳤음을 알 수 있다.

서귀포 체류 후 그는 가족과 이별하여 부산으로 돌아왔다. 일본인이었던 부인과 두 아들은 도쿄로 건너갔으며, 이중섭은 홀로 부산·통영 등지를 전전하며 곤궁히 살다가 1956년 삶을 마감한다.

제주 서귀포시에서는 이중섭과 그의 작품세계를 기리기 위해 그가 잠시 살았던 서귀포 정방동 거주지를 당시 모습으로 복원하고 '이중섭 미술관'을 세웠으며, 그 근방을 '이중섭 거리'로 지정하였다. 한국에서는 최초로 화가의 이름이 붙은 거리다. 해마다 가을 이곳에서 이중섭을 기리는 예술제가 열리고 있다.

이중섭의 은지화　　이중섭이 구겨진 담배 은박지 위에 이른바 '은지화'를 그린 것은, 전란기의 곤궁한 사정으로 재료를 구할 수 없었기 때문이라는 것이 그간의 이야기다. 캔버스와 물감을 구하기 힘들어, 미군이 버린 담배나 초콜릿의 포장지를 펴서 거기에 그림을 그렸다는 것이다. 실제로 현재 남아 있는 이중섭의 작품 대부분은 화판이나 마분지나 종이 위에 그린 것들로, 캔버스에 그린 것은 거의 찾아볼 수 없다.

그러나 부인의 회고에는 "두꺼운 화선지에 먹을 듬뿍 칠한 다음 그 표면을 끝이 뾰족한 금속성의 도구로 긁어내는 작업"을 시도했다는 구절이 있다. 화우들도 그가 캔버스를 틀에 매지 않고 벽에 붙여서, 물감을 바른 후 나이프로 '긁어내는' 작업을 하기 쉽게끔 만들어놓았다고 회고한다. 이를 통해 이중섭의 은지화가 결코 우연이 아님을 짐작할 수 있다. 구겨진 은지의 바탕에 뾰족한 못 등으로 선을 그리는 기법을 그가 평소에 시도했던 '긁기' 작업의 연장선에 놓을 수 있기 때문이다. '선묘'를 중심으로 하는 은지화는 대상을 요약적으로 제시하며 생동감 넘치는 구성이 가능하다. 이중섭 작품의 전반적 특징인 율동감과 생동감 역시 이러한 재료 선택과도 관련이 깊다고 할 수 있다.

절해고도의 유배지가 인간의 육신을 가둘망정 예술혼마저 억압할 수는 없다. 추사는 "겨울 당한 이후에야 소나무, 잣나무의 진가를 알 수 있다"고 한 『논어』의 한 구절을 떠올리며 〈세한도〉를 그렸다. 바스러질 듯한 갈필로 한 그루의 노송과 두 그루의 젊은 잣나무를 그린 다음 선 몇 개를 사선으로 그어 외로운 집 하나를 완성했다. 나무들은 곧 사람들, 그러니까 쓸쓸한 유배지에서 그를 버티게 한 것은 먼길을 마다치 않고 달려온 그의 벗들이었던 것이다. 〈세한도〉는 이렇듯 추사가 귀양지에서 그린 마음의 그림이었다.

탐라의 하늘에 걸린
〈세한도〉 한 폭

대체로 귀양지는 아름답다. 남도의 허다한 유배지들처럼 추사가 머물렀던 제주의 풍광 또한 쪽빛 바다와 유채꽃으로 눈부시다. 그러나 이 아름다움의 한 자락을 들치고 보면 제주에는 '뭍'사람이 모르는 아픈 상처들이 드러난다. 삼별초 항몽, 봄의 제주를 피로 물들였던 4·3민중 항쟁…… 조선왕조 5백 년 동안 광해군을 비롯해 송시열이나 최익현 등을 위시해 무려 3백 명에 이르는 인물들이 한 맺힌 귀양살이를 한 천형의 섬이었다.

170여 년 전(1840), 산방산 너머 모슬포 해변에 또하나의 아픈 사연을 싣고 배 한 척이 닿는다. 조선 제일의 서예가이며 금석학자인 추사 김정희가 윤상도 옥사에 연루되어 귀양을 오게 된 것이다. 추사는 모진 매질과 고문 끝에 초주검이 된 채 이 멀고 험한 절도(絶島, 외딴섬)에 위리안치(가시나무 울타리 안으로 주거가 제한됨)되어 장장 8년간 고통스러운 시간을 보내게 된다. 다섯 살 때 궁정에 불려가 어려운 곡을 피아노로 연주해 사람들을 놀라게 했던 모차르트처럼 여섯 살 나던 해(1791) '입춘첩立春帖'을 써서 박제가, 채제공 같은 대학자의 입을 다물지 못하게 했던 추사, 젊어서 중국의 대석학 옹방강, 완원, 주학년 등을 만나 경학, 금석, 고증, 학예에 대해 논하고 '경술문장 해동제일(經術文章 海東第一, 경전 예술 문장에서 조선에서 가장 뛰어나다)'이라는 평을 들었던 뛰어난 천재였다.

증조부가 영조의 사위였던 명문가에서 고귀하게 태어나 궁궐 같은 집에서 고생 모르고 생활하던 추사에게 흙냄새 풀풀 나는 바닷가 토방은 옥방보다 나을 것이 없었을 터이다. 그러나 그 토방에서 동양적 '미니멀'의 초현대풍 추사체가 완성되고 불후의 명작 〈세한도〉가 그려진다.

바로 그 남제주군 대정읍 안성리, 추사가 살던 강도순의 옛집을 찾아가기 위해 탄 제주행 비행기에는 앞뒤로 신혼부부 일색이다. 안성리에 이르기까지 산업도로변 유채밭 곳곳에도 사진을 찍는 신혼부부들로 어지럽다.

저들은 오직 아름다운 제주만을 기억할 것이다. 민란의 피바람과 그 땅에 수많은 유배자의 통곡 소리 그치지 않았음을 아는 자 몇이나 될까. 십수 년 전 나도 바로 저 유채밭에서 택시운전사가 시키는 대로 한 여인네와 포즈를 취했다. 그때만 해도 인생이란 온통 저 노란 유채꽃 같은 것이려니 생각했는데……

비안개 자욱한 도로를 달리던 택시는 현무암으로 지은 외딴 건물 앞에 나를 내려놓는다. '추사 김선생 적려유허비(유배당한 이의 옛 자취를 기록해 후세에 알리고자 세워둔 비)'가 서 있다. 나라 안 기념관의 대부분이 그렇듯 표정 없고 국적 없는 그런 건물이다. 조선 예술가 중 으뜸이었던 추사 선생의 유품을 모셨다는 이 기념관만은 '추녀마루' 제대로 뽑고 '암키와' '수키와' 얹어 맵시 있는 조선집으로 지었어야 했다. 담벼락 뒤로는 솔바람 소리 쏴아 지나가는 〈세한도〉의 성근 잎 소나무 아닌 검고 빽빽한 솔잎의 해송이 몇 그루 심어져 있다.

이곳은 서귀포의 이중섭 거리와 가깝다. 그러고 보면 제주는 이 나라의 빼어난 예술가가 둘씩이나 머물렀던 또하나의 예향인 셈이다. 특히 추사의 인연 탓인지 제주는 서예의 전통이 강하다.

기념관 뒤로 추사가 살았던 강도순의 초가가 조촐하다. 가시로 둘러쳐진 울타리 저 좁은 집에 갇혀 추사는 부인의 죽음을 접하며 "가슴이 무너진다. 내 한은 저 푸른 바다 넓은 하늘에 사무친다"고 했고, 친구 권돈인에게 보낸 편지에는 "기력은 점차 쇠진하고 살이 너무 빠져 이제는 능히 앉을 수조차 없다"고도 썼다. 밤늦은 시간 관 속 같은 토방에 누우면 '못살포'라고까지 불리던 모슬포 쪽에서 불어오는 미친 바람은 짐승이 울부짖는 소리를 내며 사나운 기세로 덤비곤 했다. 위대한 예술의 성취란 인생의 이러한 혹독함 뒤에야 비로소 그 대가로 오는 걸까.

오관을 정지시켜버릴 듯한 파천황(破千荒, 아무도 하지 못한 일을 처음으로 해냄)의 추사체와 바스러지는 먹선 몇 개를 그어 이룬 명작 〈세한도〉가 탄생한 것이 바로 저 토방에서 지낸 쓰라린 유배기간중이었으니 말이다. 들여다보면, 서슬 퍼런 꾸짖음 같기도 하고 붓으로 추는 사나운 칼춤 같기도 한 추사체는 대정읍의 칼바람과 그 칼바람에 거칠어진 현무암을 닮았다. 추사의 초상을 보면 한결같이 온후하고 자애롭지만 인고와 비통의 세월 속에 글씨만 저 홀로 부드럽고 온화하게 될 수는 없을 것이었다.

제주에서 98.4.2 ①류

제주의 4월
쪽빛 바다와 노란 유채꽃으로 눈부신 제주. 그 제주에는 추사의 넋과 한이 서려 있다.

특히나 〈세한도〉는 글씨와 그림의 경계 위에 있는 추사의 내면 풍경화다. 〈세한도〉, 바스러질 듯한 먹선 몇 개로 그린 선의 기운이 짙은 그림에 담긴 사연과 뜻은 깊다. 30대에 이미 규장각, 성균관을 거쳐 병조참판에까지 이르렀던 그가 제주까지 유배를 당하게 된 것은 청천벽력 같은 일이었다. 헌종의 즉위와 함께 시작된 순원왕후의 수렴청정 동안 득세하게 된 정적 안동 김씨 사람인 김홍근이 대사헌에 임명되면서 10년도 더 지난 윤상도 옥사건이 재론되었는데, 바로 윤상도의 상소문을 김정희가 초안했다고 들고 나왔던 것이다. 그는 관아에 묶여가 40여 일 동안 참혹하고 혹독하게 문초를 당했으며 "천만인이 모두 죽이려 들었다"고 술회했다.

예산군 신암면에 증조할머니 화순옹주 때부터 있던 시골집에 은거해 있다가 주위를 둘러싼 포졸들에게 잡혀가는 것을 스승을 찾아 진도에서 올라온 청년 허유는 발을 구르며 바라보았던 것이다. 그나마 머나먼 남쪽 바다 그 유배지에서 느끼는 외로움과 고통 속에서도 그를 일으켜 세웠던 것은 사람의 따뜻한 정이었다.

해남 대둔사의 초의 선사는 직접 이 멀고 험한 곳까지 찾아와주었고, 초의에게 가르침을 청했던 진도 출신의 신실한 청년 허유는 가랑잎 같은 배에 의지하여 험한 제주 바다의 파도를 뚫고 찾아와 지극정성으로 스승을 모시다 가곤 했다.

제자인 우선 이상적의 경우도 마찬가지다. 연경에 다녀온 그는 구하기 어려운 『황조경세문편』 같은 책을 보내오곤 했다. 역관이던 그는 전에도 먼길에서 돌아오면 『만학집』이나 『대운산방문집』 같은 귀한 책을 보내오곤 했다. 선물을 받아들고 추사는 종이를 펼치고 먹을 갈았다. 바스러질 듯한 갈필(渴筆, 수묵화 기법의 하나로, 물기가 거의 없는 붓에 먹물을 조금만 묻혀 그리는 수묵화 기법)로 노송을 그리고 한 편에 두 그루의 젊은 잣나무를 그리고 선 몇 개를 빗금으로 그어 외로운 집 하나를 그렸다.

그는 "겨울 당한 이후에야 소나무, 잣나무의 진가를 알 수 있다"는 『논어』「자한편子罕篇」의 구절을 떠올리며 이 그림을 그린 다음 우선시상藕船是賞 완당阮堂이라고 썼다. "우선 감상하시게, 완당으로부터"란 의미다. 모처럼 그림 옆에는 마음을 털어놓는 발문도 썼다.

"세상 사람들은 오직 권세와 이익만 좇아가는데 (…) 이 절해고도 유배지에 있는 초췌하고 마른 나에게 그대는 천만리 먼 데서 산 이와 같은 것을 보내주니 (…) 그대와 나의 관계는 귀양 전이나 후가 더하고 덜함이 없구나."

〈세한도〉는 소나무와 잣나무를 그렸으되 소나무와 잣나무 아닌 사람을 그린 그림이었던 것이다. 그러나 이 무슨 운명인가. 그린 이의 그 애절한 마음이 담긴 이 그림은 주인의 생애를 닮아 세상을 떠돌게 된다. 훗날 이 그림은 경성제대 사학과 후지쓰카 교수의 손에 들어가게 되는데, 후지쓰카는 추사로 박사학위를 받은 추사 연구의 제1인자다(그의 딸도 추사 연구로 박사학위를 받았다). 그는 우리 미술을 보는 눈썰미가 남달랐다. 그는 추사에 미쳐 반평생을 추사에 바쳤고 관악산 아래에 있던 추사의 초라한 묘를 예산 고택 옆으로 옮기기까지 했던 장본인이다. 그래서 아직도 추사 묘석에는 '쇼와'라는 일본 연호가 적혀 있다. 해방되기 전 후지쓰카는 〈세한도〉를 가지고 일본으로 돌아간다. 진도 출신의 청년 소전 손재형은 이 사실을 알고 얼마간의 돈을 마련해 폭격으로 아수라장이 된 도쿄로 날아갔다.

흡사 한 세기 전 청년 소치 허유가 죽음을 무릅쓰고 제주로 스승을

적막
〈세한도〉처럼 외롭고 적막했던 추사의 삶을 떠올리며……

찾아갔던 것처럼 30대 초반의 손재형은 폭탄이 비 오듯 쏟아지는 도쿄로 〈세한도〉를 찾기 위해 건너간 것이다. 후지쓰카는 병석에 누워 있었는데 소전은 후지쓰카의 집 부근에 여관을 잡고 매일 이른 아침 찾아가 무릎을 꿇고 문안 인사만 드렸다 한다. 문안 인사 백 일이 되던 날, 노학자 후지쓰카는 드디어 "내가 눈을 감기 전에는 내놓을 수 없는 것이었다"는 고백과 함께 〈세한도〉를 내놓았다. 손재형은 〈세한도〉를 찾아와 곧바로 위창 오세창에게 보였고 위창은 즉석에서 "전쟁의 참화를 무릅쓰고 사지에 들어가서 찾아온 우리의 국보"라고 발문을 썼다.

나는 그림이나 글씨에 혼백이 붙어다닌다고 믿는 사람이다. 명품일수록 그렇다. 그것은 저를 아끼고 사랑하는 사람에게 찾아오는 법이다. 나는 간송 전형필이 그렇게 많은 서화와 전적 들을 모을 수 있었던 것도, 수정 박병래가 그렇게 많은 자기를 모을 수 있었던 것도, 예술품의 혼백들이 스스로 찾아들었기 때문이라고 생각한다. 분명 돈만 가지고 되는 일은 아니다. 조선 자기는 최순우의 그윽한 눈길로 쓰다듬을 때야 반가워하며 빛을 던졌던 것이다. 〈세한도〉 역시 자신을 열렬히 애모하는 사람들을 찾아다녔다. 비록 일본인이었지만 후지쓰카가 열렬히 사랑했기에 그의 소유가 되었다가 전란으로 그의 명이 쇠잔해지자 다시 주인을 찾아 서예가 손재형의 품에 들어간다. 그가 얼마나 〈세한도〉를 열렬히 원했는지는 폭탄이 쏟아지는 죽음의 전선을 뚫고 가서 이 그림을 구해온 것으로 충분히 알 수 있지 않은가. 그러나 이 서예가가 한순간 정치에 관심이 기울고 애정이 좀 식는가 싶자 〈세한도〉는 다시 소전의 품을 떠나게 된 것이다.

추사는 예순넷이 되던 헌종 14년에 이르러서야 길고 고통스럽던 제주 귀양살이에서 풀려난다. 그러나 그도 잠깐, 신해조천의(辛亥祧遷議.

영조의 장자인 진종의 위패를 종묘에서 영녕전으로 옮겨 모시는 문제를 놓고 벌인 논쟁)와 관련되어 다시 머나먼 함경도 북청으로 유배된다. 땅끝에서 다시 땅끝으로 내몰린 것이다. 북청 귀양에서 돌아와 과천 관악산 아래에서 쓸쓸히 은거하다가 이 대예술가는 고달프고 힘들었던 한 생애를 조용히 마감한다. 과천 사는 농부라는 의미의 과농이라는 아호를 이때 쓰기도 한다.

신림동 대로변에서 과천 산자락으로 그림 그리는 작업 터를 옮긴 지 열 해가 넘었다. 신림동 '칠집 김씨'에서 과천의 '농부'가 된 셈이다. 산책하거나 일을 하다 말고 문득 '이 근처 어디쯤이었을까' 하는 생각을 해보게 된다. 과천에 와서 생긴 버릇이다. 만년의 추사가 살았을 초당, 그 옛집터를 어림해보는 것이다. 추사의 그 깊고 푸른 예술혼이 이 부근 어딘가에 남아 있다가 내 둔중한 머리를 쳐주기를 고대해보면서.

〈세한도〉, 노자의 "다섯 색이 눈을 멀게 한다"는 지적처럼 추사는 이 그림에서 선의 풍미가 짙은 먹선 몇 개로 열 가지 색을 이겨내며 아름다움의 본질에 이른 것이다.

그럼에도 뭍에서 온 이 속인은 색채로 가득한 세계를 벗어나지 못한 채 노랗고 파란 물감 찍어 4월 제주의 화사한 모습을 담아내기에만 바쁘다. 그 속에 담긴 쓰라린 세월인 양 모른 체하고.

추사 김정희의 생애   충남 예산 출신으로 경주 김씨 가문에서 병조판
서 김노경의 장남으로 태어난 추사 김정희(秋史 金正喜, 1786~1856)는 추사, 완당
阮堂 등 수많은 호를 사용했다. 북학파의 한 사람으로 조선의 실학과 청의 학풍을
융화시킨 대표적인 실학자이자, '추사체'라는 독창적인 서체를 개발해낸 서예가,
금석문의 고증에 밝았던 고증학자였다. 시문이나 경학, 천주학이나 불교학 등에
도 조예가 깊었다.

  어릴 때부터 실학자의 거두 박제가로부터 총명함을 인정받아 그에게 직접 배
웠으며, 1814년(순조 14) 문과에 급제하여 후에 병조 판서에 이르렀다. 1834년 현
종이 즉위하자, 세력 다툼에 휘말려 1840년(현종 6)부터 1848년까지 9년간 제주
도에 유배되었으며, 1851년(철종 2년) 다시 북청으로 귀양을 갔다가 이듬해 풀려
났다. 그후 일흔 살에는 과천 관악산 기슭에 있는 선고묘先考墓 옆에 집을 짓고 수
도에 정진하다가 광주 봉은사에서 구족계를 받고 일흔한 살을 일기로 세상을 떠
났다.

  '실사구시론'을 펴 학문을 함에 있어 근거 없는 지식이나 선입견을 바탕으로
해서는 안 된다고 주장했다. 실학 외에 금석학에서도 북한산 진흥왕 정계비의 역

사적 실체를 밝혀내는 등 여러 가지 업적을 남겼다. 서예에서는 추사체를 완성했을 뿐 아니라 예서, 행서에서 새로운 경지를 이룩했으며, 서화에서는 남종화풍을 이루어 후대에 큰 영향을 주었다. 문집으로는『완당집』『완당척독』『담연재시고』 등이 있으며 그 밖에 많은 친필 서간 등을 남겼다. 2013년 경기도 과천에 추사박물관이 문을 열었다.

추사 유배지　　추사 김정희가 유배생활을 했던 곳은 서귀포시 대정읍 안성리에 있는 옛 대정읍성 동문 자리 안쪽이다.

제주 유배 초기에는 포도청 부장이었던 송계순의 집에 머물다가 몇 년 뒤 강도순의 집으로 옮겨 6개월간 머물렀다. 1948년 제주 4·3사건 때 불타서 빈터만 남았던 이 집은 1984년 강도순 증손의 고증을 받아 다시 지었다.

추사는 제주도로 유배되어 인고의 세월을 보내면서도 학문과 예술에 끊임없이 정진했다. 제주지방 유생교육에 힘쓰는 한편, 조선 서예사에 길이 남을 추사체를 완성했고 〈세한도〉(국보 제180호)를 비롯한 많은 서화를 남겼다. 추사가 머물렀던 '추사적거지'는 2002년 제주도기념물로 지정되었다가 2007년 '추사유배지'로 이름을 고쳐 국가지정문화재 사적 제487호로 승격되었다. 또 제주추사유물전시관이 2010년에 개관했다.

추사체　　추사 김정희가 창안한 독특한 서체인 추사체는 전한시대의 예서를 기본으로 한다. 이 서체는 점 하나 획 하나가 변화무쌍하고, 굵고 가는 획들이 극적인 대비를 이루며, 좌우 불균형 속에서 절묘한 균형을 이룬다. 또한 힘차면서도 거침이 없어서 대범한 역동성과 자유분방한 개성을 보여준다. 추사체는 상형문자로 시작한 한자가 태생적으로 가진 회화미를 잘 살렸으며, 글씨가 아닌 하나의 그림으로도 인정받을 수 있다.

유배생활중 완성된 만큼 시련의 세월이 고스란히 밴 추사체는 굳센 기개와 시류의 속기(俗氣)를 초월한 담담한 경지를 보여준다.

〈세한도〉　　　추사 김정희의 대표작인 〈세한도〉는 '추운 시절의 그림'으로, 그가 유배됐을 때 자신을 한결같이 대해준 제자의 의리에 대한 고마움을 담아 그린 그림이다. 수묵으로 집 한 채와 소나무, 잣나무를 각각 두 그루씩 대칭을 이뤄 그렸을 뿐이고 나머지는 모두 여백으로 처리했다. 그림의 오른쪽 여백에는 큰 글씨로 '세한도'라 쓰고 작은 글씨로 '우선은 감상하라'라고 적은 다음 '완당'이라는 호를 쓰고 '정희'라고 낙관했다.

그림 가운데에는 은사의 거처임을 알 수 있는 고적한 집 한 채가 있다. 그리고 이를 중심으로 왼쪽의 잣나무 두 그루와 오른쪽의 잣나무와 소나무 각각 한 그루씩만 그려 김정희가 발문에서 밝힌 공자의 말, 즉 "1년 중에서 가장 추운 시절이 된 뒤에야 소나무와 잣나무가 그대로 푸르름을 간직하고 있음을 알게 된다"는 의미를 그림으로 보여준다. 현재 개인이 소장하고 있으며, 국보로 지정되어 있다.

김동리와 하동

"봄의 화개에서라면 나는 죽어도 좋았다"라고 어느 시인은 말했다. 그렇게 화개장터에서 쌍계사까지의 아름다움은 초현실적이고 환각적이다. 이는 사람을 다치게 할 만한, 어쩐지 사람의 운명에 개입하고야 말 듯한 그런 아름다움이다. 인간 운명의 문제를 다룬 동리는 일찍이 이 범상치 않은 아름다움의 심연을 응시했을 터. 이로부터 배다른 이모 '계연'을 사랑한 내성적인 청년 '성기'가 초월적인 힘으로 이리저리 끌려다니는 모습이 탄생했을 것이다.

저문 화개장터에
'역마'는 매여 있고

횃불이 어지럽던 그 밤에 두 남녀가 사람들 가운데로 끌려 나왔다. 여인은 헝클어진 머리를 하고 있었고 남자는 찢어진 옷 사이로 피 터진 살이 보였다. 더럽다, 누군가 "퉤!" 하고 침을 뱉었고 어디선가 돌멩이도 날아왔다. 둘러선 사람들이 "퉤! 퉤!" 침을 뱉고 돌아섰고 영문도 모른 채 어른들 사이에서 나도 "퉤!" 하고 침을 뱉었다. 그때 내 나이 아홉 살인가 그랬다. 친척 간에 배를 맞댄 더러운 것들이라고들 수군댔지만, 그 뜻을 알기엔 너무 어린 나이였다.

한밤을 흔들리며 느린 기차로 하동까지 가는 동안 왜 하필 어렸을 적 본 그 일이 떠올랐을까. 그 이름마저 탐미적인 '화개花開'를 찾아가는 길에 왜 까마득한 세월의 저편에서 지워졌던 그 일이 40년 세월을 뭉뚝 잘라먹고 떠올랐을까. 소설 「역마」 때문이었을 것이다. 잘못된 사랑의 운명에 얽혀드는 바로 그 소설 공간으로 들어가는 중이었기 때문이었을 것이다. 그러나 하필 인간의 부끄러운 사랑 이야기가 이리도 눈부시게 아름다운 계절에 이리도 아름다운 땅에서 일어났던 것인가. 왜 동리는 인간의 무섭고도 슬픈 사랑 이야기를 싣고 떠날 '역마'를 하필 이 아름다운 화개장터에 매어놓았던 것일까.

때때로 사랑에는 '눈'이 없다. 그것은 암흑 속에서 거칠게 숨을 쉰다. 그래서 윤리적 '구별'과 '선택'이 되지 않는다. 암흑 속에서 사랑은 불덩이가 되어 돌진해가는 것이다. 사랑은 위대하다. 그러나 동시에 위험하다. 그 불덩이가 닿는 곳마다 위험하다. 운명적 사랑일수록 더 그렇다.

동리의 소설에는 그 배경이 되었음직한 현실 공간들이 자주 짚어져, 이를테면 「무녀도」의 '예기소'랄지 「황토기」의 '경주 남산'이나 「사반의 십자가」의 '대구 서문교회' 그리고 「까치소리」의 '부엉뜸 마을' 등이 등장하지만 「역마」의 '화개장터'나 '쌍계사' 그리고 '칠불암 가는 길'처럼 소설적 상상력이 확연히 현실 지평 위에 뿌리내린 경우는 없다. 이렇게 된 데는 작가가 한때 일제의 강제징용을 피해 쌍계사 근처의 민가에 머물렀던 체험도 작용했을 것이다. 실제로 작가는 소설 아닌 수필 등을 통해 「역마」의 배경이 된 1930~1940년대 화개협의 무릉도원 같던 풍광을 사실적으로 묘사하기도 했는데, 이 경우도 소설 속의 묘사와 거의 다르지 않다. 말하자면 소설 속의 공간과 현실의 공간이 별 차이 없이 겹치는 것이다.

금강산이 있어 겸재 정선과 최북의 진경산수가 나왔듯이 화개가 있어 「역마」가 나왔을 것이다. 화개, 이미 그 이름부터 문학적이다. 아니 숫제 문학이다. 소설이다.

'화개장터'의 냇물은 길과 함께 세 갈래로 나 있었다. 한 줄기는 전라도 땅 구례 쪽에서 오고, 한 줄기는 경상도 쪽 화개협에서 흘러내려, 여기서 합쳐서, 푸른 산과 검은 고목 그림자를 거꾸로 비친 채 호수같이 조용히

봄의 화개
그 옛날 육자배기 질펀한 주막들은 사라졌지만 무릉도원 같은 풍경만은 여전한 봄의 화개를
떠올리며 그렸다.

돌아, 경상·전라 양도의 경계를 그어주며, 다시 남으로 남으로 흘러내리는 것이, 섬진강 본류였다.

「역마」는 이렇게 무슨 여행답사기처럼 화개장터 가는 길을 그리면서 시작된다.

화개의 꽃뿌리들을 적셔주는 섬진강은 원래 그 첫물은 전라북도 진안의 마이산에서 내려오지만 구례까지 오는 동안 지리산 여러 계곡에서 흘러내린 물줄기를 보태다가 하동에 와서 비로소 강폭이 넓어지고 수심이 깊어져 큰 나루를 이룬다. 그래서 '남도의 강'이 된다. 해방 직후만 해도 하동포구에는 멀리 삼천포나 여수, 남해 같은 데서 이 물길 따라온 나룻배, 거룻배가 수십 척씩 정박하면서 숯, 베, 산나물, 채소, 오지그릇, 김, 멸치, 약초 같은 농산물과 해산물, 생필품 들을 골고루 부려놓아 하동장이 크게 번성했다 한다. 육로로도 여수, 구례, 진주, 남해 같은 경상·전라의 오가는 길이 만나는 길목이어서 만남과 헤어짐의 인연이 특히 얽혀들 만한 곳이다. 박경리의 대하소설 『토지』의 무대가 되는 악양면 '평사리'가 탑리의 화개장터에서 지척이고 보면 화개는 한국문학의 중요한 산실이기도 한 셈이다.

화개는 아름답다. 특히 봄에는 지나치게 아름답다. "봄의 화개에서라면 나는 죽어도 좋았다"라고 어느 시인이 말했을 정도니까. 아름다움도 지나치면 죄가 된다 했는데 죽음을 떠올리게 할 만큼 아름다운 풍경이라면 확실히 죄업이다.

서울역에서 출발하는 야간열차 무궁화호가 오직 하루에 한 번 닿을 뿐인 '머나먼 하동'. 그 하동역에서 역마 대신 택시를 타고 물길을 거슬러 화개로 간다. 화개장터에서 쌍계사까지는 벚꽃 10리 길. 나는 그 길을 둥둥 떠간다. 거의 환각적으로. 물론 섬진강을 사이에 두고 동으로 하동, 서로 구례·광양의 거의 모든 길과 마을이 꽃으로 덮여 있다. 구례의 산동면 일대만 하더라도 위안리 상위와 월계 일대 수만 그루의 산수유가 일시에 토해내는 노란색으로 멀미를 일으킬 정도인데다 광양의 섬진 마을 또한 백운산 일대가 설산을 이룰 만치 온통 매화로 뒤덮여 있다. 구례에서 하동에 이르는 하동 포구 80리의 꽃길을 한 시인은 이렇게 그려내었다.

천지간에 꽃입니다/ 눈 가고 마음 가고/ 발길 닿는 곳마다 꽃입니다/ 생각지도 않은 곳에서/ 지금 꽃이 피고,/ 못 견디겠어요/ 눈을 감습니다/ 아, 눈감은 데까지/ 따라오며 꽃은 핍니다/ 피할 수 없는 이 화사한 아픔/ 잡히지 않는 이 아련한 그리움/ 참을 수 없이 떨리는 이 까닭 없는 분노/ 아아, 생살에 떨어지는 이 뜨거운 꽃잎들

— 김용택, 「이 꽃잎들」

하지만 어디까지나 그건 현실의 아름다움이다. 반면 화개장터에서 쌍계사까지의 아름다움은 확실히 초현실적, 환각적 아름다움이다. 사람을 다치게 할 만한, 어쩐지 사람의 운명에 개입하고야 말 듯한 그런 아름다움이다. 인간 운명의 문제를 그리는 작가인 동리는 일찍이 이 범상치 않은 아름다움의 심연을 응시했을 터이니.

표면적으로만 보면 「역마」는 장터 이야기다. 장터란 길 따라 사람이 모이고 흩어지는 장소, 그래서 사연이 생기고 인연이 얽혀드는 곳이다. 그리고 사연 중에는 '사랑'만 한 사연이 없다. 그래서 봉평장에 장돌뱅

하동(夏童)
강과 아이, 태양 그리고 여름.

이 허생원의 사랑 이야기가 생겨났듯 화개장엔 떠돌이 체장수 영감의 사랑 이야기가 담긴다. 그런데 두 사랑 이야기에는 한결같이 그 배후에 장차 인간의 삶을 알 수 없이 끌고 가버리는 그 어떤 초월적 힘이 도사리고 있다. 「역마」에는 배다른 이모 '계연'을 사랑한 내성적 청년 '성기'가 역마와 당사주(중국에서 들어온 것으로 그림으로 보는 사주) 같은 초월적 힘에 의해 이리저리 끌려다니는 모습이 그려진다.

언젠가 나는 '하동에 살어리랏다'라는 글 한 편을 쓴 적이 있다. 그 일부를 소개한다.

올봄에 하동과 사랑에 빠졌다. 수줍게 돌아앉은 시골색시 같은 그 순후하고 예쁜 자연의 모습에 그만 흠뻑 반한 것이다. 거대도시에서 부대끼며 살다가 우연히 만난 하동의 그 뽀얀 속살들이 그렇게 아름다울 수가 없었다. 억센 지리산 줄기의 강한 흐름을 부드럽게 감아 도는 물줄기는 자연의 절묘한 음양조화를 보는 듯하다.

숨가쁜 속도로 후기산업시대와 정보화시대를 거치면서 우리 사회는 변화를 거듭해왔다. 농촌이 급속하게 도시화되어가면서 전국 어디를 가도 삶의 모습과 풍경은 고만고만해졌다. 그 과정에서 공해에 가까운 상업적 시설물과 간판들로 뒤덮이다시피 하면서 산천은 그 청정한 기운마저 잃어버릴 지경이 되어갔다. 어디에서도 한국의 원형적 자연이 보존된 곳을 찾기 어려워졌다. 하지만 하동은 숨겨진 땅처럼 옛모습 그대로였다.

무엇보다도 경관이 좋은 곳이면 어김없이 들어서 있는 러브호텔이나 볼썽사나운 간판들을 그곳에선 거의 볼 수 없다는 것이 경이로울 지경이었다. 깨끗한 백사장을 맨발로 걷고 투명한 강물에 발을 담그면서 어떻게 이럴 수가 있을까 싶어 몇 번이나 주위를 둘러보았다. 그 강변에 벚꽃이 떨어져 내릴 때면 풍경은 절정에 이른다.

하동의 자연 가운데 특히 놀라운 것은 잘생긴 소나무들이다. 방풍림으로 강가에 심기워 군락을 이룬 것들도 그렇지만 산기슭이나 마을에서 마주치는 낙락장송들의 자태는 가히 일품이었다. 그중에서도 수백 년 세월을 이기고 서 있는 문암송 앞에서 나는 감탄을 거듭했다. 억센 바위를 터뜨리며 밀고 올라온 소나무의 생명력에 벌린 입을 다물지 못할 지경이었다. 예로부터 소나무를 두고 삼례송이니 구배송이니 하는 말들이 있어왔다. 소나무의 기품이 하도 뛰어나 그 앞에서 세 번 예를 표하거나 아홉 번 절할 정도라는 것인데 문암송이야말로 구배송이라 부를 만했다.

그러나 뭐니뭐니해도 하동에서 가장 손꼽을 만한 미덕은 자연 앞에 겸손한 그곳 사람들의 마음이다. 전국을 휩쓸고 있는 토목공사의 열풍 속에서 고집스럽게 자연의 원형을 존중해온 것이다. 마을의 담들 역시 시멘트와 콘크리트가 아닌 자연석으로 쌓아올린 것들이 태반이었다. 대봉감 단지로 유명한 축치리 마을의 길을 천천히 걸어갈 때는 영국의 전원마을 코츠월드를 걷고 있는 듯한 착각이 들었다. 세월의 더께가 앉은 야트막한 돌담들 위에 가지를 드리운 감나무들은 그것 자체가 대지에 그려진 한 폭의 그림이었다.

하동을 사랑하여 드나들다가 2012년 봄 나는 급기야 명예군민이 되고 말았다. 군민의 날 행사 때 초청받아 내려가 증서까지 받았다. 하동은 마치 문학을 위해 빚어진 땅처럼 평사리 언덕배기에 지어진 토지 문학관이나 화개장터의 「역마」 기념비나 그렇게 잘 어울릴 수가 없다.

「역마」에 나오는 화개장의 모습은 이제 퇴색한 옛날의 흑백사진처럼

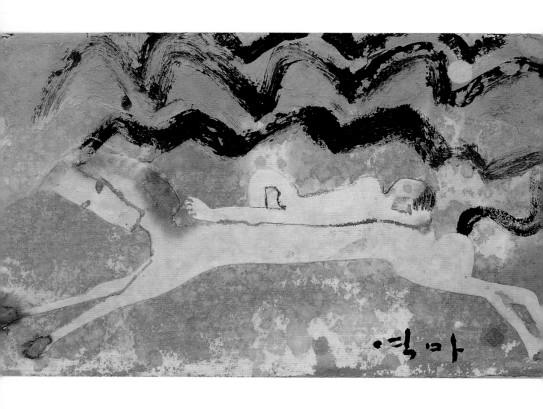

화개협을 달리는 운명의 역마
역마살을 타고나면 유랑할 수밖에 없는 운명. 「역마」의 주인공 청년 성기도 달리는
말 위의 인생처럼 정처 없이 헤매게 된다.

그리움으로만 떠올려진다. "장날이면 지리산 화전민들의 더덕, 도라지, 두릅, 고사리 들이 화갯골에서 내려오고, 전라도 황아물장수들의 실, 바늘, 면경, 가위, 허리끈, 주머니끈, 족집게, 골백분 들이 또한 구롓길에서 넘어오고, 하동길에서는 섬진강 하류의 해물장수들의 김, 미역, 청각, 명태, 자반조기, 자반고등어 들이 들어오곤" 했다는 그 화개장……

소설도 지적하고 있지만 그 화개장이 언제나 그리운 것은 "주막마다 유달리 맑고 시원한 막걸리와 펄펄 살아 뛰는 물고기의 회를 먹을 수 있기 때문"이었고 "능수버들 가지 사이사이로 사철 흘러나오는 그 한 많고 멋들어진 진양조 단가, 육자배기 들이 있기 때문"이었으며 "전라도 지방에서 꾸며 나오는 남사당 여사당 협률 창극광대 들이 마지막 연습 겸 첫 공연으로 여기서 반드시 재주와 신명을 떨고" 넘어갔기 때문이었다.

어쩌면 동리가 역마살과 당사주라는, 한국인의 운명관과 일상적 삶을 알 수 없이 끌고 가버리는 그 어떤 초월적 힘에 대해 의식하게 된 것도 실제로 이 장터에서 당사주를 보아주는 노인 한 사람이 있었기 때문인지도 모른다.

아버지로부터 역마살을 물려받은 주인공 성기는 집에 정착하지 못하고 유랑할 수밖에 없는 운명을 타고난 청년이다. 그 어미 옥화는 이 역마살을 막아보려 성기를 쌍계사에 보내지만 절에서도 오래 있지 못하는데, 떠돌이 체장수 영감의 딸 계연을 만나 비로소 사랑에 눈뜨게 된다. 두 사람은 '칠불사' 구경을 함께 가며 사랑이 깊어지지만 어느 날 계연의 머리를 빗겨주다가 귓바퀴의 조그마한 사마귀를 발견한 옥화는 그녀가 자기의 친동생임을 알게 되고, 마침내 성기는 계연과 헤어져 운명인 유랑의 길을 떠나게 된다. 일상적 논리로는 설명이 어려운 어떤 초월적 힘과 대결하지만 결국은 그 운명에 이끌려가고 마는 모습을 「역마」는 보여준다.

소설은 다소 장황하게 느껴질 만큼 군데군데 화개의 풍경을 묘사한다. '칠불암' 가는 산행길의 묘사는 특히 아름다운 광채를 발한다. "낄낄거리고 골을 건너 날아가는 꿩 울음" "어두운 숲 그늘 속에는 해삼 같은 시꺼먼 달팽이", 심지어 '산복숭아' '산딸기'며 '다래넝쿨'에 이르기까지 어떤 '의지'를 지닌 '운명'의 정령들로 '색기'를 뿜어낸다.

한때 멀리 삼천포나 여수, 남해 같은 데서까지 물길 따라온 나룻배, 거룻배가 밤새 수십 척씩 정박했다는 하동포구. 그러나 '굽이굽이 주막이 있고 색시가 있고 노래가 있고 은어회가 있고…… 능수버들 사이사이 멋들어진 진양단가 육자배기가 있는' 화개협 주변 풍경들은 이제 사라지고 없다. 「역마」를 통해 그 희미한 옛 모습만을 흑백사진처럼 들여다볼 뿐이다.

쌍계사는 차를 처음으로 심어 가꾼 곳으로 기념비가 있을 만큼 주변이 작설차 재배지로도 이름 높은 곳이다. 돌아오는 길, 화개천을 끼고 들어선 찻집 중 한 곳에 들러 계곡 물소리에 귀기울이며 도가풍으로 '세작(곡우에서 입하 전에 딴 어린잎으로 만든 녹차)' 한잔을 마시는 중에 어느새 산그늘이 덮이고 있다.

이 나그네마저 태우고 떠날 '역마'가 저 문밖에 기다리는 것인가.

소설가 김동리의 생애   한국 순수문학의 거장 김동리(金東里, 1913~
1995)는 조선 초의 문신 김종직金宗直의 17대손으로 경상북도 경주에서 태어났다.
본명은 시종始鍾으로, 동리라는 호는 큰형인 동양철학자 범부凡父 김기봉金基鳳이
지어준 것이다. 5남매의 막내로 태어난 그는 열일곱 살 되던 1929년에 경신중학
교를 중퇴하고 낙향하여 문학 수련에 전념한다.

1934년 조선일보 신춘문예에 시 「백로」가 입선하면서 등단했고, 이듬해 조선
중앙일보 신춘문예에 단편소설 「화랑의 후예」가, 1936년 동아일보 신춘문예에
단편소설 「산화山火」가 당선되며 소설가로서 활동을 시작했다.

이후 단편소설 「무녀도」 「바위」 등의 문제작을 잇달아 발표하면서 1930년대
후반 가장 주목받는 작가로 떠오른다. 구세대의 문학과 이른바 '세대 논쟁'을 벌
이면서 1930년대 후반 신세대 문학의 기수가 된 그는 서정주와 함께 동인지 『시
인부락』을 만든다.

이후 그는 해방공간에서 좌우익의 대립과 혼란 속에 좌익계 문학단체 '문학가
동맹'에 대항하여 우익계 단체인 '한국청년문학가협회'를 결성하고, 1946년 초대
회장에 오른다. 1947년부터 1948년까지 김병규, 김동석 등의 좌파 이론가와 맞

서서 '순수문학 논쟁'을 벌이기도 했다. 문학의 사회참여와 공리성을 부정하는 그의 문학적 입장은 역사와 현실을 초월한 인간의 본질적 문제를 탐구하는 그의 소설세계에서도 잘 드러난다.

주요 작품으로 「역마」「등신불」「까치소리」 등의 단편소설이 있고, 단편집으로 『무녀도』『황토기』『실존무』『등신불』『바위』『밀다원시대』 등이 있다. 평론집으로 『문학과 인간』『소설작법』『고독과 인생』『문학이란 무엇인가』, 시집으로 『바위』와 유고시집 『김동리가 남긴 시』, 수필집으로 『자연과 인생』『사색과 인생』 등이 있다.

「역 마 」의   세 계   「역마」는 1948년 1월 『백민』 12호에 발표된 김동리의 대표적인 단편소설로 토속적인 삶과 그 운명의 세계를 그려냈다.

「역마」에는 김동리 소설의 중요한 주제라고 할 수 있는 한국적 운명관의 세계가 잘 드러난다. 한곳에 정착하지 못하고 끊임없이 떠돌아다녀야 하는 '역마살'을 통해 김동리는 인간의 삶을 결정짓는 운명의 힘을 전한다. 이 소설은 인물들이 운명을 거스르려고 노력하나 결국 운명의 힘 앞에서 무참히 좌절하는 모습을 보여줌으로 이러한 상황에서 구원받기 위해선 결국 운명에 순응해야 함을 전한다.

남인수와 진주

가는 비 내리는 남강가에 서서 진주 기생을 떠올린다. 반지 낀 열 개의 손가락으로 왜장을 껴안고 망설임 없이 강물에 몸을 던진 논개. 그 넘실대는 푸른 물결 사이로 논개의 슬픈 미소가 보이는 듯하다. 한 세기에 한 번 날까 말까 한다는 남인수의 미성은 이 사연 깊은 남강의 푸른빛을 닮았다. 흐느끼는 듯한 미성으로 부르던 〈애수의 소야곡〉에는 진양호의 휘휘 늘어진 능수버들과 진주 기생들의 애환 섞인 음색을 떠올리게 하는 정서가 유유히 흐른다.

남강에 번지는
애수의 소야곡

신문에 「화첩기행— 이난영과 목포」 편이 나가고 며칠 후, 불쑥 전화 한 통이 걸려왔다. "목포에 이난영이 있다면 진주에는 남인수가 있습니다." 전화를 건 신해성이라는 남자는 '남인수 선생'에 대해 얘기하면서 사뭇 목소리가 떨렸다. 그는 흡사 윤봉길, 안중근 의사를 얘기하듯 '남선생'에 대해 얘기했다. 그대로 둔다면 흐느끼고 말 것 같았다.

"가족이십니까?" 내가 물었지만 그냥 선생을 지극히 존경하고 그 노래를 사랑하는 후배일 뿐이란다. 세상이 아주 어둡지만은 않구나. 이런 일을 만날 때마다 서울은 아직 사막이 아니었다.

남인수라…… 진주로 떠나기 전에 종로 낙원동을 먼저 찾았다. 밤무대 가수와 무명 악사 들의 고달픈 삶이 저녁의 한잔 술로 달래지는 곳. 쉰 목을 가다듬고 밤새워 트럼펫을 불건만 그들에게는 어린 새끼들과 마주하는 저녁 밥상 한끼가 자유롭지 못하다. 삼남(충청도·전라도·경상도 세 지방을 통틀어 이르는 말) 어디서인가 정든 땅 뒤로하고 찾아온 그들에게 서울은 사철이 겨울이었다.

256

"그 어른은 노래로 애국하신 분입니다." 낙원동 악기점 골목을 돌아 허름한 중국집 4층의 '남인수기념사업회'에서 만난 신해성은 내게 남인수 노래 읽는 법부터 가르쳐주었다. '민족의 가수 남인수'라는 붓글씨 곁에 50여 년 전 스승과 함께 찍었다는 흑백사진 한 장이 걸려 있다. 집에도 그의 영정을 모셔온 지 52년째라는 신해성에게 남인수는 '종교'였다.

고향(전북 김제) 친구인 작곡가 오민우 등과 뜻을 모아 천신만고 끝에 26년 전 경기도 송추에 '남인수 노래비'를 세우고 1991년부터 매년 '남인수 가요제'를 열어오고 있다 했다.

그의 인생 후반은 오로지 남인수를 위해 있는 것처럼 보였다. 그가 그렇게 남인수를 존경하고 기리는 이유를 물어봤다. 첫째는 그 노래가 너무 훌륭해서라고 했다. 그 흐느끼는 듯한 창법에 그대로 우리의 삶과 흘러온 내력이 담겨 있다는 것이었다. 우리 민요의 가락이 있다는 것이었다. 그가 철저한 예인이요, 철저한 가수라는 것도 또하나의 이유였다. 그의 생애는 처음도 가수요, 마지막도 가수였다는 것. 무대에 설 때마다 아무리 시골의 초라한 무대라 할지라도 철저히 준비하고 연습했다 한다.

둘째는 남인수라는 인물 자체를 너무도 사랑하기 때문이라고 했다. 그가 처음 남인수를 알게 된 곳은 어느 신인가수를 뽑는 심사장이었다. 그때 신해성은 가수의 꿈을 안고 무대에 섰는데 남인수는 유독 그를 칭찬하고 격려했으며 두 사람은 함께 어느 사진관에 가서 기념사진도 찍었다 한다.

그는 유명 가수였지만 마치 백면서생처럼 수줍음을 탔고 자기를 잘 드러내려 하지 않는 조용한 성품이었다 한다. 대중가수였지만 선비적인 풍모가 있었다 한다. 실제로 신해성이 보여준, 남인수가 붓으로 쓴 한문투성이의 편지는 그 글씨의 단아함과 문장의 격조가 보통이 아니었다.

"선생의 노래는 민족의 수난과 격동기마다 서민들에게 삶의 고개를 넘는 힘이 되어주었지요. 〈애수의 소야곡〉과 〈감격시대〉가 그렇고, 〈가거라 38선〉과 〈4·19 학생의거의 노래〉가 그랬습니다."

사무실 선반에는 먼지 쓴 트로피가 진열되어 있다. 벽에는 빛바랜 무대 사진과 감사장이며 표창장 들도. 한때는 삶의 흥분과 기쁨으로 빛났을 저 물건들……

"선생의 노래는 민족의 애환을 달래주었으며 희망의 지평을 가리켰지요."

그러나 그의 웅변조에도…… 내 싹수없는 이분법적 사고 속에서 남인수는 여전히 흘러간 대중연예인일 뿐이었다.

"그렇게만 보시면 안 됩니다."

신해성은 나의 산만한 대화 분위기에 일침을 놓았다. "대체 고급 예술은 뭐고 대중 예술은 뭡니까? 선생이 하는 일은 고급 예술인가요?"

선생이 하는 일은…… 불의의 일격에 나는 명치가 막혔다. 그렇다! 예술에서 중요한 것은 급수가 아니다. 진실이다. 그 점에서 남인수는 최소한 그의 시대가 원한 감정에 진실했던 예인이었다.

"사람들은 대중 예술을 사랑하고 나중에는 그것이 대중 예술이었다고 해서 버립니다. 우스운 일입니다. 서글픈 일이지요." 신해성의 말이었다.

"나는 누가 뭐래도 우리 선생님이 한국의 엘비스 프레슬리라고 생각합니다. 아니지요. 엘비스 프레슬리보다 한 수 위입니다. 죄라면 시대

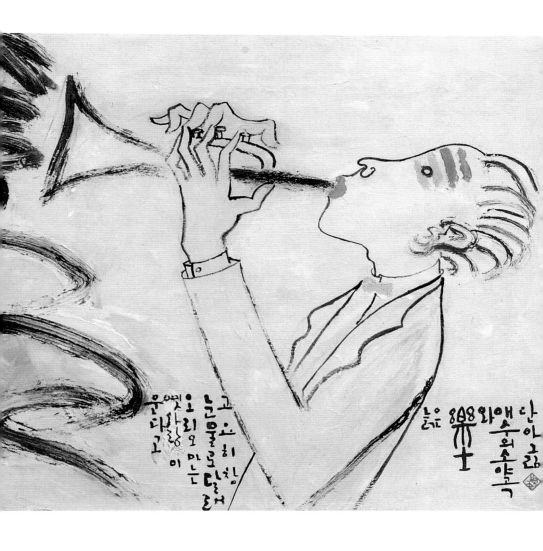

낙원동의 늙은 악사
시대의 애환을 그들에게서보다 더 진하게 느낄 수 있을까. 밤무대 가수와 무명 악사 들이 모
이는 낙원동에서 남인수는 아직도 신화적 인물이다.

와 땅을 잘못 골라 태어난 게 죄일 뿐입니다."

불과 쉰한 해 전, 서울 조계사에서 진행된 영결식 때는 팔도에서 모인 추모 인파가 종로통을 가득 메웠다는 남인수. 〈애수의 소야곡〉이 울려퍼지는 가운데 소복한 여인들의 흐느낌은 저녁이 될 때까지 흩어지지 않았다 한다. 그 대중은 모두 어디로 가버렸는가. 허망하고 쓸쓸하다. 나 역시 점차 신해성에 공감하고 있었다.

진주는 과연 천릿길. 나는 대책 없이 진주로 떠났다. 그러나 진주에서 막상 예인 남인수의 행적은 희미했다. 그가 태어난 하촌동 194번지 일대는 물론, 그가 다녔다는 봉래초등학교에도 졸업생 명단에 '쇼와 7년 강문수'라는 이름 외에 다른 흔적은 없었다. 진양호 선착장 옆에 1984년 세워진 노래비 하나, 그리고 물어물어 진주 시내 외곽도로를 벗어나 겨우 찾아간 화장터 근처 옹색한 비탈에 그의 초라한 봉분이 남아 있을 뿐이었다.

언젠가 신해성은 황토에 발을 빠져가며 이곳을 찾아와 묘비 하나 없이 초라하게 남아 있는 스승의 묘를 쓰다듬으며 한나절을 통곡하고 갔다 한다. 묘비를 진주 시내나 서울로 이장할 계획을 세워놓고 있지만 혼자 힘만으로는 너무 어려워 안타까울 뿐이라고 했다.

"선생님도 예술을 하신다니 말입니다만, 남선생님에 대한 대접이 그럴 수는 없지요. 나마저 죽고 나면 누가 이 일을 이을 수 있을 것인지……"

한 세기 한 번 날까 말까 한 미성이었다는 그 '가요 황제'는 마흔다섯의 나이로 폐를 앓아 스러지기까지 열여덟에 떠나온 고향 진주를 유난히 못 잊었다 한다.

고향이란 뭔가. 대체 사람에게 뿌리란 무엇인가. 남인수는 〈내 고향 진주〉에서 "삼천리 방방곡곡 아니 간 곳 없다마는 / 비봉산 품에 안겨 남강이 꿈을 꾸는 / 내 고향 진주만은 진정 못해라"고 절절한 고향 사랑을 노래했던 것이다. 그러나 그 비봉산 아래 봉래초등학교를 끝으로 진주에 남인수의 흔적은 없다. 그가 공장에 다니다가 열일고여덟 살 무렵 가수의 꿈을 안고 검정고무신 신고 밤차 타고 서울로 갔다는 식의 희미한 얘기만이 몇몇 떠돌고 있을 뿐이다. 피붙이나 아는 이도 없었다.

옛 도읍 진주는 예의 정신이 흐르는 서부 경남의 예향이자 저항의 도시이기도 했다. 남명 조식을 비롯한 영남 사림의 의기가 배어 있는 땅이자 항일의 역사가 핏빛으로 선명한 곳이다. 그래서 심지어 관기나 지방 토호들이 거느리던 민기들에게까지 그 저변에 민족정신 같은 것이 흐르고 있었던 것이다. 논개는 그러한 분위기에서 나온 의로운 기생이었다.

'진주권번(진주에 있었던 기생조합)' 예기(藝妓, 노래, 춤, 그림 등의 예능을 익혀 손님을 접대하는 기생)들의 가무는 전국에 이름나 있었다. 확실히 남인수의 서정가요 속에는 진양호의 휘휘 늘어진 능수버들이나 진주 예기들의 애환 섞인 음색을 떠올리게 하는 정서가 있다.

가는 비 내리는 남강가에 선다.

"그 석류 속 같은 입술 / 죽음을 입맞추었네!"

변영로가 시로 그려낸 진주 기생 논개는 반지 낀 열 손가락으로 왜장을 깍지 껴 소용돌이치는 저 물길에 푸르른 몸을 날렸다.

김시민의 진주대첩에서 6만 명 넘는 목숨이 꽃잎처럼 져 그 피로 붉게 물들여졌다는 강은 이제 늙은 짐승처럼 엎드려 있다.

사람도 가고 풍경마저 변하는가. 작곡가 오민우는 남인수의 가슴 아픈 마지막 녹음 장면을 이렇게 전한다.

5月의 진주남강에서
브니엘

역사의 정한 담고 흐르는 남강 스케치
남인수는 〈내 고향 진주〉에서 고향 사랑을 절절하게 고백했다.

"작고하시기 직전 모 레코드사의 장충동 스튜디오 유리창 너머로 뵙던 마지막 모습을 잊을 수가 없습니다. 백지장같이 하얀 얼굴로 연방 각혈을 하셨지요. 죽음의 그림자가 덮쳐오고 있었지만 레코드회사에서는 선생님의 명이 다한 줄 알고 오히려 강행했어요. (…) 어쨌든 의자에 앉은 채로 가쁜 숨을 몰아쉬며 녹음한 〈무너진 사랑탑〉은 마지막 불꽃으로 타올라 크게 히트를 했지요. 선생님의 생명과 바꾼 노래였습니다."

가요 황제 남인수   남인수(南仁樹, 1918~1962)는 경상남도 진주 출생으로, 본명은 최창수였으나 개가한 어머니를 따라 진주 강씨 문중에 들어가면서 강문수姜文秀로 이름이 바뀌었다. '남인수'라는 이름은 가수로 데뷔할 때 작사가 강사랑이 지어준 예명이다.

어려운 가정 형편 속에서 진주 제2공립심상소학교(지금의 진주 봉래초등학교)를 졸업한 그는, 열여덟 살 되던 무렵 당시 시에론레코드사에서 작곡가 박시춘을 만나게 되고, 〈눈물의 해협〉〈비 젖는 부두〉 등을 녹음하며 가수의 길로 들어선다.

그후 오케레코드사에서 〈범벅 서울〉〈돈도 싫소 사랑도 싫소〉〈항구의 하소〉〈눈물의 사막 길〉 등을 발표하고, 박시춘과 다시 만나 〈물방아 사랑〉〈인생 극장〉〈유랑 마차〉〈천 리 타향〉〈잘 있거라〉〈북국의 외론 손〉 등을 잇달아 히트시킨다. 이후 박시춘과 함께 '명콤비'로 활동한다.

1938년 큰 인기를 얻은 이부풍 작사, 박시춘 작곡의 〈애수의 소야곡〉 이후 약 20여 년간 타고난 미성으로 수많은 히트곡을 남겼다. 마흔다섯 살의 생애, 20여 년의 짧은 가수활동 동안 천여 곡에 가까운 노래를 부른 '가요 황제'였다. 대개 청춘의 애틋한 사랑과 인생의 애달픔 등을 그린 노래를 불렀는데, 고향인 진주에 대한 그리움을 노래하기도 했다.

한편 그는 〈목포의 눈물〉을 부른 이난영과의 인연으로도 유명하다. 이난영은 원래 작곡가 김해송과 결혼했으나 6·25전쟁 때 김해송이 실종된 후 남인수의 도움으로 김해송이 운영하던 악단을 운영하게 되었다. 이후 1962년 남인수가 폐결핵에 걸려 세상을 뜨기 전까지 이난영이 극진히 간호했다고 한다.

그가 남긴 노래는 '남인수 전집'에 총 227곡이 발굴, 정리되어 있으며 1991년부터 해마다 그를 기념하는 '남인수 가요제'가 개최되고 있다. 남인수 동상이 진양호(진주 남강 댐) 호반에 건립되었고, 생가(진주시 하촌동 195번지, 문화재청 지정 근대문화유산 제153호)와 묘소가 유적지로 남아 있다.

남인수의 히트곡들   1937년 말에 발표된 〈애수의 소야곡〉은 남인수의 대표곡으로 꼽힌다. 남인수가 1936년 불렀던 데뷔곡 〈눈물의 해협〉을 작사가 이부풍의 가사로 개사한 후 다시 녹음했다. 재일교포 박찬호는 『한국가요사』에서 이 곡을 1930년대를 대표하는 노래 10곡 중 하나로 선정했다.

식민지에서 살아가는 자의 서러움과 슬픔을 담은 노래가 인기인 시대였으나 드물게 〈애수의 소야곡〉은 남녀 사이의 사랑을 주제로 했다. "운다고 옛사랑이 오리오마는"으로 시작되는 가사는 떠나간 연인을 그리는, 우수에 젖은 정서를 나타내고 있다.

〈황성 옛터〉는 1926년, 무명 여가수 이애리수가 처음 부르기 시작하여 1932년에 빅터레코드에서 녹음했던 〈황성의 적〉을 〈황성 옛터〉로 바꾸고 남인수의 목소리로 새롭게 녹음한 것이다. 이 노래 역시 인생과 세월의 덧없음, 서글픔 등을 노래했는데 시대상과 어울려 폭넓은 공감을 불러일으켰다

1954년 발표한 〈이별의 부산정거장〉은 박시춘이 작곡하고 호동아가 작사한 곡으로 6·25전쟁 직후 피난의 기억을 담고 있다. 일제강점기부터 많은 히트곡을

발표한 박시춘와 남인수 콤비의 작품 가운데서 특히나 높은 인기를 누린 노래다. 이 곡은 〈돌아와요 부산항에〉〈부산 갈매기〉와 함께 부산을 상징하는 노래 중 하나로도 꼽힌다.

유택렬과 진해

함경남도 출생이나 한국전쟁 때 월남해 진해에 정착한 뒤, 50년간 경남의 추상미술을 이끌어온 화가 유택렬. 초기에는 전쟁의 참상과 북에 두고 온 어머니에 대한 그리움을 화폭에 담았으나 이후에는 민간신앙에 깊은 관심을 보이며 '부적'이라는 주제로 독자적인 예술세계를 구축했다. 그의 부인이 운영한 흑백다방은 그의 성품을 닮아 어려운 시절에도 그 품위를 잃지 않았으며 찾아온 예술가들에게는 넉넉한 커피를 내온 것으로 유명하다.

진해에서 피고 진
남도의 화인畵人 유택렬

오늘은 남쪽 도시의 이야기를 들려주겠다. 여섯 살 무렵이던가. 벚꽃놀이 떠난 엄마 손에 이끌려 낯선 도시 진해에 내렸다. 눈 닿는 데마다 벚꽃으로 뒤덮여 멀미를 일으킬 것만 같았다. 구름처럼 피어오르는 그 몽환적인 꽃나무 아래를 한도 없이 걸었던 기억이 난다. 그 길을 가고 또 가면, 어디엔가 피안의 세계 같은 것이 나올 듯했다. 하지만 어린 마음에도, 그 찰나적 아름다움이 주는 아련한 슬픔 같은 것이 느껴졌다. 거리와 지붕과 담벼락마다 눈처럼 내려 부딪쳐 소멸하는 그 순수한 꽃잎들의 장례. 그 기억은 오랜 세월 동안 낙인처럼 가슴에 상처로 남아버렸다. 꽃잎에 상처 입은 자가 아니라 하더라도, 진해에 가려거든 부디 벚꽃 만개할 때만은 피해야 한다. 아름다움의 한가운데마다 말갛게 고여 있는 슬픔의 빛을, 혹 부풀어오는 그 꽃의 양감 속에서 언뜻 보아버리게 될지도 모르기 때문이다.

진해에는 벚꽃 말고도 설화처럼 숨겨진 이름이 있다. 흑백다방. 벚꽃놀이 인파에 섞여 둥둥 떠다니다가 그 흑백다방에 들러 커피향 속으로 녹아드는 모차르트의 〈눈물의 날Lacrimosa〉한 곡 듣지도 않고 휑하니 올라와버린다면, 진해를 제대로 만나고 온 것이 아니다.

흑백다방. 화가 유택렬과 피아니스트 유경아 부녀의 집. 생전에 이중섭과 윤이상과 청마와 미당과 김춘수 같은 예술가들이 드나들던 사랑방 같은 곳. 음악감상실이자 연주회장이었고 화랑이자 소극장이 되어왔던 곳. 60년이 다 되도록 물처럼 고요하게 그 거리 그곳에 그 모습 그대로 있는 진해문화의 등대.

아버지는 삐걱거리는 목조 계단에 올라, 그 집 2층 화실에서 평생 그림을 그렸고, 딸은 아버지가 일하는 동안 베토벤의 피아노 트리오곡을 연주하여 차향처럼 올려보내드렸던 곳. 그사이 바람 불고 비 내리고 꽃잎 분분하게 날리며 세월이 흘러, 아버지는 홀로 그린 수백 점의 그림을 남겨둔 채 북청 고향길보다도 먼 하늘길로 떠나고, 이제는 홀로 남은 딸이 밤마다 아버지를 위해 헌정의 곡을 치는 곳. 혹시 늦은 밤 그 집 앞을 지나가거든 그 집 창문으로 번져나오는 피아노 소리에 발길 멈추고 한번쯤 귀기울여 들어주기를……

고흐의 '아를Arles'처럼 진해를 껴안고 사랑한 화가 유택렬. 일본식 목조가옥 그대로인 그 흑백다방 2층 아틀리에에서, 창 너머로 맞은편 장복산이 비안개에 잠기고, 진해 앞바다의 물빛이 눈부시게 푸르러질 때마다 두 눈이 짓무르도록 붓질을 멈추지 않던 그 사람. 그 잘난 중앙 화단이 그 이름 석 자 위에 눈길 한번 주는 법 없었건만, 무심한 세월에 대하여 말하는 법 없었고, 명예에 허기진 적 없던 크고 넉넉했던 자유인. 하나의 아름다움이 익어가기 위해서는 반드시 하나의 슬픔과 하나의 고독도 함께 깊어져야 한다고 믿었던 사람.

그 화가 유택렬이 흑백다방을 떠나던 마지막 날, 어느 시인은 그이의

화가 유택렬
예술가들의 보금자리였던 흑백다방을 인수해 2층에 작업실을 마련했다. 이곳에 평생 머물
며 진해에서 작품활동을 계속하던 그는 일평생 그린 수백 점의 그림을 남기고 떠났다.

관 위에 꽃 대신 이런 시를 놓았다.

        남쪽 바다 보이는 구석진 흑백다방에서
        늘 '부르흐' 바이올린 콘첼또를 듣던
        그 커다란 화가
        사람, 사람 중에 유별난 사람
        사랑도 미움도
        꽃다발처럼 안고
        먼저 가신 분
        색색의 꽃종이 속에서
        은근한 묵향으로 피어나는
        남도 조선의 고고한 화인畵人
        우리들의 묵은 사랑과 함께
        여한 없이 가시어라.

                    — 김선길, 「북청화인」에서

　　화가 유택렬에 대해 처음 들은 것은, 나와 같은 대학의 이병기 공대 교수로부터였다. 오래전 해군사관학교 교관으로 8년여를 진해에서 보낸 그이는 벚꽃처럼 만발한 통제부 길을 홀로 자전거를 타고 오가던 추억에 대해 이야기하곤 했다.
　　어느 달 밝은 밤엔가 술을 한잔하고 그 벚꽃길을 가다가, 그만 자전거가 나무에 부딪히는 바람에 넘어졌다고 한다. 그런데 누워서 벚꽃 사이로 성성하게 떠오른 별들을 보며 너무 아름다워 그만 울고 말았노라는 고백을 듣기도 했다. 그 진해를 말할 때면 그이는 늘 흑백다방과 유택렬, 유경아 부녀를 함께 말하곤 했다. 그리고 그 끝맺음은 늘 이런 식이었다. "아름다운 곳, 아름다운 사람들이었다."

아름다움. 나야말로 반평생을 그 신기루를 좇아 헤맨 사람이었다. 그러나 정작 아름다운 풍광 속에 산다는 그 아름다운 사람들을 찾아 떠난 남쪽 여행은 아주 뒤늦게야 이루어졌다. 진해에 함께 가기로 해놓고 우리는 이렇게 말하며 웃었다.

"가급적…… 벚꽃 만발한 군항제 같은 때는 피하도록 합시다."

부산하고 들뜬 시간을 피해 늦은 밤 그곳에 도착하여, 경아의 〈대공Archduke〉을 듣는 맛이 일품이라는 이유지만, 내게는 벚꽃 만발한 시간을 피하고 싶어하는 다른 이유가 있다는 것을 그이는 차마 짐작하지 못했을 것이다.

안개비가 내리는 늦은 밤 흑백다방의 문을 열고 들어섰을 때 실내를 가득 채우며 퍼져가던 스트라빈스키의 선율. 생전 유화백이 즐겨 듣던 곡 가운데 하나라고 했다. 그 음악 너머로 고인의 작품들이 빛과 색채로 넘실대, 내가 생각했던 흑백이라는 집 이름을 무색케 했다. 숫제 음악의 파편들이 존재들처럼 공간으로 떠다니고 있었다. 탁자 위로 천장으로 그리고 유화백의 그림 위로 마구 부딪치고 부서졌다. 이 집에서는 음악과 미술이 서로 다른 이름이 아니었다.

우리의 늦은 도착에 맞추어 양산에서 올라온 시인 고영조 선생은 독학으로 그림을 공부했던 유화백이 스트라빈스키와 말러와 하차투리안 음악 속에서 늘 클레와 몬드리안과 세잔의 빛과 색을 함께 본다고 고백하곤 했다고 말해주었다. 확실히 그의 추상화 속에서는 진해 바다의 깊고 푸른 빛과 그 바다에 내리는 새벽안개와 바람에 날리는 사월의 벚꽃이 숨쉬고 있었다.

벚꽃과 진해 앞바다
잔잔한 물결과 멀고 가까운 섬들. 그리고 온화한 햇볕과 흩날리는 벚꽃으로 4월의 진해는 강
변도시 같은 느낌을 준다.

빗방울이 굵어지고 음악이 침울한 〈신의 날Kol Nidrei〉로 바뀌면서, 나는 자꾸만 흑백다방이 물위에 떠 있는 작은 배 같다는 생각이 들었다. 어쩌면 진해 자체가 커다란 호수 위에 뜬 섬 같기도 했다. 그 이름처럼 바다라기보다는 잔잔한 강의 포구 같은 도시. 일제는 이 풍광 좋은 바닷가 도시를 자신들의 이상도시로 꾸미려고 중원, 북원, 남원에 방사형 길을 내고 도처에 벚나무숲을 조성했지만, 어느 날 이곳을 영영 떠나가야 했다. 인생뿐 아니라 풍경 또한 누구도 영원히 소유할 수 없다는 것을 그들은 왜 몰랐을까.

경아씨가 아버지의 작품을 쌓아온 2층 화실로 안내하겠다고 했지만 나는 고개를 저었다. 그이가 남기고 간 그림들만은 내일 아침 두꺼운 커튼을 열어 진해 바다에 쏟아지는 햇빛과 맑은 바람을 맞아들여 보고 싶다는 생각 때문이었다. 그렇게 하는 것이 고인과 작품에 대한 최소한의 예의라는 생각 때문이었지만, 아틀리에에 올라가기 전 새벽 바다를 찾아가 그 푸른빛 앞에 먼저 서고 싶은 까닭이기도 했다.

화가 유택렬의 예술인생   유택렬(劉澤烈, 1924~1999) 화백은 1924년 10월 함남 북청군에서 태어나 사촌형 유강렬(홍익대 교수)의 영향으로 그림 공부를 시작하였다. 1951년 1·4 후퇴 때 부친과 3남매가 함께 남하하여, 거제와 부산을 거쳐 1952년 진해에 정착한다. 진해중학교, 충무중학교, 진해고등학교 등에서 미술 교사로 근무하는 한편 다른 피난 예술인들과 교류하며 작품활동을 이어갔다. 1957년 진해에서 첫 개인전인 '유택렬 전'을 개최한 뒤 1999년 숙환으로 타계할 때까지 독보적 예술세계를 구축하였다.

초기에는 구상적인 세계를 그렸던 유화백은 차츰 실험적인 추상회화로 그 중심을 옮겨간다. 특히 원시미술에서 우리 미의 본질을 찾으려 애썼다. 〈부적〉 시리즈는 단청, 떡살, 민화 등에서 찾아볼 수 있는 한국 고유의 색채 감각을 화폭에 담아내었다. 우리 고유의 서체를 소재로 하여 캘리그래피(한지에 먹으로 그림) 기법으로 시리즈 연작을 그려내기도 했다. 먹물의 번짐을 이용한 특유의 표현법은 서양의 앵포르멜informel 기법을 연상시키는데, 한국적 추상표현주의를 구현했다고 볼 수 있다.

유택렬 화백은 민중의 강한 생명력을 부적과 같은 샤머니즘 신앙의 형식 속에서 찾거나 자연 형상의 본질을 추상화시킨 서예와 같은 예술형식에서 찾았다. 다시 말해 토속신앙의 세계를 특유의 미의식으로 재구성하는 한편 음양 이기의 조화 등 동양 정신을 표현할 수 있는 고유의 예술형식을 연구하고자 했다.

북방문화의 근간인 고구려의 기상을 타고난 유화백의 기백은 작품에서도 느껴진다. 경남지역의 향토성과 결합하여 재창조되었으나 자유분방하고 강렬한 필치는 북방의 준엄한 정신을 가슴속에 간직한 소산이다. "예술 이전에 사람이 먼저 되어야 한다"는 교육적 소신도 그렇지만, 예술인들이 자기 작품을 통해 고뇌하지 못하며 시류에 흔들리자 대성일갈하며 후학들이 가야 할 예술가의 정도正道를 제시했다는 일화 역시 그의 곧은 성품을 잘 말해준다.

유 택 렬 화 백 의 흔 적, '흑 백'　　1955년 문을 연 흑백다방은 현재 다방 영업은 하지 않지만 커피와 차 대신 '예술을 대접하는 다방'으로 남아 있다. 본래도 사람들은 이곳이 차만 마시는 공간이 아니라는 의미에서 '흑백다방'이 아닌 '흑백'이라고 불렀다고 한다. 생전의 이중섭, 윤이상, 조두남, 유치환, 서정주, 김춘수, 전혁림 등의 문화 예술인들이 오간, 그 시절의 낭만과 추억이 깃든 문화 공간이다.

진해 구시가지의 백 년 이상 된 목조건물에 자리잡은 흑백다방은 유택렬 부부 사후에는 둘째 딸 유경아씨가 물려받아 지금까지 옛 모습을 유지해오고 있다. 월 2회 음악감상회인 '음악 이야기'와 '연주 이야기'를 개최하는데 유화백이 1층에서 매주 열렸던 레코드 감상회의 전통을 그대로 이은 셈이다.

'흑백' 곳곳에는 유화백의 흔적이 남아 있다. 유화백의 붓글씨체를 그대로 가져와 만들었다는 간판을 비롯해 인테리어도 유화백이 해놓은 그대로다. 지독한 클래식 마니아였던 유화백이 듣던 레코드가 진열된 음악실부터 소파, 책장까지 과거가 여전히 살아 숨쉬는 듯한 고즈넉함이 있다. 게다가 고미술품 수집가였던 부인 이경승씨가 모은 진귀한 고미술품도 그대로 남아 있다. 예술의 불모지였던 진해에 예술의 향취를 퍼뜨린 '진해 예술의 대부' 유화백의 인생과 예술의 흔적은 이곳에 그대로 남아 있다.

문장원과 동래

"가끔 인터뷰하는 사람들이, '선생님 춤의 스승은 누굽니까' 하고 묻는 경우가 있어. 내가 거침없이 옛 동래 온천 기생들이라고 말하면, '에이 농담 마시고요' 그래." 문장원의 춤은 그가 말한 대로 동래 기생 에게서 온 것이다. 아니 더 정확하게 말하자면 그 흐르는 듯한 춤사위는 풍요로운 땅 동래가 품어 길어 낸 것. 버드나무 늘어선 옛 색주가 거리의 독특한 분위기가 아니었다면 봄바람에 흔들리는 버들잎같이 여성스러운 춤사위들은 형성되기 어려웠으리라.

언제 다시
한바탕 동래춤을 춰볼꼬

소리가 전라도라면 춤은 경상도, 그중에도 단연 '동래춤'. 낙동강 7백
리의 윗물에 안동벌 하회탈춤이, 끝물에 '동래야류東萊野遊'가 있다. '동
래야류'는 가무음극歌舞音劇이 어우러진 토종 오페라. 그 한복판에 동래
춤꾼 고 문장원이 있었다.

벌써 십수 년 전 일이다. 전날 서울에서 문장원과 약속을 한 다음 해
운대에서 하룻밤 자고 동래 금강공원 안의 민속예술관으로 향했다. 합
승했던 일본인 관광객을 중간에 내려주며 백발의 노인 기사는 "IMF로
절마~들 몰려와가이고 요새 부산이 추접게 됐다"고 투덜댔다. "광안리
며 달맞잇길 할 것 없이 풍광 좋은 곳은 죄 일본인들로 북적대고, 더구
나 '조선 가스나들' 꿰차고 시시덕대는 것 보면 속에 천불이 난다"는 것.
열 살 전후하여 동래 온천장의 명호관, 동래관, 봉래관 같은 곳에서 일
본 기생들 밑에서 어린 '조바(잔심부름꾼)'생활을 했다는 그는 옛 동래부
사 송상현의 죽음까지 떠올리며 이러다 다시 일본 식민지가 되는 것 아

니냐고 천불 타령이었다.

그러나 정작 천불 나야 할 사람은 나였다. 한양 천리 멀다 않고 내려와 금정산 아래 금강공원 '망미루'부터 산길을 허위허위 올라왔건만 민속예술관에 문장원은 없었다.

"열시에 온다 캤으면 열시에 와야 될 것 아이가" 하고 '불뚝성(갑자기 불끈하고 내는 성)' 내며 휑하니 나가버렸다는 것. 이번이 두번째였다. 처음은 1982년 여름, 국립극장 복도에서였다. '한국의 명무전'에 소고춤의 안채봉, 승무의 한진옥 등과 함께 문장원의 즉흥무인 '입춤(서서 추는 춤)'이 나왔다. 절제 있는 춤사위에 정丁 자로 떼어놓는 발걸음과 삼현육각(三絃六角, 국악의 악기 편성법. 피리, 대금, 해금, 장구, 북 등 여섯 개 악기로 이루어진다)에 구음시나위(입으로 어떤 선율을 소리내는 것)를 안으로 댕겼다가 풀어내며 장단 받드는 주항라(紬亢羅, 명주실로 짠 항라) 두루마기의 손길이 그윽했다. 그러나 한 잡지사의 청탁을 받고서 공연 후 문장원을 어렵사리 만나보았을 때 정작 그에게서는 찬바람이 났다.

"내 춤은 기생판에 휩쓸려다니며 배운 것"이고 따라서 "내놓을 것도 못 된다"는 것이다. 재차 부탁했지만 "춤 봤으면 됐제 또 무신 설명이고" 하면서 "내려가야 된다"고 나가버렸다.

그러나 그런 성깔과 기개였기에 금정산 자락에 '동래야류 전수관'이 이처럼 번듯한 건물로 설 수 있었을 것이다. 들리는 바로는 그는 부산시장이 네 번 바뀌기까지 물러서지 않고 버텨, 결국 극장식 전수관을 짓고야 말았다. 세 시간 넘게 기다려 15년 만에 다시 인터뷰가 시작되었다. 그의 춤사위는 부드럽고 유장하기로 정평이 나 있지만, 말씨만은 짧고 거침이 없다.

원래 동래는 물 많고 음기 센 땅이란다. 그래서 여자와 예술이 두드러졌다고 말한다. 일찍이 "평양 기생 치마폭은 벗어나도 동래 기생 치마폭은 못 벗어나고, 일본 형사 앞에는 서 있어도 동래 기생 앞에서는 무릎 꿇고 만다"는 말이 생겼을 정도였다.

동래는 "일기 따습고 온천물 좋은데다 바다 가까워 먹을거리마저 풍부해, 조선 팔도는 물론 일본의 한량들까지 돈 보따리 싸들고 와 진탕 놀다 가는 색향(色鄉, 미인이나 기생이 많이 나는 고을)"이었다는 것, 야류(들놀음)는 이런 동래의 풍토에서 자연스레 생겨난 종합연희였다. 한창일 때는 온천장 일대에 조선인과 일본인이 하던 요정이며 여관이 스무 개가 넘었고 동기(童妓, 아직 머리를 얹지 않은 어린 기생)를 합쳐 기생만도 3백 명을 웃돌았다 한다. 가무음곡 못하는 동래 기생 없었고 그러다보니 자연 예기도 많이 나왔다 한다. 열대여섯부터 기방에 출입했던 문장원은 각 기방의 장기(長妓, 나이 지긋한 장년의 기생) 춤을 두루 섭렵할 수 있었는데, 장기 중에는 출중한 예기가 많았다 한다.

"내 춤은 동래 기생한테서 온 것"이라고 그가 당당히 말할 수 있는 것도 그녀들의 춤이 너무도 '예술적으로' 훌륭할 뿐 아니라 인품에서도 결코 양반가 아녀자의 그것에 손색이 없다는 생각 때문이라고 했다. "가끔 인터뷰하는 사람들이, '선생님 춤의 스승은 누굽니까' 하고 묻는 경우가 있어. 내가 거침없이 옛 동래 온천 기생들이라고 말하면, '에이 농담 마시고요' 그래."

그녀들의 신분이 기생이라는 이유로 그녀들의 춤사위마저 무시할 수는 없다는 것이 그의 믿음이었다. 그는 그 시절의 '야나기 마찌', 즉 버드나무 늘어선 옛 색주가 거리의 독특한 분위기야말로 동래춤을 있게 한 요인의 하나라고 설명한다. 봄바람에 흔들리는 버들잎같이 여성스

금정산 아래의 '동래야류'

금정산에는 금정산 정기 이어받은 명찰 '범어사'가 있고 '민족예술보존협회' 그리고 '동래야류'가 있다. '동래야류' 한마당을 즉흥적 필치로 담아본다.

마음은 학일레라

'동래학춤'은 동래 양반춤의 하나. 예로부터 동래에는 학이 많이 살았고 학 같은 한량, 예인
들도 많이 살았다 한다.

러운 춤사위들, 특히 '팔선녀춤' 같은 것은 온천장 거리의 그 시절 분위기가 아니면 그런 선과 흐름으로 형성되기 어려웠으리라고 했다.

"부산 사람들 기질이라는 것이 화끈한 것 좋아하고 그러다보이 자연히 풍류도 많았어. 바닷물이 동하면 가마이 방에 몬 안자 있는 기라. 하다못해 정월 대보름 해운대 달맞이에라도 나와서 바람을 쐬어야 하는 기지……"

온천장과 부산으로 길이 갈리는 '세병고' 삼거리에서 출발하여, 5백 개 넘는 청사초롱 앞세우고 농악대와 팔선녀와 소리패도 요란하게 동래장터 너른 광장이 그득하게 들어서곤 했다는 춤이 '동래야류'다. 학춤, 할미춤, 문둥이춤, 양반춤에 요동춤(남녀의 성행위를 묘사한 춤)까지 '베라벨(별의별)' 춤이 다 나오고, 북소리, 쨍과리 소리의 열기는 먼동이 트기까지 식을 줄 몰랐다 한다.

삼현육각에 구음 곁들여 시나위 가락이 어우러지면 두 팔 벌리고 선 채로 온몸으로 그 가락을 모으고 흩어지게 하는 그의 입춤은 정중동(靜中動)의 춤이요, 선화(禪畵, 스님들이 수행을 목적으로 그리는 그림)처럼 움직임을 최소화한 춤이었다. 또한 그의 장기의 하나였던 '원양반 탈춤' 역시 지체 높은 사람의 춤답게 위엄 갖춰 관복을 차려입고 잡스러운 동작을 모두 생략한 자태로 무기교의 기교와 절제미의 전형을 보여주었다. 이 점에서 문장원의 춤은 이채로웠다. 동작이 많고 설명적인 허다한 탈춤에 비해 그의 춤은 조선 선비의 정신을 절제하고 압축하여 보여주었던 것이다.

더구나 그의 훤칠한 키와 체격이 이러한 우아한 조선춤에 잘 맞게 어울렸다. 그러나 다섯 해 전 가벼운 뇌경색이 오면서 어지러움 때문에

'가면춤'은 엄두도 못 내고 근근이 1년에 한 번씩 인간문화재 발표공연
만 하고 있다고 했다.

나이 팔십 넘고부터 제대로 된 춤사위는 안타깝게도 마음뿐이지만
어디서 시나위 가락이라도 들려오면 자신도 모르게 팔이 올라가곤 했
다던 동래춤꾼 문장원.

"지나고 보니 인생도 한바탕 춤 같은 것이었다"며 팔순 예인의 눈에
는 반짝 물기가 비쳤었다.

그를 만나고 난 몇 해 후에 신문 한 쪽에 그의 부음이 실렸다. 학 한
마리가 부산 앞바다를 한 번 돌고 머나먼 천공으로 영영 사라져버린 느
낌이었다.

동래야류　　　예로부터 동래 사람들은 정월 초면 놀이판을 벌였다. 동부와 서부로 나누어 줄다리기를 하고, 이긴 쪽이 이후의 놀이를 이끈다. 그 놀이의 절정이 바로 동래 들놀음, 즉 동래야류다. 일종의 탈놀이로 경남지역에서는 낙동강 동쪽지역의 탈놀이는 야류, 서쪽지역의 탈놀이는 오광대라고 불렀다.

동래야류는 정월 보름날, 마을의 안녕을 빌고 한 해의 풍년을 기원하면서 벌이는 놀이다. 동래야류가 언제 시작되었는지 정확하지는 않으나 약 130여 년의 역사를 이어왔다. 1934년 일제가 금지한 이후 중단되었다가 광복 후인 1946년에 다시 행해지나 6·25전쟁으로 인해 맥이 끊길 위기에 처한다. 그러나 1960년대 들어 전통문화에 대한 관심이 높아지면서 1965년부터 몇몇 동래 사람들이 힘을 모아 동래야류 복원에 나섰고, 그 원형에 대한 조사와 정리가 끝난 후 1967년 중요무형문화재 제18호로 지정되어 오늘까지 이어지고 있다.

동래야류에는 정월 열나흗날 밤의 길놀이, 놀음을 할 장소인 마당에 다다라 사방에 등불을 건 뒤 한판 춤을 추는 군무群舞 등의 전편이 있다. 사람들은 저마다 학춤, 배춤, 궁둥춤, 구불춤, 요동춤, 두꺼비춤, 병신춤 등을 추는데, 그중에서도 학춤이 대표적이다. 양반춤의 일종으로 학처럼 흰 도포를 입고 추는 학춤은 동래

지방의 지형이 학처럼 생겼고, 또 황새 바위가 있는 연산동 일대에 학이 떼를 지어 서식한 데서 유래했다. 자정이 되면 야류는 후편인 본마당으로 들어와 문둥이 마당, 양반 마당, 할미 마당, 영노 마당 등의 네 마당에 걸쳐 본격적으로 진행된다. 연희자들이 쉬는 마당과 마당 사이에는 모든 구경꾼들이 한데 어우러져 여흥을 펼치기도 한다. 현재는 부산민속예술보존협회와 동래야류 보존회에서 동래야류의 보존과 전승에 힘쓰고 있다.

문장원과 춤의 일생　　　동래의 마지막 한량 문장원(文章垣, 1917~2012)은 우리 시대 최고의 춤꾼이자 평생 동래춤을 지켜온 증인이었다. 일제의 탄압으로 동래야류가 중단되자 가슴에 피멍이 맺히는 듯했고, 해방되어 다시 춤이 복원되었을 때 비로소 체증이 확 풀렸다고 회고할 만큼 동래야류에 대한 열정이 애틋했다.

그는 동래 토박이로 부산 안락동에서 태어나 열다섯 살에 동래 제일공립보통학교(지금의 제일초등학교)를 졸업했다. 이후 그는 당연히 합격할 줄 알았던 동래고등보통학교(지금의 동래고등학교) 입학시험에서 두 번이나 떨어지고 그다음부터 친구들과 기생집에 드나들기 시작했다.

동래는 예로부터 관기로 유명했는데, 그 전통을 이어받아 그가 자랐던 일제강점기 때는 '동래 권번'이라는 기생 조합이 동래 온천을 중심으로 화류문화를 꽃피우고 있었다. 그곳에 드나들면서 그는 춤과 소릿가락을 접하게 되었다. 동래에서 벌어지는 놀이판이라면 하나도 빼놓지 않던 그는 당시 이름 높은 몇몇 춤꾼을 만나게 되었고, 그 과정에서 그의 춤솜씨는 자연스럽게 무르익었다.

이후 1940년 돈을 벌기 위해 잠시 중국 OK레코드사에서 일했지만, 부산으로 돌아와 1958년 정부 주최로 열린 전국민속예술경연대회를 계기로 본격적인 춤꾼의 길로 들어선다. 이 대회에서 동래야류를 복원하여 선보인 문장원은 당당히 대통령상을 거머쥔다. 그 덕에 1967년 동래야류가 정부의 중요무형문화재 제18호로 지정되기도 했다. 문장원도 동래야류와 동래한량춤의 예능보유자로 지정되었으며, 학춤과 지신밟기 역시 부산지방 무형문화재 제3호와 제4호로 등록되었다.

동래춤과 함께한 문장원의 일생은 그의 전기 『동래 사람은 팔만 올리도 춤이텐다 캤어』에서 자세히 엿볼 수 있다.

암각화와 언양
(울산)

'현대'란, 결국 온갖 실험을 해보아도 가소롭기만 할 뿐 어떠한 울림도 주지 못한다. 이렇듯 현대미술의 가벼움과 역겨움이 견디기 힘들어지면 나는 언양으로 간다. 종교적 상징과 비밀로 가득찬 암각화. 그 속에서 선사의 시간이 고스란히 숨쉬고 있다. 그런데 저 무늬들은 대체 무엇을 의미하는 것일까. 미혹한 현대인이 바위 앞을 한참 서성일 때 그림 속의 얼굴이 이렇게 말하는 듯하다. "역사를 다 알려 하지는 말게."

대곡천 비경에 펼쳐진
선사미술관

"선생님예 어서 내려오이소. 고래가 보입니더. 거북이도 떠올랐어예. 퍼뜩 오이소."

중국 여배우 '공리'를 빼닮은 대곡리 암각화 길목 식당 손남주 아주머니에게 이 숨찬 전화를 받은 것은 4월, 이때부터 나는 일이 손에 잡히지 않았다. 그래, 어서 고래를 보러 가야지, 그 사랑스러운 고래 가족을 만나러 가야 해. 고래뿐인가. 거북이도 사슴도 멧돼지도 만나야지. 골짜기를 떠메어갈 듯한 호랑이의 포효도 듣고 싶어. 삶은 버겁고 존재는 무거워 도시에 더는 위안이 없다. 가자, 원시로! 이 문명 중독의 도시를 벗어나 어서 그곳에 가야 해……

정작 언양에 내려온 것은 두 계절이 훌쩍 지나고서였다. 울산, 회색 구름이 재앙처럼 하늘을 덮고 있다. 그러나 이 공업도시 한가운데를 뚫고 햇빛에 반짝이며 한줄기 희망의 강이 흐른다. 태화강, 한때는 이 강에 가장 깨끗한 물에서만 산다는 은어가 노닐었다 한다. 지금은 신화처럼 들리는 소리지만. 태화강 따라 일렁이는 대나무숲을 바라보면서, 무거로터리에서 울산과 언양 간 고속도로로 진입한다. 언양에서 35번 국도를 따라 북쪽으로 얼마간 달렸을 때 길가에 서 있는 푸른 팻말이 보인다. '대곡리 반구대 암각화 국보 제285호 4.0킬로미터'.

여기서부터는 '선사'로 떠나는 시간 여행이다. 이제 휴대전화기 따위는 내려놓자. 자동차에서도 내려서자.

좁은 산길은 깊숙이 깊숙이 첩첩산중으로 빨려들어간다. 그리고 '반구교'라는 작은 다리를 지나면서 푸른 물위로 '악!' 소리가 나는 선경이 펼쳐진다. 사연댐에서 방류된 수려한 물줄기 따라 대곡천의 물과 산은 서로 이웃하며 하염없이 이어진다. 그리고 그 물길 따라 '집청정'과 '반구서원' 같은 단아한 옛집들이 숨고 나타나기를 거듭한다. 그때마다 눈은 맑고 깨끗한 복을 누리는 듯하다. 근처 삼현재에는 포은 정몽주와 한강 정구, 회재 이언적 같은 선비의 위패를 모시고 해마다 제를 올리기도 한다. 유배지는 대개 도회지와 격리되어 있어 외롭고 적막한 대신 절경인 경우가 많다. 언양에 유배 와 있던 포은도 반구대의 수려한 풍광에 취해 이곳에서 많은 시간을 보냈다 한다. 아직도 언양의 어음하리에는 포은이 시 짓고 술잔을 기울였다는 '포은대'가 남아 있다. 산의 밑부분은 물에 잠기면서 넓적넓적한 바위들로 커다란 화폭을 이루고 있다. 가히 '그리고' '새기고' 싶은 충동을 불러옴직한 곳이다.

선사시대 이래 울주의 중심인 언양은 울산과 경남·경북의 내륙을 잇는 길목이었고 울산만에서 감포로 이어지는 해안지역의 물품이 모이는 집하장과 교역장으로 알려졌다. 울산만에는 여러 종의 고래가 살았으리라고 함께 추정된 바 있다. 작살에 찔린 고래, 헤엄치며 등에서 물을 뿜는 고래, 날렵한 물고기, 다리를 크게 벌린 여자 모양, 사람을 태우고 가는 배, 꼬리 길고 머리 큰 짐승들…… 바위 위의 기록화들을 보면 이

암각화의 이미지

천전리 암각화 중에는 각종 동물들과 추상 문양 속에 사람의 얼굴도 보인다. 그 세계를 내 작품으로 재구성해보았다.

일대가 한때 대단히 번성했다는 것을 알 수 있다.

"참말로 우짜겠노. 고래는 다시 물속으로 들어가삐릿는데……"

두 계절을 보내고 가을에야 불쑥 내려온 내게 암각화 식당의 손씨는
안타까워한다. 사연댐에 물이 차올라 그림이 그려진 바위 표면이 잠겨
버렸다는 얘기다. 하긴 지난여름 장대비가 오죽했는가.

"고래란 본디 물에 사는 놈인데 물로 간 것을 어쩌겠느냐"고 하자
"참말로 쏙도 편타. 한 번씩 내려올 때마다 차비가 얼만교?"하며 곱게
눈을 흘긴다.

배를 저어 장엄하게 펼쳐진 '바위의 화면'으로 다가가본다. 가로 10미
터, 세로 3미터 정도의 '화폭' 따라 2백여 점의 그림들이 새겨져 있건
만…… 사연댐 물에 잠겨 볼 수가 없다. 사슴과 호랑이와 멧돼지 같은
사냥미술과 종교적 상징과 비의(秘儀, 비밀스러운 종교의식)로 가득찬 암
각화는 이곳에서 그대로 선사의 시간을 숨쉬고 있다. 바위그림에 비하
면 종이나 비단 위에 그린 문명시대의 그림은 사실 그 역사나 크기에서
비할 바가 아니다.

문득 저곳에서 몰아지경으로 형상을 새기고 쪼았을 나의 머나먼 선
조의 모습을 떠올려본다. 때로는 야간작업인들 하지 않았을까. 저 물위
로 횃불이 어지러웠을 것이다. 불가사의한 일이다. 대체 누구를 위해서
왜 저런 장엄한 일을 벌였던 것일까.

등에 햇볕이 따가우면 물장구치고 놀다가 그 물에서 잡아 건진 고기
를 구워먹으며 보냈을 그 태초의 조상 모습이 눈앞에 어른거리는 것 같
다. 그 선조의 '미술' 재능 한 올이 어쩌다 오늘까지 이어져 그 끝을 따
라 나는 이곳까지 온 것이 아닐까 하는 생각도 해본다.

다시 암각화 길목 식당으로 나와 쏘가리며 빙어를 끓인 매운탕을 시켰다. 『수호지』의 양산박처럼 도회지와 절연된 이 반구대에서 완씨 삼형제처럼 세 오누이가 직접 대곡천 물속에서 건져올린 펄펄 뛰는 민물고기들로 매운탕을 끓여준다. 전깃불이 들어오지 않던 시절부터 대를 이어 이곳에 살아왔다는 암각화의 지킴이들이다.

전교생이 모두 일흔두 명이라는 4킬로미터 밖 방곡초등학교에 다니는 몇몇 꼬맹이들은 모처럼 만난 이 외지인의 밥상머리를 떠날 줄 모른다.

의문은 대곡천 상류의 천전리 각석 쪽으로 와서도 사라지지 않는다. 이 일대는 특히 절벽 아래 바위 위로 움푹 팬 공룡발자국이 무수한 한국형 '쥐라기 공원'. 비스듬히 옆으로 누운 철책 너머 사각바위에는 이글거리는 태양과 사슴 형상 그리고 물결무늬며 마름모무늬 등 알 수 없는 기하학적 형상들로 가득차 있다. 추상적이고 상징적인 문양들이 수천 년을 뛰어넘어 현대미술처럼 다가온다.

'현대'란, 결국 온갖 지적인 장난을 쳐보지만…… 가소로운 것이라는 생각이 스친다. 저 둔중하게 머리를 치는 묵직한 그러면서도 신선한 감동 앞에 서면 현대미술은 왜 그리 작아지는 걸까. 참을 수 없는 현대미술의 가벼움과 역겨움이 이 원시미술 앞에 서면 한꺼번에 씻겨지는 것이다.

나는 세상을 지은 창조주가 대예술가라는 생각을 해왔다. 대자연은 창조주의 미술관이라고. '진흙을 주물러 만들고 싶고 돌에 새기고 싶고 땅바닥에라도 그리고 싶은 이 욕망은 대체 어디서 오는 걸까' 생각할 때마다 창조주가 자연을 창조한 원리가 바로 예술가가 작품을 창작하

옛날 옛적 바위 속 그림처럼
고래와 물고기와 새가 하나 되었던 그 먼 옛날 물길을 그리며.

석양의 반구대 소묘
선계(仙界) 같은 비경이 펼쳐지는 이곳에 원시가 숨쉬고 있다.

는 원리의 원형이라고 여겨왔던 것이다. 어쩌면 창조주는 자신의 예술적 감성을 닮은 최초의 인간들이 그 옛날 해놓았던 이 아름다운 '짓거리'들을 될수록 오래오래 남겨두고 싶었던 것일지 모른다. 반구대와 천전리의 암각화들이 지진과 폭풍과 비와 산사태로 쓸려가버리지 않고 오늘까지 이처럼 은밀한 장소에 고스란히 남아 있다는 것은 아무래도 불가해한 일이기 때문이다.

저 그림들은 주술을 위한 제단 그림이었을까. 그중에는 역삼각형 사람의 얼굴도 있다. 바라보고 있는 사이 그 얼굴이 빙그레 웃으며 말한다.

"역사를 다 알려 하지는 말게……"

대곡리와 천전리 일대의 암각화들은 가히 세계적 사료가치를 지닌 선사 유적들이다. 더불어 이 일대는 신석기, 청동기 유적이 밀집된 곳이기도 하건만 거의 방치되어 있다시피 하다. 더구나 '하면 된다'는 공업성장형의 도시 울산은 이제 땅이 산성화되고 물고기가 떼죽음당하는 일그러진 모습을 보이고 있어, 울산만에 수많은 고래떼가 살았다는 이야기는 그야말로 신화처럼 들린다. 암각화에서 눈길을 떼지 못하는 내게 함께 간 택시기사는 이곳이 그렇게 중요한 곳인 줄 모르고 옛날에 친구들과 무시로 천렵(냇물에서 고기잡이하는 일)을 와 솔가지 꺾어 밥해 먹고 바위그림에 대고 낄낄거리며 오줌까지 누곤 했노라고, 무지했던 죄 하나를 고백한다.

무지한 사람들이 천렵 와서 오줌 몇 번 싸고 간 것이 문제가 아니다. 장차 저 하늘로부터 떠오는 공해 속에서 바위그림들의 수명이 얼마나 갈지 그것이 걱정이다. 문득 프랑스의 베제르 계곡 라스코 동굴벽화와 선사박물관이 떠오른다. 언젠가 파리에서 5백 킬로미터나 떨어진 그곳까지 허위허위 찾아갔건만 동굴에는 접근도 할 수 없었다. 그 대신 똑같은 경사면에 똑같은 규모와 기법으로 복원해놓은 '라스코 2'를 볼 수 있었을 뿐.

우리도 어서 이 신비의 땅에 선사박물관을 하나 만들자. 우리 아이들의 아이들로 이어가며 역사의 숨결을 들을 수 있도록. 그리하여 "선생님예, 물이 마르고 고래가 나왔심더. 어서 오이소"라는 전화가 없어도 내려오면 언제나 한 떼의 고래 가족을 만날 수 있도록. 저 장엄한 '원시'를 '현실'로 만날 수 있도록 말이다.

반구대 암각화   국보 제285호인 울산 대곡리 반구대 암각화는 높이 3미터, 너비 10미터의 'ㄱ' 자 모양으로 꺾인 기암절벽의 암반에 새긴 바위그림이다. 굽이치는 계곡 사이에 높게 솟은 절벽이 물에 잠긴 거북이처럼 생겼다 하여 '반구대'라 부른다. 암각화는 이 절벽의 중앙 암면을 비롯해 모두 아홉 개 면에 걸쳐 그려져 있다.

바위에는 육지동물과 바닷고기와 이를 사냥하는 장면 등 총 75종 2백여 점의 그림이 새겨져 있다. 육지동물은 호랑이, 멧돼지, 사슴 등 45점 등이 있는데, 호랑이는 함정에 빠진 모습과 새끼를 밴 모습으로, 멧돼지는 교미하는 모습으로, 사슴은 새끼를 거느리거나 밴 모습으로 표현했다. 바닷고기는 작살 맞은 고래의 모습, 새끼를 배거나 데리고 다니는 고래의 모습 등이 등장하며, 탈을 쓴 무당, 짐승을 사냥하는 사냥꾼, 배를 타고 고래를 잡는 어부, 그물이나 배의 모습 등 사냥하는 장면 묘사도 있다. 이 그림들은 선사시대인들이 사냥이 잘되기를, 사냥감이 풍성해지기를 바라며 바위에 새긴 것이다.

1971년에 발견된 이 암각화의 제작연대에 대해서는 정확히 알려진 바가 없다. 울산과 동남해안 일대의 패총 유적에 포함된 동물 유체를 분석하여 신석기시대로 보기도 하고, 포경을 묘사한 그림에서 작살이 등장하기 때문에 청동기시대로 보기도 한다.

반구대 암각화는 선사시대의 생활과 풍습을 알 수 있는 걸작으로 평가된다. 국내외 연구자들은 고래잡이 장면에 주목한다. 선사시대 고래가 새겨진 유적으로는 스칸디나비아 반도의 청동기시대 암각화 유적이 가장 오래된 것으로 알려졌으나, 반구대 암각화 또한 사실적인 묘사로 국제학계에서 큰 주목을 받고 있다.

1965년 완공된 사연댐 때문에 현재 반구대 암각화는 매년 7~8개월 동안 물속에 잠겨 있다. 특히 바위그림 부분 중 하단부가 1970년대 이후 집중적으로 훼손됐으며 바위그림을 지탱하는 왼쪽 암석은 절리현상이 심각해 붕괴 위험도 있다. 이에 대한 대책 마련과 논의가 진행중이다.

울주 천전리 각석　　　울산 태화강 상류의 대곡천에는 반구대 암각화와 더불어 천전리 각석도 있다. 각각 국보로 지정된 두 암각화 외에도 이 근방에는 공룡발자국 화석지, 청동기시대 주거지 등 선사시대의 흔적과 통일신라시대 토기가마터, 원효가 주지로 주석하던 반고사지로 추정되는 신라의 고찰터 등의 유적이 있다. 이 두 암각화도 원효의 반고사지를 찾던 대학 연구팀이 발견한 것이다. 이 두 암각화는 고령군 개진면 양전리 암각화와 함께 그 규모나 예술적 가치에서 국내 최고로 손꼽힌다.

국보 제147호인 울주 천전리 각석은 태화강 물줄기인 대곡천 중류의 15도 정도 기울어진 바위에 새겨진 선사시대 마애조각이다. 중앙부에 태양을 상징하는 듯한 원이 있고 그 양옆에는 네 마리의 사슴이 뛰어가는 모습, 맨 왼쪽에는 반인반수가 그려진 단순한 형태다. 이 그림들은 청동기시대에 제작된 것으로 추정된다.

윗부분에는 동물이나 추상적인 도형이 그려져 있고, 아랫부분에는 선을 그어 새긴 그림과 글씨가 섞여 있다. 각종 동물과 기마행렬도, 배를 그린 그림 등 다양한 내용으로 구성되어 있다. 특히 기마행렬도는 간단한 점과 선만으로 표현되어 있는데 전부 세 군데에 있다.

또 테두리에는 3백 자가 넘는 신라 명문이 새겨져 있다. 법흥왕 때 두 차례에 걸쳐 새긴 이 명문은 갈문왕과 사촌누나가 법흥왕 12년(525) 6월 18일에 새긴 것을 '서각 원명', 법흥왕 26년(539) 7월 3일 다시 와서 새긴 것을 '서각 추명'이라고 한다.

천전리 각석은 오랜 기간 동안 이루어진 작품으로, 선사시대부터 신라시대까지의 생활, 사상 등을 보여준다. 특정 시대를 대표한다기보다 여러 시대의 모습이 두루 담긴 유적이다.

박세환과 경주

우리네 흘러간 날들의 애환은 서커스와 함께 시작되고 끝난다. 마술이 아닌 육체로 쓰는 시요 육체로 부르는 노래인 서커스. 80년 역사의 국내 최고 서커스단 '동춘'의 박세환 단장. 신라 천년의 위엄을 간직한 예술의 도시 경주. 서커스 예인 박세환은 이런 경주의 변종일지도 모른다. 수많은 예술가들이 저마다의 땅에서 예술세계를 길어올리는 것과 달리 박세환은 스스로 표현하듯 경주라는 왕도에서 난 가시엉겅퀴요, 잡풀 같은 존재. 그렇게 이 엉겅퀴가 우리나라 대중 기예의 한 모퉁이를 단단히 잡고 있는 것이다.

서라벌 향해
귀거래사 부르는 광대

　이 한세상 누군들 광대로 살다 가는 것이 아니랴만 나 박세환은 고향에 돌아가지 못하는 광대로 살아온 지 올해로 쉰 해가 되었다. 푸른 이끼의 기와집 추녀가 잇대어 있고 사철 행랑채 장명등(長明燈, 대문 밖이나 처마 끝에 달아두고 불을 켜는 등)이 꺼지지 않던 종가, 그 옛집으로 돌아가지 못한 채 나는 오늘도 유랑의 광대로 떠돌고 있다. 어느새 일흔을 바라보는 내게 이제 고향은 현실의 지도로는 찾아갈 수 없는 곳이 되어버렸다. 꽃샘 바람에 펄럭이는 '동춘'의 깃발을 보며 때때로 생각한다. 저 허공에 펄럭이는 깃발 꽂혀 있는 땅이면 그곳이 어디든 고향이 아닌가 하고. 내 고단한 육신의 마지막 잠을 누일 곳도 바로 저 깃발 아래 천막이 아닌가 하고.

　늙은 말과 원숭이의 엉덩이를 툭툭 치고 지나가는 사이사이로 마이크와 전압을 체크하면서, 무심한 척 '매표소' 쪽으로 눈길을 준다. 거리 쪽으로 향한 확성기의 노랫가락은 뽕짝에서 전자오르간으로, 다시 애절한 가락의 색소폰으로 바뀌고 있지만 매표소 앞이 한산하기는 여전하다. 대충 얼굴에 분을 찍어 바른 다음 훌쩍 무대로 뛰어오른다.

"장내에 계신 손님 여러분, 지루한 시간 오래 기다리셨습니다……" 마흔 해 넘게 해오는 이 일이건만 마이크를 잡는 순간만은 늘 설레고 긴장된다.

내 고향 경주에 가거들랑 탑정동 260번지 우리집 뒤편 그 솔밭의 왕소나무가 아직 그대로 푸르게 서 있는지 보아달라고, 박세환은 내게 부탁했다. 50년 전 그 햇빛 반짝이던 솔가지 사이로 '세상'을 바라보며 솔빛처럼 푸른 꿈을 꾸었노라고.

박세환의 고향 경주는 아침에 떠오르는 햇빛도 맨 먼저 닿는 땅이라 하여 새벌 혹은 서라벌이라 불리는 곳이다. 신라 천년 이후로 다시 천년을 보탠 시간의 앙금 속에 발길에 채느니 유적이고 유물이다. 그 경주는 또한 예술의 도시다. 신라의 공예와 조각이 아직도 눈부시게 빛나고 있다. 그러나 이는 관학적 예술이다. 예는 예로되 서커스의 기예 쪽과는 아무래도 줄긋기가 안 된다. 따라서 예인 박세환은 경주의 변종인 셈이다. 허다한 예술가들이 제각기 땅과 풍토에서 자신의 예술세계를 길어올렸다면 박세환은 스스로 얘기했듯이 경주라는 왕도(王都, 왕궁이 있는 도시)의 풍토에 난 가시엉겅퀴요, 잡풀이다. 이 엉겅퀴가 우리나라 대중 기예의 한 모퉁이를 단단히 잡고 있는 것이다. 서커스는 예술이 아니라고 비아냥대는 쪽에다 대고 그는 항변한다.

볼쇼이 서커스는 예술이고 동춘 서커스는 예술이 아니냐고. 그처럼 순수하고 아름다운 몸의 예술이 어디 있느냐고. 순식간에 허공에 피었다가 지는 꽃, 그 한순간의 포물선을 긋기 위해 얼마나 많은 시간을 참고 견디는지 아는 자라면 이 '몸예술'에 대해 함부로 깎아내리지 못하리라고 말한다.

거꾸로 보는 세상
푸른 세상, 붉은 세상이 둥글게 둥글게 돌아간다. 슬플 땐 세상을 거꾸로 보자.

경주로 가는 동안 나는 그가 서커스, 그 애잔하면서도 순수한 몸의 예술에 대해 핏발 선 눈으로 설명하고 또 설명하던 모습을 지울 수 없었다.

왕릉을 지키는 늙은 소나무는 청정한 옛 빛 그대로였지만 저물녘 솔밭을 걷다보면 청아하게 들려오곤 했다는 에밀레종 소리는 없었다. 이 예스러운 서라벌 천년 왕도의 적막한 길을 걸으며 나는 마치 오래된 왕조의 무덤과 폐허가 된 신전의 도시인 머나먼 이집트 땅 룩소르에 와 있는 듯한 느낌이 들었다.

어쩌면 이 거대한 왕릉의 곁을 오가며 중·고등학교에 다닐 때까지만 해도 경주 명망가의 장손이 풍각쟁이 광대가 되어 가문에서 파문을 당하다시피 되리라고는, 박세환 그 자신도 몰랐을 것이다. 그러나 운명은 예기치 않은 곳에서 그의 뒤통수를 쳤다. 흙바람 불던 어느 해 춘삼월, 멀리 목포 땅에서 '동춘 서커스'가 온 것이다. 까마득한 천장에서 떨어지는 조명발에 기름기 자르르한 검은 신사복과 하얀 실크머플러를 하고 사회를 보던 한 남자에게 소년은 그만 넋이 빠져버리고 만다. 『동방예례』 같은 문집을 내고 육당 최남선과 벗으로 지내면서 대대로 오릉(경주시 탑동에 있는 다섯 능묘. 신라의 시조 박혁거세·알영왕비·남해왕·유리왕·파사왕의 능이라고 전해진다)을 돌보며 살던 영남 유학자 박화집의 장손은 그길로 홀리듯 사내를 따라나서고 만다. '동춘'을 뒤따르기 석 달째, 수원에 다다라서 소년은 비로소 그 사회 보던 남자 앞에 불려간다. 울면서, 동춘에 들어가고 싶다고 했지만 둘러선 단원들이 탁자를 치고 웃는 중에 그는 되돌려보내지고 만다. 당시 '동춘'의 신입 단원이 되기 위해서는 약 2백 대 1의 관문을 뚫어야 했던 것. 그래도 그는 소금에 버무린 보리밥으로 버티며 노래와 캉캉춤과 마흔 가지 넘는 효과음에 접시돌리기와 공중곡예까지 피나게 훈련한 끝에 마침내 그 사회 보던 사내 박동수의 양자가 된다. 그 시절 의부는 하늘같이 높아 보였다.

의부는 임종 전에 그를 불러앉히고 두 가지를 당부했다. "어려워도 계집애처럼 징징대지 말 것!" "패밀리를 보호할 것!" 홍콩과 도쿄를 무시로 드나들던 멋쟁이답게 의부는 명이 다하는 순간에도 외국어를 썼다. 눈물을 보이지 말라 했건만 그는 딱 두 번 운 적이 있다. 고향 떠나온 지 서너 해 뒤였을 것이다. 단원들과 서대문의 여관에 머무르며 마당의 빗줄기를 바라보고 있는데 거기 거짓말처럼 푸새한(풀을 먹여 빳빳한) 모시옷의 조부가 서 계셨다.

"앞장서라." 조부는 재촉하셨지만 결국 박세환의 고집을 꺾지는 못했다. 그이는 이듬해 세상을 떴고 그때 더운 점심 한 그릇 함께 나누지 못하고 빗속에 돌아가던 조부 생각에 그는 방문을 걸어잠그고 대성통곡했다. 한식구처럼 정들었던 코끼리 '제니'가 죽어갔을 때도, 따뜻한 남국을 떠나와 고생만 하다가 죽어간 그 짐승의 신세가 자신과 비슷하게 생각되어 그는 또 돌아서서 소리 죽여 울었다.

목숨이 붙어 있는 한 박세환은 '경주 사람의 끈기와 의리를 가지고' '동춘'과 그 '패밀리'를 지켜가리라 생각한다. '프로덕션'이나 '호텔 나이트클럽' 같은 곳의 유혹에 흔들림 없이 옛 모습 그대로 멍석 깔고 관객과 호흡을 맞추며 이 땅의 민속예술을 지켜가려 한다. 마음이 약해질 때마다 그는 두 사람의 스승을 떠올린다.

말할 것도 없이 그 첫째는 스무 권에 달하는 문집을 냈던 조부다. 조부는 그가 초등학교에 들어가기 전부터 그를 불러앉혀놓고 선비의 품

마상곡예
서커스에서 말은 한식구. 사람들의 환성과 박수를 위해 오늘도 소년과 호흡을 맞추어 달린다.

행과 예법을 가르쳤다. 그중에 남자는 세 뿌리를 조심해야 한다는 것 같은 말도 들어 있었다. 입뿌리, 손뿌리 그리고…… 거시기뿌리. 스물 안팎의 아름다운 처녀들이 많을 때는 서른 넘게 북적대며 함께 먹고 자는 생활 속에서도 단 한 번의 '사고'가 없었던 것은 이처럼 조부에게 가르침을 받은 유림의 후손으로서 '선비정신'이 몸에 밴 탓이다.

다른 한 사람은 바로 열일곱에 만난 의부 박동수다. 그는 통이 컸고 위기에 의연했다. '동춘'의 수입이 한창때는 목포은행의 하루 예금액을 웃돈다는 말이 있을 정도였다. 현금이 풍성하다보니 자연 부두 깡패들도 꼬여들었다. 그러나 의부는 눈 하나 꿈쩍 안 했다. "박동수 배때기는 생선회칼이 안 들어간다더냐"며 살기등등 서커스 휘장을 들추고 들어오던 깡패들이 몇 마디 나누고는 곧 의부 앞에 넙죽 엎드려 "형님!" 하던 모습을 그는 여러 번 보았다.

아무리 시절이 어렵고 모진 바람이 거세어도 '패밀리'에게 내색하지 않던 박동수의 모습은 그대로 그의 머리에 각인되었고 그 자신 어느새 그 옛날의 박동수가 되어 있음을 느끼곤 한다. 그 역시 아무리 구차해도 이를 악물고 견딜지언정 남에게 먼저 손 내미는 것은 여태껏 하지 않았던 것이다.

그에게는 꿈이 하나 있다. 야밤에 서럽게 떠난 고향 경주에 언젠가 풍각 소리 요란하게 동춘을 이끌고 돌아가 한 많은 인생의 마지막 곡예를 펼쳐 보이는 일이다.

동춘 서커스단   1911년 5월 1일, 일본의 '고사쿠라' 곡예단이 부산에서 공연을 열면서 우리나라에 서커스가 시작됐다. 그전부터 전국을 돌며 춤과 놀이를 선보이는 광대들이 큰 사랑을 받았지만, 일제의 민족문화 말살 정책과 개화의 물결에 밀려 사당패가 그 자리를 잃어가면서 고유한 놀이문화의 전통도 함께 사라져갔다. 바로 이 시점에 등장한 일본 곡예단은 새로운 볼거리를 통해 대규모의 흥행집단으로 성장해 십여 개의 단체가 한반도와 만주 일대를 오가며 공연을 열었다.

1925년, 일본 서커스 단원으로 활동하던 조선인 동춘 박동수 선생이 일본의 차별과 횡포를 견디다 못해 조선인 30여 명과 함께 창단한 것이 동춘 서커스단이다. 최초의 조선 서커스단인 동춘 서커스단은 1927년 목포시 호남동에서 첫 공연을 선보인 이후 1960~70년대에는 250명이 넘는 단원과 유명배우, 희극인 들이 함께 활동하며 최고의 전성기를 보냈다.

그 당시 서커스는 스타 배출소 역할도 했다. 영화배우 허장강, 코미디언 서영춘을 비롯해 백금녀, 배삼룡, 남철, 남성남, 장항선, 정훈희 등 수많은 스타들이 동춘 출신이다. 그러나 서커스의 황금기는 텔레비전의 등장과 함께 막을 내린다.

1970년대 초까지 인기를 누리던 이십여 개의 서커스단은 모두 사라지고, 현재는 동춘 서커스단이 유일하다. 관객들의 발길도 점점 끊겨 중국 곡예사로 공연 대부분을 대체한 지 오래지만 많은 어려움에도 동춘 서커스단은 꿋꿋이 역사의 맥을 이어가고 있다.

서커스와 함께한 외길 인생   50년을 서커스와 함께해온 박세환(朴世煥, 1944~) 단장이 없었다면 동춘 서커스단은 사라졌을지도 모른다. 밀양 박씨 종가의 종손으로 유서 깊은 한학자 집안에서 태어난 그는 경주를 찾은 동춘 서커스단의 공연을 본 뒤 삶이 송두리째 바뀐다. 예인이 되리라 결심한 그는 고등학교를 졸업하자마자 대학 진학을 포기한 채 무작정 동춘 서커스단을 찾아 나섰고, 마침내 수원에서 공연중이던 동춘 서커스단을 만난다. 학창 시절부터 노래 실력이 뛰어났던 그는 가수로 동춘 서커스단에 입단한다. 그러나 노래뿐 아니라 사회는 물론 코미디와 연극의 주연배우로도 활동했고, 남사당 줄타기도 배워 곡예로도 인기를 끌었다.

서른세 살에 동춘 서커스단 단장이 되어 지금까지 서커스 외길 인생을 걷고 있다. 크고 작은 고비를 수차례 넘기며 서커스의 맥을 이어온 그에게 한국 서커스의 역사를 이끌어간다는 책임감과 자부심은 동춘 서커스단을 지켜온 숨은 힘이다. 정부 지원도 잘 이루어지지 않지만 열악한 상황 속에서도 "동춘이 없어지면 한국의 예술 장르 하나가 없어진다"는 생각으로 동춘 서커스단을 지키고 있다.

314

이인성과 대구

일반인에게 잘 알려지지 않았으나 사실 대구는 미술로, 그중에서도 서양화로 유명한 곳. 아마 이는 햇빛 때문이 아니었을까? 사과를 붉게 익혀낸 그 빛은 한 화가의 눈을 통해 독특한 붉은빛을 탄생시켰다. 조선 땅과 그 위에 핀 맨드라미의 붉은빛 말이다. 화가 이인성, 그는 이 특유의 붉은빛으로 민족적 미의식을 드러냈다. 서양화가였으되, 그는 버터 냄새 나는 서양 기름물감을 토장국맛 나는 카슬카슬한 조선 황토의 토착 미감으로 풀어냈던 것이다.

낡은 화폭에 남은
달구벌 풍경

일찌감치 통행금지가 내려진 골목길을 취객 하나가 걷고 있었다.

"누구냐? 정지!"

돌연 거리를 차단하고 있던 치안대원이 지나가던 사내의 발걸음을 막아세운다.

"나 말요, 나? 천하의 나를 모르오? 이 대한민국에서 제일가는 나를 모르오? 난 이인성이오. 천하의 천재 이인성이오."

치안대원은 어이가 없었지만 사내의 기세가 너무나 등등하여 고위층의 인물인가 은근히 겁도 나서, 일단은 치밀던 화를 자제하고 집으로 보내준다. 그리고 경비소로 돌아온다.

"누구 저기 위에 사는 이인성이라는 사람 알어? (…) 그 사람 뭐하는 사람이야?"

"뭐하긴 뭐해. 환쟁이지."

"환쟁이, 아니 그 자식이 환쟁이야?"

치안대원은 뛰쳐나간다. 그러고는 씩씩거리며 종전의 사내가 들어간 집

대문을 발길로 걷어찬다.

"누, 누구요?"

술 취해 자리에 누워 있던 이인성이 옷도 채 입기 전에 문을 열고 나서려는 순간…… 치안대원의 총이 잠결에 뛰쳐나온 이인성의 이마를 향한다. 방아쇠를 잡아당긴다.

타앙.

한 발의 총성이 적막을 찢는다. 이인성은 쓰러진다.

작가 최인호가 오래전 화가 이인성의 최후를 한 일간지에 에세이 형태로 쓴 「누가 천재를 죽였는가」의 한 부분이다. 한국의 고갱이요, 세잔이라 불렸던 이인성은 1950년 늦가을 서른아홉 나이로 북아현동 집에서 이렇게 어처구니없이 최후를 맞는다. 어떤 기록은 이미 집 근처 술집에서 경찰관과 시비가 있었다고도 전한다.

1970년대 초반, 이 글을 읽으면서 내가 받은 충격과 분노는 컸다. 그리고 지금껏 이인성의 죽음은 언뜻언뜻 뇌리를 스치곤 했다. 어떤 때는 눈앞의 화면처럼 선명하게, 어떤 때는 불길한 악몽처럼 뒤숭숭하게.

이인성의 최후는 이 땅에서 예술을 한다는 것의 자리매김이 어떠했는지를 소스라치게 떠올리게 하는 대목이다. 어쩌면 천하의 이인성이라고 했을 때 치안대원은 당시의 세도가 중 이기붕 일가쯤의 한 사람으로 지레짐작했을는지도 모른다. 당시는 이씨 천하였으니까. 그래서 어떤 기록에 보면 취한 이인성을 정중히 집에까지 '모셔다드렸다'고 나온다. 그러나 알고 보니 그는 세도가가 아닌 일개 '환쟁이'였던 것. 치안대원은 화가 머리끝까지 났을 것이다.

글쓴이는 묻는다. "누가 천재를 죽였는가." 그리고 스스로 대답한다.

"우리 곁의 천재를 죽인 것은 너와 나 우리 모두"라고, "'나는 그 시대에 살지 않았다, 총을 쏘지 않았다' 말하지 말라"고. 허다한 우리 곁의 천재 예술가를 멸시하고 심지어 죽음의 길로 내몰고 나서 추모비, 기념비 세운다는 호들갑 떨지 말라고.

"너 커서 이인성 되겠구나."
한때 대구에서는 그림 잘 그리는 아이에게 '화가 되겠구나' 대신 그렇게 말했다 한다. 그는 1912년 대구 남성동에 있는 작은 음식점 주인의 아들로 태어났다. 근대화가들이 대부분 지주나 자본가 혹은 관료 가문 출신의 자제들이었던 데 반해 이인성은 가난한 집안의 아들로 태어나 부친의 반대를 무릅쓰고 미술가의 길을 갔다.

그가 쓴 어떤 글에 의하면 부친은 그의 뜻에 극구 반대하여 몽둥이를 들고 나올 지경이었다. 세계아동작품전에 슬며시 출품하여 특선했으나 정작 부모님은 화를 내시는지라 서럽기까지 했노라고 술회했다. 그러나 그는 가난과 주변의 몰이해에 주저앉지 않았다. 그는 당시 구로다 세이키가 파리에서 돌아와 일본 화단에 일으킨 외광파(外光派, 자연광선에 의한 회화적 효과를 표현하기 위해 야외에서 그리는 화파)의 영향을 받은 일본인 미술 교사들에 의해 서양화에 눈을 뜨게 된다.

이후 한국 고미술 연구가로 이름높던 시라카미 주요시의 주선으로 일본 유학을 떠나게 되어 다이헤이요 미술학교에 입학한다. 그는 메이지(1868~1912) 말기부터 다이쇼(1912~1926) 초기에 걸쳐 소개된 후기 인상주의적 기법을 '조선의 향토색'으로 수용, 토착화시킨다. 이를테면 평범한 주변의 일상적 사물을 대상으로 삼으면서도 자연스럽게 한국적 색채와 형태, 정서로 덧입혀갔던 것이다. 그에게 찬사와 비난을 동시에 가져다준 〈경주의 산곡에서〉와 같은 작품은 천년 영화가 몇 개의 기왓장으로 나뒹구는 폐허가 된 고도 경주와 힘없는 어린 소년들을 대비시켜 문학적 상상력을 불러일으켰는데, 헐벗은 아이들과 매미와 산하를 통해 당시의 민족상황을 표현했다. 동시에 붉은 황토색을 통해 특유의 조선 정서를 형상화한 것이다.

당시 김회산이라는 사람은 평론에서 "미개인의 모습이 여실히 드러났으니 혹 그것을 조선의 '로캘(local, 지방색)'이라고나 할까"라고 평하기도 했다. 그는 도시에서 출생하여 도시에서 살다 간 도시인이었지만 대부분의 모더니스트와는 달리 토착에 탐닉했다. 그러면서도 그 속에 세련된 근대적 감각을 불어넣었다.

조선의 로컬. 버터 냄새 나는 서양 기름물감을 토장국맛 나는 카슬카슬한 조선 황토의 토착 미감으로 바꾸어버린 이인성. 아니다. 인위적으로 바꾸었다기보다는 체질로 풀어내고 토해냈다고 하는 편이 낫다.

조선의 붉은 토지와 맨드라미, 조선 여인의 흰 저고리와 검은 무명치마 같은 색채의 대비로써 그는 암묵적으로 민족적 미의식을 드러낸다. 투쟁적 모습을 보이거나 목청 높여 내놓고 민족주의를 부르짖지는 않았지만 확실히 그의 그림은 향토정서 이상의 울림을 준다.

그가 그린 〈아리랑 고개〉와 그 그림에 관한 고백은 이런 생각의 뼈대를 가늠하게 한다.

보리타작 시즌은 과연 아름다운 볼거리다. 모두 '예술적 콤포지션'의 하나다. 다른 나라에 없는 조선의 보리타작이라서일까? 몸을 가볍게 들어서 '도리깨'를 번쩍 들어올리는 그 순간의 이즘^{ism}은 얼마나 대륙적인가. 여기저기서 흘러나오는 〈아리랑〉 멜로디에 귀를 기울이며 또 걷기 시작한 다. 황혼의 들길은 끝없이 아름답고 '감정적'이다.

— 유족 소장의 신문자료(1936. 6. 19)에서

그는 거의 독학으로 수채화와 유화를 공부해 열여덟 나이에 선전(조선미 술전람회의 약칭. 일제가 식민지 문화 정책의 하나로 해마다 개최했던 전국 규모의 미 술 공모전)에 입선한 이래 연달아 입·특선을 거듭하고 일본 유학에서 돌아 와 스물여섯 나이로 선전 추천작가가 되었던 식민지 화단의 별이었다.

끊어졌다 이어졌다 하는 경쾌한 붓터치와 동양화의 파묵법(破墨法, 거 친 먹그림 기법의 하나)을 연상시키는 필세筆勢에 토속적 정감 넘치는 소재 의 화면들, 그 위에 강한 명암 대비에 의한 미묘한 긴장과 울림, 넘치는 문학성 등으로 '이인성류'는 선전뿐 아니라 해방 후의 대한민국미술전 람회 작가들에게까지 영향을 미쳤다.

그의 선전 참여 이력이 때로 그를 평가하는 데 걸림돌이 되기도 하지 만, 그가 한국적 미의식을 명료히 드러낸 작가라는 것은 부인할 수 없 다. 그의 그림에서는 특히 붓의 힘이 두드러져 보인다. 어떤 것은 그대 로 유화로 그린 동양화의 느낌이 들게 한다. 일간신문에 연재한 「화첩 기행—이인성과 대구」 편이 나가고 며칠 안 있어 내 화실로 찾아온 이 인성의 아들 채원씨는 그 부분에 대해 좀더 분명하게 증언했다.

"아버님이 줄곧 선전에 참여해 주목을 받았대서 그 부분을 약점으로 잡 는 사람들이 있습니다만, 독학으로 그림을 공부하신 분으로서 그런 제도 적 관문을 거치지 않는다면 어떻게 화가로 떳떳이 설 수 있었겠습니까. 지 금처럼 화랑이 많아 개인전을 통해 자신을 알릴 수도 없는 형편이었으니

대구문화의 표상 계산동 성당

대구 출신 치고 계산동 성당을 그려보지 않은 근대화가가 없었다고 할 만큼 높은 첨탑을 지
닌 대구 최초의 이 고딕건물은 1930년대 화가들에게 경이로움의 대상이었던 것 같다. 이인
성은 특히 화실이 성당에서 가까워 자주 온 듯한데 이곳을 담은 작품을 여러 점 남겼다.

까요. 비록 선전에 참여는 했지만 아버님은 끊임없이 우리 그림을 그리려 애쓰신 분입니다. 아버님의 그림은 숫제 동양화입니다. 저희는 어머님께서 고이 간직해오신 미발표 작품 백여 점을 지니고 있는데 그중에는 종이에 그린 수묵화가 많습니다. 제 짧은 눈에도 아버님의 수묵화는 아버님의 개성과 기질을 유화 쪽에서 훨씬 잘 발휘하신 것으로 보였습니다. 넥타이 매고 양복 입었대서 서양 사람이라고 할 수 없는 것처럼, 수채와 유채를 주로 쓰긴 했지만 아버님의 그림은 한국화였습니다."

그는 도시인이었으면서도 우리 산, 우리 물의 아름다움은 물론 공기의 흐름까지 꿰뚫어보고 있었다. 때로는 일상의 풍경에서 암울하고 애잔한 식민지적 분위기를 드러내기도 했다.

그러나 우리는 세잔의 〈생 빅투아르 산〉은 알아도 이인성의 〈경주의 산곡에서〉에는 무지하다. 고갱의 〈타히티의 여인들〉이 지닌 원시적 생명력은 예찬하지만 〈가을의 어느 날〉의 황막한 들판에 반라로 선 조선 여인에는 무심하다. 모네의 〈수련〉을 누가 모르랴. 그러나 이인성의 〈해당화〉 〈백일홍〉은 낯설다.

나는 가끔 그의 시에 영광의 모란이나 미당의 길마재를 얹어놓아보곤 한다. 어쨌든 모차르트를 바라보는 살리에리의 눈으로 허다한 일본인 화가들이 식민지 청년 이인성의 재능을 시샘했지만, 나라 안에서 그 이인성은 정작 보잘것없는 '대구의 식당집 아들'이었을 뿐이다.

독수리 기개 있게 날개 편 것 같은 팔공산 자락 안의 대구. 일찍이 근대적 문물 세례를 받은 곳이며 섬유와 사과와 미나리꽝과 약령시로 유명한 곳이다. 그러나 조선 때 달서천 맑은 물로 자라 임금의 수라상에 오르던 대구 미나리는 미나리꽝이 쓰레기와 폐수로 메워지면서 이제는 흔적도 찾기 어렵고, 중국과 일본의 거상들이 들고나던 남성로의 약령시도 쇠잔하게 명맥만을 이어오고 있다. 섬유와 사과 역시 과거의 명성이 빛바래 있다.

그러나 이런 문물의 성쇠와 달리 대구가 예술이, 특히 미술이 '센' 곳이라는 것을 일반 사람들은 잘 모르고 있다. 미술 중에서도 '서양화'가 강했고, 이러한 전통은 오늘까지도 이어지고 있다. 목포나 광주가 전통미술 쪽에서 강세를 보였다면 대구는 확실히 서양화 쪽에서 괄목할 강세를 보였다. 물론 석재 서병오 같은 팔능거사가 시서화에서 큰 획을 긋기도 했지만 1930~1940년대 이후 대구는 빛나는 별 같은 서양화가를 많이 배출했다. 특히 이인성류의 한국적 인상주의 잔영은 구상화 경향이 짙은 대구 미술의 흐름 속에서 아직도 그 맥이 짚어진다.

손일봉, 박명조, 김호용, 서동진, 최화수, 서진달과 김용조, 금경연, 박재봉, 백태호에 이르기까지 대구 화단을 빛낸 서양화가들은 헤아릴 수가 없다. 이인성을 비롯한 대구의 초기 서양화가들이 일제의 암흑기에서도 '조선의 빛' '조선의 공기' 그리고 '조선의 정서'와 '조선의 마음'을 담아내려 노력한 것 또한 짚고 넘어가야 할 대목이다.

그러나 우리나라 근대미술의 주요 거점도시인 그 대구에는 아직 시립미술관이 없다. 빛나는 별 같은 대구 출신 근대미술가들을 위한 공간이 없다는 사실 또한 아쉽다.

1936년 스물다섯에 일본에서 디자인 공부를 하던 김옥순과 결혼한 그는 귀국 후 장인 되는 김재명의 남산병원 3층에 현대식 화실(29평)을 꾸며 안정된 가운데 본격적으로 그림을 그렸다. 그러나 1940년 아내와 사별하고 실의에 잠기면서 슬럼프에 빠지게 된다. 1947년 김창경과 재혼하면서 이듬해 서울 동화화랑에서 재기전을 갖고 다시 일어서기까지 그는 참으로 감내하기 힘든 시간을 보내야 했다. 1950년 장남 채원군이 탄생하고 제2의 전성기가 열리는가 했는데 그해 11월 4일 그만 어이없는 죽음을 당하고 말았던 것이다.

서양화로 조선의 '향토색'을 담으려 노력했던 이인성의 흔적은 대구에서 찾을 길이 없다. 그의 처가이자 화실로 빌려 썼던 남산동 33번지 남산병원 건물도 1970년대 초 도시계획 때 뜯겨나갔다. 이인성이 화실로 쓰던 이 병원 꼭대기 다락방에는 벌거벗은 여인의 부조가 조각되어 있었고 나 역시 어느 시인을 통해 그 사진을 본 바 있건만, 모든 것은 무참히 헐려버리고 그 자리에는 파출소가 섰다. 그 흔적을 찾을 수 없기는 한때 그가 경영했다는 남일동의 아루스 다방도 마찬가지였다.

이인성의 활동 반경을 짚어주는 것으로는 봉산 문화거리 입구에 사각의 표석이 하나 서 있을 뿐이다(기왕 표석을 세웠으니 '이인성 거리'로 불러주면 어떨까).

옛 정취와 연결되는 것은 그나마 약전 골목 그리고 메마른 도시의 향기 같은 한약 냄새 끝나는 지점의 계산동 성당뿐이다. 하늘에 닿을 듯한 뽀족 십자가에 남북으로 길게 행랑을 단 이 고딕 성당을 이인성은 몇 차례나 화폭에 담았다.

성당 앞에는 석양을 받으며 십자고상과 함께 키 큰 히말라야삼나무 세 그루가 마치 골고다의 세 십자가처럼 서 있다. 이인성의 그림 속 나무보다 나무의 키는 훌쩍 더 자라 있었다.

서쪽 하늘을 물들인 이인성 그림 속의 붉은빛 구도 안에 들어와 서 있건만, 천지간에 화가의 자취는 찾을 길이 없다.

조 선 의　천 재　이 인 성　　이인성(李仁星, 1912~1950)은 대구에서 태어났다. 열한 살 되던 해 담임 교사의 눈에 띄어 재능을 인정받고, 화가가 되겠노라고 결심한다. 가정 형편이 어려워 중학교 진학을 포기하고 당시 대구에서 유명하던 화가 서동진이 경영하던 '대구미술사'에 들어가 그림을 배우기 시작했다. 그리고 그해 세계개벽사가 주최한 아동미술전람회에서 특선을 수상했다. 1929년에는 일제가 창립한 최고 권위의 관립 공모전람회였던 조선미술전람회(조선미전)에서 최연소 출품자로 처음 입선하게 된다. 그후 연이어 수상하며 화가로서 두각을 드러내자 대구지역 유지들이 후원해 도쿄 유학길에 오른다. 태평양미술학교에서 서양화 수업을 받으며 기본기를 체득했는데, 이 시기에도 조선미전을 비롯해 일본의 제국미술전람회와 일본 재야 공모전인 광풍회전 등에 잇따라 입선하여 요미우리신문에서 그를 "조선의 천재"로 소개하기도 했다.

1935년 유학을 마치고 돌아온 이인성은 대구 최초의 '양화洋畵 연구소'를 열고 학생들을 지도하기 시작한다. 또 1937년에는 지금의 대구 YMCA 자리에 예술인들의 사랑방 '아루스ARS' 다방을 개업하기도 했다.

해방과 더불어 서울로 올라온 그는 이화여자중등학교 미술 교사로 부임해 미술부를 창설하는 등 열성적으로 학생들을 지도한다. 또 제1회 '국전' 심사위원, 서울대학교 미술대학 설립을 위한 추진위원 등 화단의 중견으로 활약을 펼쳤다.

화가로서 그의 지향점은 '조선 향토색의 구현'으로 정리할 수 있다. 그는 신문 지면에 '향토를 그리다'라는 글을 연재하기도 했고, 근원 김용준이 주도한 대구 서양화가들의 단체인 '향토회' 활동도 활발하게 했다. 일본 유학 시절에도 고국의 풍경을 그렸을 정도로 열성을 가지고 향토적 소재를 다뤘다. 그의 모교인 지금의 수창초등학교를 그린 〈여름 어느 날〉(1932), 천년의 고도 경주를 그린 〈경주의 산곡에서〉(1935), 대구의 비슬산을 소재로 한 〈초춘의 산곡〉(1936) 등이 대표작이다. 특히 〈경주의 산곡에서〉는 1935년 조선미전 최고상인 '창덕궁상' 수상작으로 조선의 고유한 색채를 잘 표현했다고 평가받는다.

일제강점기 조선미술전람회　　　일제강점기 조선 근대화가들의 미술활동의 총본산이라 할 수 있는 것이 바로 일제가 창립한 '조선미술전람회'다. 1922년부터 해방 직전인 1944년까지 총 23회에 걸쳐 개최된 조선미전은 일본 본토에서 시행되었던 일본관전(1907년부터 시작)을 모방해 시행했다.

조선미전의 창설 배경에는 조선인들의 민족 독립 항거, 즉 3·1운동의 영향도 작용했다. 3·1운동 이후 조선인들의 저항이 더 커질 것을 염려한 일제는 표면상 유화 정책인 문화통치로 방향을 전환했는데, 그 일환으로 채택된 문화 정책 중의 하나가 조선미전이었다.

이인성은 이 조선미전이 낳은 최고의 서양화가였다. 그는 1929년(제8회) 열여덟 살에 최연소로 조선미전에 처음 입선한 이후, 1944년(제23회)까지 단 한 차례도 거르지 않고 출품했다. 연속 입선(제8, 9회)에 이어 연속으로 특선을 했으며(제10~15회, 그중 제14회에는 최고상 수상), 이후는 추천작가로 출품(제16회 이후)하면서 무려 12점의 입선과 6점의 특선이라는 대기록을 세웠다.

이상화와 대구

"봄은 온다. 오고야 만다." 상화의 저 담담하면서도 절실한 부르짖음은 선지자의 예언처럼 들린다. 겨울은 반드시 지나가며 곧 대지에 꽃들이 만발하리라는 약속 말이다. 우리가 저마다 어려운 시기를 통과할 때 이 구절을 떠올리는 까닭은 무엇일까. 그것은 역설적이게도 상화 자신이 가장 많이 빼앗긴 시인이었기 때문이 아닐까. 상실의 아픔으로부터 아름답고 질긴 생명력이 태어나는 역설. 그렇게 상화의 시는 영원히 살아 대구벌에 질펀한 햇살처럼 눈부시게 쏟아져내린다.

빼앗긴 가슴마다
봄이여 오라

불의의 사고를 당해 두 계절을 병원에 누워 지낸 적이 있다. 밤낮으로 양팔에는 줄레줄레 주삿바늘이 꽂혀 있어서 하루만이라도 주삿바늘 없이 아침을 맞는 것이 그때 내 꿈이었다. 눈을 뜨면 창 너머로는 재앙처럼 회색 하늘이 밀려와 있었고, 밤사이 흰 천에 덮여 실려가는 이들이 늘어났다. 그 겨울, 꽃 한 송이 없는 음울한 병실에는 낮은 흐느낌들이 끊이지 않고 이어졌다. 그때처럼 봄이 절실하게 기다려진 적이 없었다. 겨울을 견디고 선 나목에 새싹이 움트듯 봄이 오면 부서진 나의 육신 어디선가에도 생명의 새살이 움틀 것만 같았다. 심한 가려움증처럼 나는 봄을 갈망했다. 봄이 아직도 멀었는가 하고, 간호사에게 보채듯 묻곤 했다. 성은 잊었지만 '은경'이라는 예쁜 이름표를 가슴에 단 간호사가 그때 이렇게 대답했던 기억이 난다.

"밖은 아직 한겨울이에요. 하지만 선생님은 화가니까 마음의 나라에 꽃이랑 나비랑 많이 많이 그려넣으세요. 밖이 아무리 추워도…… 마음에 봄이 오면 봄이 온 거랍니다."

마음에 봄이 오면…… 그 부드럽고 훈훈한 모성의 울림이 삶의 모퉁이마다 말갛게 떠오르곤 했다. 그해 봄이 오기 전 그 간호사는 유난히 겨울을 힘들어하는 한 환자를 위해 병실 침대 머리맡에 시를 하나 붙여주고 전근을 갔다. "입원환자에게도 봄은 온답니다." 연둣빛 상큼한 웃음으로 그렇게 작별을 고하며.

나는 그때 비로소 알았다. 병은 비록 그것이 육신의 병이라 할지라도 사랑의 언어와 따뜻한 위로의 말로 치유되는 것임을. 영혼을 가진 인간은 사랑을 먹고 자라는 동물이라는 것을. 주사약과 수술로 나을 수 있는 병이란 지극히 제한적이란 것을. 어쨌든 그날부터 나는 아침저녁으로 그녀가 붙여주고 간 시를 조용히 되뇌었다. 교과서에도 나온, 너무나 흔하게 보던 시여서 전에는 전혀 울림을 주지 못했건만 병상에서는 절실한 느낌으로 다가왔다. 그것은 차라리 하나의 기도였다.

지금은 남의 땅— 빼앗긴 들에도 봄은 오는가?/ 나는 온몸에 햇살을 받고/ 푸른 하늘 푸른 들이 맞붙은 곳으로/ 가르마 같은 논길을 따라 꿈속을 가듯 걸어만 간다./ (…)/ 바람은 내 귀에 속삭이며/ 한 자욱도 섰지 마라 옷자락을 흔들고/ 종달이는 울타리 너머 아가씨같이 구름 뒤에서 반갑다 웃네/ (…)/ 내 손에 호미를 쥐어 다오/ 살찐 젖가슴과 부드러운 이 흙을 발목이 시도록 밟아도 보고 좋은 땀조차 흘리고 싶다./ (…)
—「빼앗긴 들에도 봄은 오는가」에서

이 시를 쓴 시인은 지주 집안에서 태어났지만 마흔셋의 나이로 세상을 떠나기까지 숱한 곡절과 애환으로 점철된 생애를 살았다. 프랑스 유학을 위해 도일했으나 1923년 관동대지진으로 이듬해 봄 귀국하여

봄의 꿈
마음속 스산한 겨울에 훈풍이 불고 꽃이 피도록 하자. 나비가 날고 꽃이 피게 하자. 국토의
봄은 그다음이다.

1925~1926년 이태 동안 핍박받는 민족의 아픈 현실을 「빼앗긴 들에도 봄은 오는가」 같은 작품으로 형상화하던 그는 1927년 대구 집으로 낙향한다. '담교장'이라는 이름의 사랑방이 있던 중구 계산동 2가 84번지의 집에 칩거한 채 문우들과 술을 마시고 이야기를 나누며 지낸 한동안은 한마디로 갇힌 세월이었다. 이후 그는 일본 관헌의 감시와 가택수사를 받고, 의열단 이종암 사건에 연루되어 붙잡히는가 하면, 1937년에는 중국에 독립운동을 하던 큰형 이상정을 만나러 다녀왔다가 투옥되기도 했다. 연인 유보화는 병으로 죽었고, 그 자신도 질병에 시달리다가 해방의 날을 보지 못한 채 떠나고 말았다. 그런데 이상화, 누구보다 쓰라린 상실의 시대를 살다 간 이 민족시인을 나는 전에 어떻게 이해했던가.

마돈나 / (…) / 돌아가련도다 / (…) / 수밀도의 네 가슴에 / (…) / 마돈나 / (…) 내 손수 닦아둔 침실로 가자, 침실로! / (…) / 네 손이 내 목을 안아라 / (…)

—「나의 침실로」에서

조숙한 사춘기 때 우리 악동 몇은 상화의 「나의 침실로」를 야릇한 흥분으로 외고 다녔던 것이다. 늙은 국어선생은 '마돈나'가 빼앗긴 조국을 상징한 것일 뿐이라고, 쓸데없는 상상하지 말라고 목청을 돋우었지만 우리는 '마돈나'의 자리에 제각기 마음에 둔 소녀의 이름을 넣어 낄낄거리고 다녔던 것이다. 관능과 퇴폐의 시로 외우고 다녔으니 상화 시인에게 두고두고 송구한 일이었다.

그리운 산하, 그리운 고향
시인의 가슴속에 타오르는 영원한 시어는 나의 고향 나의 산하였다.

어쨌든 내 조그마한 '빼앗긴 세월'에 다시 만난 상화 시인의 「빼앗긴 들에도 봄은 오는가」는 '봄은 온다, 오고야 만다'는 선지자의 예언처럼 힘이 되어주었다. 특히 '가장 많이 빼앗긴 자였던' 시인이었기에 그가 부르는 '우리 땅의 봄노래'는 그만큼 더 절실한 울림이 되었다. "아, 그 날 그때에는 낮도 모르고 밤도 모르고 봄빛을 머금고 움돌던 나의 영靈 이/저녁의 여울 위로 곤두치는 고기가 되어"(「그날이 그립다」)라며 민족 의 새날 새아침을 꿈꾸었던 것이다.

명문 이장가李莊家의 후손으로 태어나 저 유명한 우현서루(友弦書樓, 조 부 이동진이 대구에 세운 사학. 전국에서 모여든 지사들에게 숙식과 면학을 위한 편의가 제공되었다. 「시일야방성대곡」을 쓴 장지연과 이동휘, 박은식 등의 민족지 도자들이 이곳을 거쳐갔다. 일제의 탄압으로 1911년 문을 닫았다)의 가학 전통 속에서 철저한 민족의식을 키웠던 청년 상화는 실로 춥고 혹독한 시대 의 겨울을 건넌 사람이었다. 국파산하재(國破山河在, 두보의 시에서 온 말로 나라는 망하고 국민은 흩어졌으나 오직 산과 강만은 그대로 남아 있다는 뜻)! 원래 소문난 부잣집이었지만 재산을 모두 빼앗긴 것은 물론 온 가족이 일본 경찰의 요시찰 인물이 되어 뿔뿔이 흩어졌다. 일본 땅에서는 1923년 관동대지진의 참상 속에서 수천의 동족이 죄 없이 죽어가는 것을 보게 된다.

그는 "오늘이 다 되도록 일본의 서울을 헤매어도/나의 꿈은 문둥이 살끼 같은 조선의 땅을 밟고 돈다"(「도쿄에서」)고 고백했고, "금강! 나는 꿈속에서 몇 번이나 보았노라. 자연 가운데의 한 성전인 너를"(「금강송 가金剛頌歌」)이라고 시로써 금강산을 껴안았다. 마음으로 의지했던 연인 의 죽음과 다반사로 되풀이되는 가택수색과 구속의 나날 속에서 시만 이 그를 지탱하는 힘이 되어주었다. 그리하여 생애에서 가장 힘들었던

20대인 1920년대에 그는 가장 많은 시를 썼다. 울분과 비탄, 분노와 한숨이 모두 시가 되었던 것이다. 어쩌면 시 외에는 한때 그가 썼던 '백아白啞'라는 아호처럼 세상에 대해 '백치와 벙어리'로 살고 싶었을지도 모른다.

병원에서 퇴원한 후 나는 대구벌이 질펀한 봄햇살에 무르녹던 날 상화의 시맥을 찾아 열차를 탔다. 대구 출신 한 시인의 안내를 받아 솟을대문 높이 단 달성공원 안의 '상화 시비'를 둘러보고 생가터(중구 서문로 2가 12)를 찾았지만 명문 지주 '이장가'의 대갓집은 흔적도 없었다. 단지 그가 마흔 갓 넘어 숨을 거둘 때까지 살았다는 계산성당 뒤편의 낡은 골기와집이 남아 있어서 그나마 시인의 희미한 자취를 전해줄 뿐이었다.

이제 그 옛날 빼앗겼던 우리 땅은 다시 찾았다. 그러나 아직도 남북의 허리는 잘려 있고 동서의 두 팔은 멀다. 특히 경제한파 속의 이 한두 해 동안 한반도의 사계절은 모두가 겨울이었다.

지금이야말로 옛 시인의 봄노래가 다시 불려야 할 때다. 우리는 너나없이 빼앗긴 마음들로 스산하다. 박탈감과 상실감을 안고 살아가는 날이 더 많다. 이제 얼어붙은 땅에 따뜻한 봄바람이 불고 꽃이 피었다는 소식이 와야 할 때다. 꽃들이 축제의 불꽃처럼 사방에서 피어나야 할 때다. 빼앗긴 마음 찢긴 가슴마다 다시 봄노래가 들불처럼 번져야 할 때다. 아름다운 들꽃이 만발하게 해야 할 때다.

밖이 아무리 추워도…… 마음에 봄이 오면 봄인 것이다.

시인 이상화와 대구   일제강점기 "빼앗긴 들에도 봄은 오는가"라며 다가올 민족의 봄을 노래했던 이상화(李相和, 1901~1943)는 대구에서 태어나 대구에서 숨을 거둔 대구의 시인이다.

그의 작품세계에서 대구는 큰 비중을 차지한다. 대표작 「빼앗긴 들에도 봄은 오는가」의 '빼앗긴 들'은 지금의 수성구인 수성현 들판을 뜻한다. 「나의 침실로」 역시 대구 계산성당을 보고 지었다고도 한다. 이 밖에도 그의 시 가운데 대구의 지명과 방언이 녹아 있는 작품이 무수하다. 「대구행진곡」이라는 시에서도 비슬산, 팔공산 등 대구의 여러 지명이 발견된다. '많다'는 뜻의 대구 방언 "쎗기에"를 시어로도 쓰는 등 이상화의 시에서 대구 방언들을 많이 찾아볼 수 있다. 그가 활발히 시를 썼던 1920년대에는 아직 '한글맞춤법통일안'이 만들어지지 않았기에 향토색 짙은 대구 방언이 시에 고스란히 반영된 것이다.

대구 계산동에는 그가 1939년에서 1943년까지 살던 이상화 고택이 본래의 모습을 그대로 유지하며 아직까지 남아 있다. 높고 커다란 건물 사이에 파묻힌 듯한 이 고택은 이 집에 살던 사람이 불편함을 감수하면서도 보수 공사를 거의 하지 않아 옛 모습 그대로다. 이 고택은 한때 대구시의 도로계획으로 철거될 뻔했지만 시민들이 서명 운동, 모금 운동 등 적극적으로 노력해 지켜졌고, 지금은 방문객에게 공개하고 있다.

또 대구 달성공원에는 이상화 시비가 있다. 이는 최초로 세워진 현대 문인의 시비다. 시비 앞면에는 「나의 침실로」의 11연이 아들 이태희의 글씨로 새겨져 있으며, 시비 뒷면에는 동향 출신 시인 김소운의 글이 서예가 서동균의 글씨로 새겨져 있다. 그 외에도 대구 두류공원에 이상화를 기리기 위해 세운 동상과 「빼앗긴 들에도 봄은 오는가」 시비가 있는 등 대구 곳곳에서 시인의 흔적을 찾을 수 있다. 현재 이상화는 달성군 화원면 본리 가족묘지에 안장되어 있다.

이상화의 생애   시인 이상화는 대구의 명망 높은 집안 출신으로, 본관은 경주다. 일곱 살 때 아버지를 잃고 열네 살 때까지 큰아버지 일우一雨의 훈도를 받으면서 수학했다. 그는 열다섯 살에 상경하여 중앙학교(현 중동학교)에 입학했고, 1918년에 3년 과정을 수료하고 졸업하지 않은 채 대구로 내려갔다. 그리고 그해 여름부터 수개월간 금강산을 비롯한 강원도 일대를 돌아다니는 등 각종 기행을 보인다.

친구 백기만이 쓴 「상화와 고월」에 의하면 이상화는 1917년 대구에서 현진건, 백기만, 이상백과 함께 『거화炬火』를 프린트 판으로 내면서 작품활동을 시작했다고 한다. 1921년에는 현진건의 소개로 박종화를 만나 황사용, 나도향, 박영희 등과 함께 문예지 『백조白潮』의 동인이 되어 그 창간호에 「나의 침실로」를 발표하며 본격적으로 문단에 이름을 알린다. 이어서 「말세의 희탄」, 「가을의 풍경」 등 당시의 퇴폐적인 풍조를 반영한 시를 발표했고, 1926년 『개벽』 6월호에 대표작 「빼앗긴 들에도 봄은 오는가」를 발표했다.

1919년 3·1운동 때 대구학생봉기를 주도하다가 실패하고 서울로 피신했다. 1923년에는 프랑스로 유학을 가기 위해 동경으로 건너가 프랑스 문학을 공부하다가 그해 관동대지진 때 '불령선인'으로 붙잡히기도 했다. 1927년에는 이른바 의열단 이종암 사건에 연루되어 한 차례 옥고를 치렀고, 1937년에는 독립운동가 인 형 이상정을 만나러 만경에 다녀왔다가 일본 관헌에 구금되기도 했다. 이렇게 조국의 광복을 염원하며 저항적인 삶을 살았던 그는, 1943년 마흔세 살에 수감 후유증으로 세상을 떠났다.

별신굿탈놀이와 안동 하회

서풍이 미친 듯 춤을 추고 예와 의가 흙담처럼 무너질 때, 나는 안동 유림의 카랑한 기침 소리와 푸르고 곧은 하회의 소나무를 생각한다. 하회 마을, 대궐 같은 기와집과 초라한 초가집이 한데 어울려 오랜 세월을 지내온 곳. 하회 마을이 이처럼 넉넉한 품새를 지닌 까닭은 '탈놀이' 덕분이리라. 작은 물줄기를 받아들여 강물이 더욱 풍요로워지듯이, 탈놀이로 위와 아래의 두 문화는 지체의 높낮이에 관계없이 만나서 서로를 살찌우는 것이다.

유림은 모른다네,
한풀이 탈춤

　내 대학 시절은 황량하고 쓸쓸했다. 통의동의 낡은 목조건물 2층에 화실 겸 숙소로 세 들어 있었는데 새벽녘 바닥을 울리는 소리에 잠을 깨 커튼을 열고 보면 중앙청 쪽으로 지나가는 장갑차 소리가 들려오곤 했다. 옛 시민회관 별관 앞에도 무장한 군인들이 서 있었고, 버스를 갈아타고 찾아가면 대학의 게시판 앞에는 휴교를 알리는 공고문이 비에 젖어 너풀거리기 일쑤였다.

　그 겨우내 거리의 스피커에서는 미술대학의 두 해 선배였던 김민기의 음울한 노래가 통기타에 실려나왔다. 나는 톱밥난로 하나만이 타오르는 텅 빈 화실에서 밤이면 자폐증 걸린 소년처럼 창을 열어 도회의 불빛을 바라보곤 했다. 죽고 싶도록 외로웠다. 정신은 종잡을 수 없이 흔들렸고 세상으로 통하는 길은 모두 막혀 있는 느낌이었다. 그러던 어느 날…… 하회에 갔다.

　그곳에 가서 나는 흰 모래톱에 앉아 저녁이 될 때까지 강물만 바라보았다. 그때 비로소 자연이 사람의 가슴을 모성처럼 포근히 감싸며 위로

해준다는 것을 알았다. 강물은 어지럽던 마음을 정화해주었고 쏴 하는 솔바람 소리는 '괜찮다, 괜찮다'며 가슴을 쓸어내주었다. 성근 별이 떠오를 때까지 하회의 모래밭에 누워, 나는 괜스레 눈물이 났다.

하회. 낙동강 줄기가 태극무늬를 그리며 유유히 휘돌아나가는 그곳을 떠올리면 나는 늘 마음 붙이지 못하고 서성대던 대학 시절이 생각나고, 혼자 수절하며 오래된 집을 지키던 먼 곳의 숙모 한 분이 떠오른다.

서풍이 미친 듯 춤을 추고 예와 의가 흙담처럼 무너질 때, 그리고 눈앞의 보잘것없는 이익을 좇아 예사로이 지조를 꺾는 일이 난무할 때, 나는 안동 유림의 카랑한 기침 소리와 기상 굽히지 않는 하회의 소나무를 생각한다.

볕발이 고운 날을 골라 내 마음의 외로운 섬을 다시 찾아간다. 무뚝뚝한 태백산맥 허리를 가로지르며 달려온 기차는 한나절이 다 되어서야 안동역에 나를 내려놓는다. 햇빛 쏟아지는 역마당을 가로질러 다시 하회행 시내버스에 몸을 싣는다. 버스에는 갓 쓴 두 사람의 촌로가 근래에 있었던 것 같은 문중 어느 혼사의 부당함에 대해 이야기를 나누고 있었다. 흐트러진 예를 개탄하는 대목에서, '비로소 안동에 왔구나' 나는 빙그레 웃었다.

안동, 하회는 퇴계, 겸암, 서애로 이어지는 조선 성리학의 큰 맥을 잇고 있지만 동시에 민속과 예술의 보고이기도 하다. 특히 〈성주풀이〉의 본산이 안동 제비원이라는 사실을 "성주본이 어디메뇨 경상도 안동 땅 제비원일레라"고 나와 있는 가사에서도 알 수 있을 만큼 이 일대는 영남 무가나 농요의 밀집지역이다. 춤과 노래뿐이 아니다. 음식문화에서도 유가풍의 흔적을 볼 수 있다. 대표적인 것이 '헛제삿밥'이다. 흉년에 유생들이 모여 짐짓 제문까지 지어 가짜 제사를 지낸 다음 그 제상의 음식을 먹는 데서 유래한 이름이다. 도라지, 고사리 같은 산나물은 물론, 산적이며 자반고등어에 가오리와 쇠고기까지 나오는 이 헛제삿밥이야말로 배고파도 함부로 고프다고 말할 수조차 없는 유생들의 체면도 살려주고 포식도 할 수 있게 하는 절묘한 발상의 음식상인 것이다. 지금도 안동댐 민속경관지 내의 '까치구멍집' 같은 데 가면 재래식 양념으로 맛을 낸 나물들과 '톱배기'라고 불리는 헛제사의 상어산적이 나온다.

양반문화와 서민문화의 이원구조가 안동, 하회처럼 정연한 곳도 그리 많지 않을 터이다. 그 이원구조 속에서 놀이와 예술을 통해 신분상의 갈등은 대립이 아닌 상생의 구도로 비켜간다. 동채를 멘 수십 장정들이 진을 짜 일시에 함성을 지르며 힘과 기를 겨루는 '차전놀이'나 정월 대보름 노부인부터 며느리, 손녀까지 부녀자들만 모여 낭자하게 벌이는 '놋다리밟기'는 양반들의 가부장제하에서 겪는 농민과 여성 들의 명울과 한을 풀어내는 해방구다.

남정네들은 양반촌의 그늘에서 서원답이나 종답을 부쳐 먹고 살며 안으로 응어리진 한을 '몸'의 신명으로 풀어내는 것이요, 여인네들은 문벌과 남성 위주의 집성촌에서 억눌렀던 평소의 울화를 모처럼 밖으로 토해내는 것이다.

이러한 놀이문화의 총체는 〈하회별신굿탈놀이〉에 와서 정점을 이룬다. 그것은 무용과 조각, 연극과 음악이 한데 어우러지는 종합 예술이다. 예의 신명을 빌려 '몸'의 반란과 하극상이 일어나는 것이다. 〈하회별신굿탈놀이〉는 호남 창극의 질펀하고 구성진 가락 대신 주로 춤사위

탈춤을 추세

시름 많은 세상 탈춤을 추세, 걱정 근심 잊고 탈춤을 추세.

얼쑤 덩더꿍

〈하회별신굿탈놀이〉 중 부네(양반, 선비 사이의 소첩 역)가 추는 '오금춤'은 남성지배문화 속의
응어리진 여성의 한과 멍울을 풀어내는 춤으로 이채롭다.

와 재담을 통해 즉흥성과 현장성을 살리는 것이 특징이다. 절개가 시퍼런 선비촌에서 엉덩이를 뽑아 히쭉히쭉 부네걸음, 이매걸음을 걸으며 양반의 허위와 위선을 슬쩍슬쩍 꼬집기도 하고, 계층적 억눌림에 대해 노골적인 야유를 퍼붓기도 하는 것이니 이 '육체 언어'야말로 밑으로부터의 '언로言路'인 셈이다. 그러나 이 언로가 되는 '육체'는 물론 오늘과 같은 산업사회에서 상품화되고 타락한 그런 육체가 아니다. 민중의 신명과 예의 정신이 녹아 있는 건강한 몸짓들인 것이다.

이곳의 '탈놀이'를 통해 위와 아래의 두 문화는 비로소 지체의 높낮이에 관계없이 만나게 된다. 별신굿이 공공연히 선비문화를 야유하고 그 위선을 꼬집는데도 양반들은 즐겨 별신굿에 동참해 하나가 되고 심지어 탈굿의 뒷돈을 마련해주기도 한다. 그런가 하면 서민은 사인(士人, 벼슬하지 않은 선비)과 양반 들의 뱃놀이인 '선유'를 준비하느라 온갖 수고를 아끼지 않는다.

하회 마을에 그토록 오랜 세월 대궐 같은 기와집과 초라한 초가집이 한데 어울려 지내올 수 있었던 것도 이 두 문화의 특성을 서로 이해하고 아끼려 했던 마음에서 비롯되었을 것이다. 점잖은 아악의 이면에서 창과 농무 등 속악이 푸지게 자지러졌던 것처럼 양반문화의 지위와 품격은 사실 서민문화의 힘이 그만큼 튼실하게 받쳐줄 수 있었기 때문에 가능했을 터였다.

촌로들의 이야기를 듣는 중에 버스는 어느새 둥글게 원을 그리며 하회에 닿는다. 만송정의 푸른 솔밭과 변함없이 부드럽게 그 솔밭을 감아 돌아 흐르는 강이며 부용대에 눈인사를 보낸다. 그러나 하회는 이제 그 옛날 내 마음의 상처를 어루만져주던 그 모성적 공간이 아니다. 뭔가

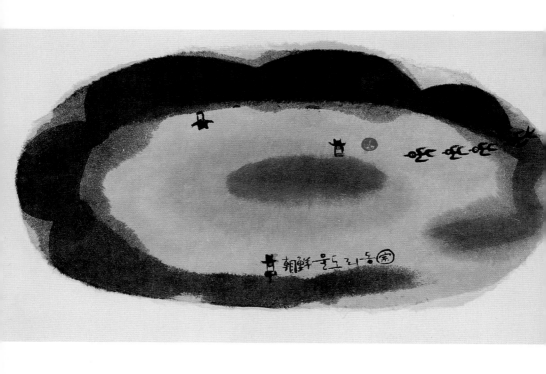

태극처럼 감아 도는 산과 물
하회의 그 풍광과 멋스러움 속에서 춤과 노래도 하나로 어우러졌을 것이다.

새롭게 다시 시작하고 싶을 때마다 찾아가고 싶던 장소로 맨 처음 떠오르던 그 분위기가 아니다. 비밀의 공간처럼 외롭고 막막하던 때면 찾아가 위로받고 싶던 그 하회가 아니다. 가을 햇볕에 무너져가던 흙담마저 아름답던 그곳이 아니다. 그냥 또하나의 관광지가 되어 있을 뿐이다. 쓸쓸했다. 하회에 와서 나는 하회가 그리웠다. 하회의 옛 모습, 옛 향기가 그리웠다.

하회는 원래 마을과 지형 자체가 정중동의 예술공간을 이루며 움직이는 산수화다. 양진당, 충효당, 남·북촌댁과 겸암정사, 옥연정사가 배산임수 맞추어 연꽃 모양 살포시 내려앉은 모양새랄지, 봄이면 진달래, 영산홍 같은 담홍색 꽃들이 물위에 점점이 떠가는 도화원경은 이곳에서 먹 갈아 시 짓고 그림 그리는 일을 부질없게 만든다.

바야흐로 서풍이 미친 듯 춤을 추고 예와 의가 흙담처럼 맥없이 무너지는 세상이다. 그래도 아직 나는 저 낙동강 줄기가 태극을 그리며 이 나라 혼처럼 역사처럼 유유히 휘돌아나가는 하회를 생각한다. 기상 굽히지 않는 소나무숲과 화천 시린 물을 떠올린다. 어두운 세월의 저편에서 처음 만나던 날의 그 희고 깨끗한 속살 내음으로.

〈하회별신굿탈놀이〉   〈하회별신굿탈놀이〉는 안동 하회 마을에서 마을 굿으로 연희되었던 것으로, 마을의 안녕과 풍농豊農을 기원하기 위해 마을 '동신'인 서낭신에게 올리는 제사에서 시작됐다. 제사 가운데 해마다 올리는 '동제'가 아니라 5년 또는 10년에 한 번씩 특별히 크게 벌이는 굿을 '별신굿'이라고 한다. 흉년이 들어 거둘 곡식이 없거나 돌림병이 도는 등 마을에 우환이 닥치면 이것이 신의 영험함이 줄어들었거나 마을 사람들이 신의 노여움을 사서라고 생각했기 때문에 가끔 별신굿을 벌였다.

〈하회별신굿탈놀이〉는 정월 초이튿날 굿의 주재자인 '산주'가 탈놀이 광대들과 함께 서낭당에 올라가 제사를 지내고 서낭대에 신내림을 받는 강신降神으로 시작된다. 그리고 나서 서낭대와 내림대를 앞세워 마을로 내려와 마을 사람들 앞에서 한바탕 풍물을 울리며 놀이판을 벌인 다음, 탈놀이의 무동舞童 마당, 주지 마당, 백정 마당, 할미 마당, 파계승 마당, 양반·선비 마당 등의 여섯 마당을 이어간다. 각 마당이 끝나면 광대가 꽹과리를 들고 구경꾼 앞을 돌면서 각종 전곡을 모아 굿을 치르는 데 쓰는데 이를 '건립'이라 한다.

정월 보름날이 되면 아침밥을 먹고 나서 서낭대를 모시고 서낭당에 올라가 마을의 평안을 기원하는 당제를 지낸다. 저녁 무렵 당제를 마치고 다시 내려와 마을 입구에서 양반광대가 혼례식을 진행하고 각시광대와 다른 광대 하나가 각기 탈을 쓰고 신랑 신부 역할을 맡는 혼례 마당을 치르고 그다음 신랑 신부의 첫날밤인 신방 마당을 치른다. 이 두 마당은 열일곱 살 처녀신인 마을의 서낭신을 위로하기 위한 것이기도 하고, 풍요 기원의 의미도 지니고 있다. 이 두 마당이 끝나면 마을 어귀에서 허천거리굿을 벌여 별신굿을 치르는 동안 묻어 들어온 잡귀를 내쫓는다. 이렇게 보름에 걸친 별신굿 탈놀이는 모두 끝이 난다.

〈하회별신굿탈놀이〉는 1928년 이래 중단되었으나, 1980년에 중요무형문화재 제69호로, 그 탈이 국보 제121호로 지정되었다. 근래에 하회별신굿탈놀이보존회 등 단체의 활동으로 다시 그 모양새가 갖추어져 공연을 이어가고 있다.

〈하회별신굿탈놀이〉에 나타난 풍자와 해학   탈은 다른 말로 '덧뵈기'라고도 하는데, 이 말은 덧보여준다는 뜻과 삶의 실상을 돋보여준다는 뜻 모두 지니고 있다. 탈은 한자어로 광대廣大 다시 말해 '얼굴 넓은 이'라고 한다. 곧 다양한 표정과 인물을 자유자재로 창출하는 배우라는 의미인데 이 역시 사람의 얼굴을 실제 이상으로 덧보여준다는 뜻이다. 실제로 탈놀이 판에서는 세상의 문제를 과장해서 적나라하게 보여주므로, 탈놀이는 사회의 실상을 반영할 수밖에 없다.

〈하회별신굿탈놀이〉에도 당대 민중의 처지에서 지배계층의 모순을 풍자하는 내용이 담겨 있다. 특히 다섯째 마당인 파계승 마당과 여섯째 마당인 양반·선비 마당에서 지배계층의 타락상과 그들의 권위의 허구성이 잘 드러난다. 예를 들어 다섯째 마당에서 기생이자 소첩인 부네가 치마를 들고 오줌을 누는 장면을 중이 엿보다가 부네를 옆구리에 끼고 도망가는데 이는 불교와 승려의 타락에 대한 비판이자 유교사회에서 철저하게 억제되었던 성적인 금기의 위반이기도 하다.

또한 여섯째 마당인 양반·선비 마당에서는 양반의 하인인 초랭이가 계속해서
양반을 풍자하고 골려주고, 양반과 선비가 서로 논쟁을 벌여 이들의 무식함이 여
지없이 들통난다. 그들이 이러한 논쟁을 벌일 때 이매가 나와 환자(봄에 곡식을
빌려주고 가을에 돌려받는 것)를 바치라고 외치면 모두 깜짝 놀라 도망가는데 이는
마을 사람들에게 곡식을 거두면서 중간에서 착취하던 마을 관리의 횡포를 풍자
한 장면이다.

정지용과 옥천

가슴에 묻어둔 첫사랑처럼 고향도 마음에만 담아두고 다시 보려 애쓰지 말라 했다. 그리던 모습이 아닐 것이기 때문이다. 그럼에도 나는 기어코 지용의 고향을 찾아 나선다. 여전히 해가 뉘엿해질 무렵 얼룩빼기 황소가 길고 느릿한 울음을 울고 있는지. 비에 씻긴 죽향초등학교 운동장에 사금파리가 햇살을 되쏘고 있다. 저 하얀 운동장을 '소년 지용'이 걸어오는 것만 같다. "함부로 쏜 화살을 찾으려" 배꼽 드러낸 채 풀숲을 달렸을 아이들은 자라 이제는 도회의 회색 빌딩숲 사이로 고단한 삶들이 쏘아놓은 화살들을 찾아 헤매고 있을까.

얼룩빼기 황소 울음……
꿈엔들 잊힐 리야

가슴에 묻어둔 첫사랑은 다시 만나려 애쓰지 말 것. 사랑만이 아니다. 그리움의 장소도 될 수 있는 대로 가슴에만 담아둘 것. 고향? 찾아가보면 그리던 고향이 아니다. 해묵은 핏빛 볏을 단 장닭과 마당의 토란잎 아래 징그럽게 큰 두꺼비, 소리꾼의 구슬픈 상엿소리가 가랑가랑 이어지던 동구, 홍시를 단 들판의 감나무가 서리를 맞고 서 있던 곳. 잠시 강에 나가 투망질을 하면 살진 붕어가 한 양동이씩이나 퍼올려지던 곳. 아무리 찾아가고 찾아가보아도 우리네 그 옛 고향은 이미 현실의 지도 위에는 없다.

정지용 문학을 잉태한 옥천 구읍으로 떠나면서도 나는 조마조마했다. 문학 속 고향을 현실로 찾아가기 위해 신발끈을 매는 순간, 이미 상상의 공간은 무너져내리기 시작한다는 것을 알고 있기에.

더구나 이 '몽당붓'은 지용 시인의 시에 세 번씩이나 그림을 그려오면서 시는 물론 시인과 그 고향마저도 거의 '육친스럽게' 사랑해버린 처지다. 그뿐인가. 나와 한집에 사는 여자는 초야의 독서인인데 지용 시인을 너무 좋아한 나머지 아들을 낳자 그 이름마저 지용이라고 지었을 정도다. 같이 사는 남자에겐 한마디 상의 없이. 하긴 지용과 그 시를 사무치게 좋아하는 이가 어찌 비단 나나 내 아내뿐이겠는가. 지용은 오래도록 부를 수 없던 이름, 가슴에만 묻어두었던 이름이었지만.

세간에 은밀히 돌아다니던 「향수」는 박인수와 이동원의 노랫가락에 실려 가히 국민적 사랑을 받는 '시의 노래'가 되었다. 문학적 복권보다 수십 배 더 의미 있는 것은 지용의 시가 정치적으로 묶이고 풀리는 것과 관계없이 국민에게 그토록이나 넓게 사랑받아왔다는 점이다.

이 노래가 처음 만들어졌을 때만 해도 국민애창곡으로 그토록 사랑을 받을 줄은 몰랐던 것이다. 나는 당시 서울 음대에 부임해온 성악가 박인수 선생과 이런저런 인연으로 가까이 지내고 있었는데 그가 가수 이동원과 듀엣으로 〈향수〉를 부를 때만 하더라도 소위 클래식과 대중가요의 만남에 대해 눈을 곱게 뜨고 보지만은 않았던 것이 사실이었다. 그전에 플라시도 도밍고가 존 덴버와 기가 막힌 앙상블로 〈퍼햅스 러브〉를 불러 열띤 호응을 받았던 것이 아마 그 당시 박교수에게는 힘이 되었을 것 같다.

「향수」가 전파를 타고 흘러 도회 사람의 메마른 가슴들을 적셔주면서, 시인의 고향만은 어쩐지 거센 산업화 바람에도 불구하고 고스란히 옛 고향 모습 그대로 남아 있을 것만 같은 느낌이 들어온 것이 사실이다.

시인이 차마 꿈에도 못 잊겠다고 했던 그곳으로 가면서 생각해본다. 사람들은 왜 그리도 지용의 시를 좋아하는 것일까. 너나없이 정신적으로 고향상실 증후군에 빠져 있어서는 아닐까. 이 천박한 무한질주의 속도감에 편승해 있는 우리는 '파아란 하늘빛'이 그립고 '얼룩빼기 황소의

고향 서정

「향수」 속의 고향 서정에는 이제는 사라져버린 이런 풍경들이 묻어 있다.

게으른 울음'이 그립고 '하늘의 성근 별'이 그립다.

지용 시의 맑은 고독과 정적, 바람 소리, 물소리에 위로받고 싶다. 특히 환쟁이인 나는 지용의 시에서 그림과 색채를 본다. 무심히 아무 시편을 들춰도 거기 그림이 있다. 기름기 번들거리는 유채 아닌 가슴으로 번져오는 수묵의 세계, 고요한 수평이다.

　　무가 순 돋아 파릇하고 / (…) / 삼동三冬이 하이얗다
　　　　　　　　　　　　　　　　　　　　　　　　　　　　—「인동차忍冬茶」에서

　　목화송이 같은 한 떨기 지난해 흰구름이 새로 미끄러지고 (…)
　　　　　　　　　　　　　　　　　　　　　　　　　　　　—「호랑나비」에서

내 아내의 책상 앞에는 오랫동안 테레사 수녀와 정지용 시인의 흑백 사진이 나란히 붙어 있었다. 검은 두루마기 단아한 30대 후반의 지용 사진은 온통 '정신'으로 다가왔다. 이육사나 윤동주가 '지사다운 정신'으로 온다면 지용은 '선비다운 정신'으로 온다.

시인이 이처럼 '정신'으로 올진대 시인은 성직자만큼이나 어려운 직함이 아닐까 생각해본다. '정신' 없이 '육체'만 살아 있는 이 시대에 나는 참으로 '시인의 정신'에 목마르다. 1930년대 이 나라 문인들이 가졌던 그 청초하고 카랑한 '정신'이…… 그러나 번번이 느끼는 일이지만 시나 소설의 공간이 상상대로 남아 있어 그 속에서 그 '정신' 또한 고스란히 남아 있기를 기대한다는 것은 옛 초등학교 여선생님의 앳된 모습이 서른 해 뒤에도 그 모습 그대로 있기를 기대하는 것만큼이나 허망하다. 더구나 가공할 시멘트가 문화재 보수의 만병통치약으로 군림하고

있는 이 나라 현실 위에서는 말이다.

어쨌든 부질없는 시도를 다시 하여 5월 어느 날 경부고속도로로 차를 몰아간다. 지용이 차마 꿈에도 잊을 수 없다고 했던 그 고향 옥천 구읍을 찾아서. 대전을 지나 옥천나들목을 빠져나와서 수북리 방향으로 2킬로미터도 채 들어오기 전 옥천 구읍에 닿게 된다. 우리나라 여느 시골과 다름이 없다. 다만 고속도로가 너무 가까워 지용의 고요한 시적 세계가 흔들리는 듯한 느낌을 지울 수 없었다.

충청의 소금강으로 불리던 물의 고장. 금강 줄기인 군서천, 보청천에는 얼마 전까지만 해도 강바닥 자갈 보이는 맑은 물에서만 산다는 어름치를 볼 수 있었던 곳이다. 조선의 양반집 같은 푸른 기와의 옥천역이 저만치 보인다. 저 역에서 시인은 경성으로 가는 밤차를 타곤 했을까. 역 앞과 '지용로'에는 얼마 후면 열릴 지용제(매년 5월 중순)의 플래카드가 펄럭인다. 백일장과 사물놀이 등으로 지용제는 옥천의 가장 큰 축제가 되었다. 오랜 세월 금지된 이름이었고 부를 수 없는 노래였던 지용과 그 시들은 이로써 지난 세월의 한을 얼마간 보상받을 수 있을지.

비에 씻긴 죽향초등학교 운동장에 사금파리가 햇살을 되쏘고 있다. 저 하얀 운동장을 '소년 지용'이 걸어오는 것만 같다. "함부로 쏜 화살을 찾으러" 배꼽 드러낸 채 풀섶을 달렸을 아이들은 자라 이제는 도회의 회색 빌딩숲 사이로 고단한 삶들이 쏘아놓은 화살들을 찾아 헤매고 있을까.

그가 다녔던 죽향초등학교를 돌아 찾아간 생가는 대문이 자물쇠로 채워져 있다. 영화 속의 세트처럼 생경한 집 뒤로 웬 가요연습실 간판의 붉은 벽돌이 시야를 막는다. 집 앞 실개천은…… 재앙이다. 시멘트

옥천 생가와 시인의 초상
꿈에도 잊을 수 없다던 그 고향 옥천에 시인의 넋만은 돌아와 있을 것이다.

넓은벌東 쪽끝으로 정지용 향수中아
옛이야기 지줄대는..

「향수」의 그 고향은 어디에
넓은 벌 동쪽 끝으로/옛이야기 지줄대는 실개천이 휘돌아 나가고/얼룩빼기 황소가/해설피
금빛 게으른 울음을 우는 곳…… 그 고향은 우리들 가슴마다 있다.

로 뒤덮여 있다. 넓은 벌판도, 얼룩빼기 황소의 금빛 울음도 없다. 시인이 유년 시절 파아란 하늘빛을 좇으며 풀섶 이슬에 함초롬히 옷을 적시고 마당의 멍석에 누워 하늘의 성근 별을 세었을 그 옥천은 이제 아니다. 그래도…… 나는 실망치 않기로 한다. 「향수」는 이미 지도 위의 특정 공간이 아니라 우리들 마음에 상상의 공간으로 남아 있는 것이기에.

지용의 생가터를 나와 금구리의 한 식당에서 구수한 올갱이 국물과 부추김치로 맛깔스러운 점심을 먹는다. 보청천 맑은 물에서 건져왔다는 다슬기의 담백하면서도 쌉쌀한 국물과 부추김치는 흙과 개울에서 자란 우리가 잃어버린 고향의 미각을 상큼하게 일깨워준다. 흡사 고향 시 「향수」처럼.

1920년대에 교토의 도시샤 대학 영문과를 나와 언론사의 주간과 이화여자대학 교수를 역임했던 이 조선의 지성을 민족 최대의 비극 6·25전쟁이 그 생애와 문학을 함께 앗아가고 만다. 6·25전쟁이 나던 그해 서울집에서 "모임에 잠깐 얼굴만 보이시라"는 청년들 권유를 받고, 입던 모시적삼 그대로 따라나섰다가 영영 돌아오지 못한 지용, 청록파의 스승이자 불과 스물두 살에 「향수」를 쓴 천재 시인은 이처럼 어이없게 우리 곁을 떠나버렸다.

전쟁중 서대문형무소에서 평양 감옥으로 이감 후 폭탄에 맞아 죽었다는 둥 그의 최후에 대한 흉흉한 소문은 이지러진 역사가 개인의 운명을 어떻게 상처 내고 파괴해버렸는지를 보여준다. 말하자면 못난 역사가 개인에게 상처를 입힌 대표적인 경우다. 문학적 노선이나 신앙, 남다른 제자 사랑과 가족애 등으로 보아 강제 납북이 분명했지만 월북 문인으로 분류되어 그와 그의 문학은 해금까지 길고 지루한 세월 동안 지하에 묶이는 수난을 당해야 했던 것이다.

옥천 구읍을 떠나오기 전, 하늘에는 '성근 별'이 떠올랐다. 창 너머로는 "흐릿한 저녁상 불빛에 돌아앉아 도란거리는" 가난한 살림의 모습들이 어른거린다. "밤바람 소리 말을 달리는" 국도로 방향을 잡는다. 문득 시인이 떠나버린 이 고장에는 누가 남아 그 시인이 차마 꿈에도 잊지 못한 이 고향을 지켜줄까 하는 생각이 들었다.

수년 전 이란의 테헤란에서 광야를 밤새워 달려 시라즈Siraz라는 곳에 닿았을 때의 일이 떠오른다. 이란인 여행안내인은 시라즈가 시와 장미의 도시라고, 이란을 대표하는 두 시인이 여기서 태어났노라고, 시라즈는 그것을 자랑으로 여긴다고 누누이 설명했다. 그 사막의 도시에서도 시는 그토록 자랑이 되었다. 이곳에도 누가 있어 옥천은 이 나라의 위대한 시인을 낳은 땅이라고 그렇게 증언해줄지……

성큼 어둠이 내리고 하늘에는 어느새 '성근 별'이 떠오른다. 그러고 보니 저 밤하늘만은 그래도 지용의 시적 공간으로 남아 있는 셈이다. 초여름, 옥천의 바람에는 향기가 묻어 있다. 비로소 지용 시의 세계로 들어온 느낌이다.

「향수」의 고향, 옥천   충청북도 옥천은 "넓은 벌 동쪽 끝으로/옛이야기 지줄대는 실개천이 휘돌아 나가고,/얼룩빼기 황소가/해설피 금빛 게으른 울음을 우는 곳"이라는 구절로 잘 알려진 정지용(鄭芝溶, 1902~?)의 시 「향수」의 배경이다.

정지용은 하계리(지금의 죽향리)에서 태어났다. "함부로 쏜 화살을 찾으려, 풀섶이슬에 함추름휘적시"며 놀았다고 어린 시절을 회상하던 정지용은 생가에서 조금 떨어진 옥천보통학교(지금의 죽향초등학교)를 다녔는데, 아직도 그때의 건물이 그대로 남아 있다.

1900년대 초반에 주민들은 옥천구읍에 역이 들어오는 것을 반대해서 1905년 현재 읍내 자리에 옥천역이 들어섰다. 그후 옥천군의 주요 시설이 역 근처로 옮겨지면서 옥천구읍은 이름처럼 옛날 읍내가 되었다. 옥천구읍 골목 구석구석을 돌다보면 1856년경 지어진 '춘추민속관'을 비롯해 한식당 아리랑, 김기태 고택 등 백여 년 세월을 머금은 한옥을 만날 수 있다.

시인 정지용의 생가터 앞에는 「향수」에서처럼 실개천이 흐르고 있고 원래 놓여 있던 청석교도 복원되었다. 생가 뒤에는 정지용문학관이 세워졌는데, 이곳에는 정지용의 삶과 문학세계를 볼 수 있는 다양한 자료가 전시돼 있다. 해마다 5월이면 '지용문학제'가 열린다.

정지용의 시세계 정지용은 6·25전쟁 이후 1953년경 북한에서 사망한 것으로 알려졌다. 이 때문에 한때 그에겐 월북작가라는 붉은 딱지가 붙어 있었다. 그러다 그의 시 「향수」를 가수 이동원과 성악가 박인수가 노래로 부르면서 다시 널리 알려지게 되었다.

정지용은 1926년 잡지 『학조』에 시 「카페 프란스」를 발표하면서 본격적인 시작 활동을 시작했다. 그의 시는 『정지용시집』(1935)과 『백록담』(1941)으로 묶였다. 시 외에도 소설 「3인三人」(1919)과 평론 「조선시의 반성」(1948) 등 다양한 글을 발표했으며, 이론서 『문학독본文學讀本』(1948), 수필집 『산문散文』(1949) 등도 발표했다.

그의 시세계는 크게 세 단계의 변모과정을 거친다. 먼저, 1926년부터 1933년까지 주로 쓰인, 이미지즘 경향을 보이는 모더니즘 계열의 시다. 「바다」(1927) 등이 대표적이다. 「향수」(1927) 역시 이 시기 작품인데, 감각적 이미지를 중시하면서도 『시문학』파 활동에서 영향을 받은 향토적 정서를 담아낸다.

두번째 계열은 『가톨릭 청년』에 관여하던 1933~35년에 쓴 종교적인 시다. 이 시기 시는 시대적 상황에 무력하게 대응하는 자신의 정신적 허기와 갈증을 절대적인 신에 대한 귀의로 메우려는 모습을 보인다.

세번째 계열은 1941년까지 주로 발표한, 동양적 전통과 정신에 바탕을 둔 기행시 내지 산수시다. 「옥류동」(1937), 「비로봉」(1938), 「장수산」(1939), 「백록담」(1939) 등이 대표적이다.

362

화첩기행 1

ⓒ 김병종

1판 1쇄 2014년 1월 17일
1판 4쇄 2023년 9월 18일

지은이 김병종
책임편집 임혜지 | 편집 이명애 박지영 | 모니터링 이희연
디자인 김이정 이주영 | 저작권 박지영 형소진 최은진 서연주 오서영
마케팅 정민호 서지화 한민아 이민경 안남영 왕지경 황승현 김혜원 김하연
브랜딩 함유지 함근아 박민재 김희숙 고보미 정승민 배진성
제작 강신은 김동욱 이순호 | 제작처 영신사

펴낸곳 (주)문학동네 | 펴낸이 김소영
출판등록 1993년 10월 22일 제2003-000045호
주소 10881 경기도 파주시 회동길 210
전자우편 editor@munhak.com | 대표전화 031) 955-8888 | 팩스 031) 955-8855
문의전화 031) 955-2696(마케팅), 031) 955-1905(편집)
문학동네카페 http://cafe.naver.com/mhdn
인스타그램 @munhakdongne | 트위터 @munhakdongne
북클럽문학동네 http://bookclubmunhak.com

ISBN 978-89-546-2367-4 04800
      978-89-546-2366-7 (세트)

www.munhak.com